ARTURO PÉREZ-REVERTE

El pintor de batallas

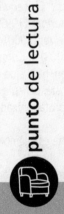

punto de lectura

Arturo Pérez-Reverte (Cartagena, 1951) fue reportero de guerra durante veintiún años. Sus novelas *El húsar* (1986), *El maestro de esgrima* (1988), *La tabla de Flandes* (1990), *El club Dumas* (1993), *La sombra del águila* (1993), *Territorio Comanche* (1994), *Un asunto de honor* (1995), *La piel del tambor* (1995), *La carta esférica* (2000), *La Reina del Sur* (2002), *Cabo Trafalgar* (2004) y *El pintor de batallas* (2006) están presentes en los estantes de éxitos de las librerías y confirman una espectacular carrera literaria más allá de nuestras fronteras, donde ha recibido importantes galardones literarios. Su obra ha sido traducida a treinta idiomas.

El éxito de sus novelas sobre las aventuras del capitán Alatriste, cuya publicación comenzó en 1996, constituye un acontecimiento literario sin precedentes en España. Hasta ahora se han publicado seis títulos: *El capitán Alatriste* (1996), *Limpieza de sangre* (1997), *El sol de Breda* (1998), *El oro del rey* (2000), *El caballero del jubón amarillo* (2003) y *Corsarios de Levante* (2006). También han sido llevadas al cine con el título *Alatriste,* película dirigida por Agustín Díaz Yanes y protagonizada por Viggo Mortensen.

Arturo Pérez-Reverte es miembro de la Real Academia Española.

www.capitanalatriste.com

ARTURO PÉREZ-REVERTE

El pintor de batallas

Título: El pintor de batallas
© 2006, Arturo Pérez-Reverte
© Santillana Ediciones Generales, S.L.
© De esta edición: mayo 2007, Punto de Lectura, S.L.
Torrelaguna, 60. 28043 Madrid (España) www.puntodelectura.com

ISBN: 978-84-663-6890-2
Depósito legal: B-2.430-2007
Impreso en España – Printed in Spain

Diseño de portada: Ordaks
Fotografía de portada: *Vietnam, 1968* (fragmento)
                    © Kyoichi Sawada / UPI
Diseño de colección: Punto de Lectura

Impreso por Litografía Rosés, S.A.

San Agustín ha visto que se trabaja por lo incierto en el mar y en las batallas y todo lo demás, pero no ha visto las reglas del juego.

BLAISE PASCAL
Pensamientos, 234

1

Nadó ciento cincuenta brazadas mar adentro y otras tantas de regreso, como cada mañana, hasta que sintió bajo los pies los guijarros redondos de la orilla. Se secó utilizando la toalla que estaba colgada en el tronco de un árbol traído por el mar, se puso camisa y zapatillas, y ascendió por el estrecho sendero que remontaba la cala hasta la torre vigía. Allí se hizo un café y empezó a trabajar, sumando azules y grises para definir la atmósfera adecuada. Durante la noche —cada vez dormía menos, y el sueño era una duermevela incierta— había decidido que necesitaría tonos fríos para delimitar la línea melancólica del horizonte, donde una claridad velada recortaba las siluetas de los guerreros que caminaban cerca del mar. Eso los envolvería en la luz que había pasado cuatro días reflejando en las ondulaciones del agua en la playa mediante ligeros toques de blanco de titanio, aplicado muy puro. Así que mezcló, en un frasco, blanco, azul y una mínima cantidad de siena natural hasta quebrarlo en un azul luminoso. Después hizo un par de pruebas sobre la bandeja de horno que usaba como paleta, ensució la mezcla con un poco de amarillo y trabajó sin detenerse durante el resto de la mañana. Al cabo se puso el mango del pincel entre los dientes y retrocedió para comprobar el efecto. Cielo y mar combinaban ahora armónicos en la pintura mural que cubría el interior de la torre; y aunque todavía quedaba mucho por hacer, el horizonte anunciaba una línea suave, ligeramente brumosa, que acentuaría la soledad de los hombres —trazos oscuros salpicados con destellos metálicos— dispersos y alejándose bajo la lluvia.

Enjuagó los pinceles con agua y jabón y los puso a secar. Desde abajo, al pie del acantilado, llegaba el rumor de los motores y la música del barco de turistas que cada día, a la misma hora, recorría la costa. Sin necesidad de mirar el reloj, Andrés Faulques supo que era la una de la tarde. La voz de mujer sonaba como de costumbre, amplificada por la megafonía de a bordo; y aún pareció más fuerte y clara cuando la embarcación estuvo ante la pequeña caleta, pues entonces el sonido del altavoz llegó hasta la torre sin otro obstáculo que algunos pinos y arbustos que, pese a la erosión y los derrumbes, seguían aferrados a la ladera.

«Este lugar se llama cala del Arráez, y fue refugio de corsarios berberiscos. Sobre el acantilado pueden ver una antigua atalaya de vigilancia, construida a principios del siglo XVIII *como defensa costera, con objeto de avisar a las poblaciones cercanas de las incursiones sarracenas…»*

Era la misma voz de todos los días: educada, con buena dicción. Faulques la imaginaba joven; sin duda una guía local, acompañante de los turistas en el recorrido de tres horas que la embarcación —una golondrina de veinte metros de eslora, pintada de blanco y azul, que amarraba en Puerto Umbría— hacía entre la isla de los

Ahorcados y Cabo Malo. En los últimos dos meses, desde lo alto del acantilado, Faulques la había visto pasar con la cubierta llena de gente provista de cámaras de fotos y de vídeo, la música veraniega atronando por los altavoces, tan fuerte que las interrupciones de la voz femenina constituían un alivio.

«En esa torre vigía, abandonada durante mucho tiempo, vive un conocido pintor que decora su interior con un gran mural. Lamentablemente, se trata de una propiedad privada donde no se admiten visitas…»

Esta vez la mujer hablaba en español, pero en otras ocasiones lo hacía en inglés, italiano o alemán. Sólo cuando el pasaje era francés —cuatro o cinco veces aquel verano—, tomaba el relevo en esa lengua una voz masculina. De cualquier modo, pensó Faulques, la temporada estaba a punto de acabar, cada vez había menos turistas a bordo de la golondrina, y pronto aquellas visitas diarias se convertirían en semanales, hasta interrumpirse cuando los maestrales duros y grises que soplaban en invierno, encajonados por las bocas de Poniente, ensombrecieran mar y cielo.

Volvió a centrar su atención en la pintura, donde habían aparecido nuevas grietas. El gran panorama circular aún estaba pintado en zonas discontinuas. El resto eran trazos a carboncillo, simples líneas negras esbozadas sobre la imprimación blanca de la pared. El conjunto formaba un paisaje descomunal e inquietante, sin título, sin época, donde el escudo semienterrado en la arena, el yelmo medieval salpicado de sangre, la sombra de un fusil de asalto sobre un bosque de cruces de madera, la ciudad antigua amurallada y las torres de cemento y cristal de la moderna, coexistían menos como anacronismos que como evidencias.

Faulques siguió pintando, minucioso y paciente. Aunque la ejecución técnica era correcta, no se trataba de una obra notable, y él lo sabía. Gozaba de buena mano para el dibujo, pero era un pintor mediocre. Eso también lo sabía. En realidad lo había sabido siempre; pero el mural no estaba destinado a otro público que a él mismo, poco tenía que ver con el talento pictórico, y mucho, sin embargo, con su memoria. Con la mirada de treinta años pautados por el sonido del obturador de una cámara fotográfica. De ahí el encuadre —era una forma de llamarlo tan buena como otra cualquiera— de todas aquellas rectas y ángulos tratados con una singular rigidez, vagamente cubista, que daba a seres y objetos contornos tan infranqueables como alambradas, o fosos. El mural abarcaba toda la pared de la planta baja de la torre vigía, en un panorama continuo de veinticinco metros de circunferencia y casi tres de altura, sólo interrumpido por los vanos de dos ventanas estrechas y enfrentadas, la puerta que daba al exterior y la escalera de caracol que llevaba a la planta de arriba, donde Faulques tenía dispuesta la estancia que le servía de vivienda: una cocina portátil de gas, un pequeño frigorífico, un catre de lona, una mesa y sillas, una alfombra y un baúl. Vivía allí desde hacía siete meses, y había empleado los dos primeros en hacerlo habitable: techo provisional de madera impermeabilizada sobre la torre, vigas de hormigón para reforzar los muros, postigos en las ventanas, y el despeje del conducto que salía de la letrina horadada en la roca, a modo de estrecho semisótano, para desembocar en el acantilado. Tenía también un depósito de agua instalado afuera, sobre un cobertizo de tablas y uralita que le servía al mismo tiempo de ducha y de garaje para la moto de campo con la que, cada semana, bajaba al pueblo en busca de comida.

Las grietas preocupaban a Faulques. Demasiado pronto, se dijo. Y demasiadas grietas. La cuestión no afectaba al futuro de su trabajo —ya era un trabajo sin futuro desde que descubrió aquella torre abandonada y concibió la idea— sino al tiempo necesario para ejecutarlo. Con ese pensamiento deslizó, inquieto, las yemas de los dedos por el abanico de minúsculas hendiduras que se extendían por la parte más acabada del mural, sobre los trazos negros y rojos que representaban el contraluz asimétrico, poliédrico, de los muros de la ciudad antigua ardiendo en la distancia —el Bosco, Goya y el doctor Atl, entre otros: mano del hombre, naturaleza y destino fundidos en el magma de un mismo horizonte—. Aquellas grietas irían a más. No eran las primeras. El refuerzo de la estructura de la torre, el enfoscado de cemento y arena, la imprimación de pintura acrílica blanca, no bastaban para contrarrestar la vetustez del tricentenario edificio, los daños causados por el abandono, la intemperie, la erosión y el salitre del mar cercano. Era también, en cierto modo, una lucha contra el tiempo, cuyo carácter tranquilo no ocultaba la inexorable victoria de éste. Aunque ni siquiera eso, concluyó Faulques con añejo fatalismo profesional —grietas había visto unas cuantas en su vida—, tuviese excesiva importancia.

El dolor —una punzada muy aguda en el costado, sobre la cadera derecha— llegó puntual, sin avisar esta vez, fiel a la cita de cada ocho o diez horas. Faulques se quedó inmóvil, conteniendo la respiración, para dar tiempo a que cesara el primer latido; luego cogió el frasco que había sobre la mesa e ingirió dos comprimidos con un sorbo de agua. En las últimas semanas había tenido que doblar la dosis. Al cabo de un momento, más sereno —era peor cuando el dolor venía de noche, y aunque se calmaba con los comprimidos lo dejaba desvelado hasta el alba—, recorrió el panorama con una lenta mirada circular: la ciudad lejana, moderna, y la otra ciudad más cerca y en llamas, las abatidas siluetas que huían de ella, los sombríos escorzos de hombres armados en un plano más próximo, el reflejo rojizo del fuego —trazos de pincel fino, bermellón sobre amarillo— deslizándose por el metal de los fusiles, con el brillo peculiar que el ojo del infortunado espectador protagonista capta inquieto, apenas abre la puerta, cloc, cloc, cloc, ruido nocturno de botas, hierro y fusiles, preciso como en una partitura de música, antes de que lo hagan salir descalzo y le corten —le vuelen, en versión actualizada— la cabeza. La idea era prolongar la luz de la ciudad incendiada hasta el amanecer gris de la playa, que con su paisaje lluvioso y el mar al fondo moría, a su vez, en un atardecer eterno, preludio de esa misma noche o de otra idéntica, bucle interminable que llevaba el punto de la rueda, el péndulo oscilante de la Historia, hasta lo alto del ciclo, una y otra vez, para hacerlo caer de nuevo.

Un conocido pintor, había afirmado la voz. Siempre decía eso con las mismas palabras mientras Faulques, que imaginaba a los turistas apuntando hacia la torre los objetivos de sus cámaras, se preguntaba de dónde habría sacado aquella mujer —el hombre que hablaba en francés nunca mencionaba al habitante de la torre— tan inexacta información. Quizá, concluía, sólo se trataba de un recurso para dar más interés al paseo. Si Faulques era conocido en determinados lugares y círculos profesionales, no era por su trabajo pictórico. Después de unos primeros escarceos juveniles, y durante el resto de su vida profesional, el dibujo y los pinceles habían quedado atrás, lejos —al menos así lo estuvo creyendo él hasta una fecha reciente— de las situaciones, los paisajes y las gentes registradas a través del visor de su cámara fotográfica: la materia del mundo de colores, sensaciones y rostros que constituyó su búsqueda de la imagen definitiva, el momento al mismo tiempo fugaz y eterno que lo explicara todo. La regla oculta que ordenaba la implacable geometría del caos. Paradójicamente, sólo desde que había arrinconado las cámaras y empuñado de nuevo los pinceles en busca de la perspectiva —¿tranquilizadora?— que nunca pudo captar mediante una lente, Faulques se sentía más cerca de lo que durante tanto tiempo buscó sin conseguirlo. Quizá después de todo —pensaba ahora— la escena no estuvo jamás ante sus ojos, en el verde suave de un arrozal, en el abigarrado hormigueo de un zoco, en el llanto de un niño o en el barro de una trinchera, sino dentro de sí mismo: en la resaca de la propia memoria y los fantasmas que jalonan sus orillas. En el trazo de dibujo y color, lento, minucioso, reflexivo, que sólo es posible cuando el pulso late ya despacio. Cuando los viejos y mezquinos dioses, y sus consecuencias, dejan de incomodar al hombre con odios y favores.

Pintura de batallas. El concepto resultaba impresionante para cualquiera, perito en el oficio o no; y Faulques se había aproximado al asunto con toda la prudencia y la humildad técnica posibles. Antes de comprar aquella torre e instalarse en ella, pasó años acumulando documentación, visitando museos, estudiando la ejecución de un género que ni siquiera le había interesado en la época de estudios y aficiones juveniles. De las galerías de batallas de El Escorial y Versalles a ciertos murales de Rivera o de Orozco, de las vasijas griegas al molino de los Frailes, de los libros especializados a las obras expuestas en museos de Europa y América, Faulques había transitado, con la mirada singular que tres décadas capturando imágenes de guerra le dejaron impresa, por veintiséis siglos de iconografía bélica. Aquel mural era el resultado final de todo ello: guerreros ciñéndose la armadura en terracota roja y negra, los legionarios esculpidos en la columna Trajana, el tapiz de Bayeux, el Fleurus de Carducho, San Quintín visto por Luca Giordano, las matanzas de Antonio Tempesta, los estudios leonardescos de la batalla de Anghiari, los grabados de Callot, el incendio de Troya según Collantes, el Dos de Mayo y los Desastres vistos por Goya, el suicidio de Saúl por Brueghel el Viejo, saqueos e incendios contados por Brueghel el Joven o por Falcone, las batallas del Borgoñón, el Tetuán de Fortuny, los granaderos y jinetes napoleónicos de Meissonier y Detaille, las cargas de caballería de Lin, Meulen o Roda, el asalto al convento de Pandolfo Reschi, un combate nocturno de Matteo Stom, los choques medievales de Paolo Uccello y tantas obras estudiadas durante horas y días y meses en busca de una clave, un secreto, una explicación o un recurso útil. Cientos de notas y de libros, miles de imágenes, se apilaban alrededor y dentro de Faulques, en aquella torre o en su memoria.

Pero no sólo batallas. La ejecución técnica, la resolución de las dificultades que planteaba semejante pintura estaba en deuda, también, con el estudio de cuadros con motivos diferentes a la guerra. En algunas inquietantes pinturas o grabados de Goya, en ciertos frescos o lienzos de Giotto, Bellini y Piero della Francesca, en los muralistas mejicanos y en pintores modernos como Léger, Chirico, Chagall o los primeros cubistas, Faulques había encontrado soluciones prácticas. Del mismo modo que un fotógrafo se enfrentaba a problemas de foco, luz y encuadre planteados por la imagen de la que pretendía apropiarse, pintar suponía también enfrentarse a problemas solubles mediante la aplicación rigurosa de un sistema basado en fórmulas, ejemplos, experiencia, intuiciones y genio, cuando se disponía de él. Faulques conocía la manera, controlaba la técnica, pero carecía del rasgo esencial que separa la afición del talento. Consciente de ello, sus primeros intentos por dedicarse a la pintura se habían detenido de forma temprana. Ahora, sin embargo, gozaba de los conocimientos adecuados y de la experiencia vital necesaria para enfrentarse al desafío: un proyecto descubierto a través del visor de una cámara y fraguado en los últimos años. Un panorama mural que desplegase, ante los ojos de un observador atento, las reglas implacables que sostienen la guerra —el caos aparente— como espejo de la vida. Aquella ambición no aspiraba a obra maestra; ni siquiera pretendía ser original, aunque en realidad lo fuese la suma y combinación de tantas imágenes tomadas a la pintura y a la fotografía, imposibles sin la existencia, o la mirada, del hombre que pintaba en la torre. Pero el mural tampoco estaba destinado a conservarse indefinidamente, o a ser expuesto al público. Una vez acabado, el pintor abandonaría el lugar y éste correría su propia suerte. A partir de ahí, quienes iban a continuar el trabajo serían el tiempo y el azar, con pinceles mojados en sus propias, complejas y matemáticas combinaciones. Eso formaba parte de la naturaleza misma de la obra.

Siguió observando Faulques el gran paisaje circular hecho en buena parte de recuerdos, situaciones, viejas imágenes de nuevo devueltas al presente en colores acrílicos, sobre aquella pared, tras recorrer durante años los miles de kilómetros, la geografía infinita de circunvoluciones, neuronas, pliegues y vasos sanguíneos que constituían su cerebro, y que en él se extinguirían, también, a la hora de su muerte. La primera vez que, años atrás, Olvido Ferrara y él habían hablado de la pintura de batallas fue en la galería del palacio Alberti, en Prato, frente al cuadro de Giuseppe Pinacci titulado *Después de la batalla*: una de esas espectaculares pinturas históricas de composición perfecta, equilibrada e irreal, pero que ningún artista lúcido, pese a todos los adelantos técnicos, resabios y modernidad interpuesta, se atrevería nunca a discutir. Qué curioso, había dicho ella —entre cadáveres despojados y agonizantes, un guerrero remataba a culatazos a un enemigo caído semejante a un crustáceo, completamente cubierto con casco y armadura—, que casi todos los pintores interesantes de batallas sean anteriores al siglo XVII.

A partir de ahí nadie, excepto Goya, se atrevió a contemplar a un ser humano tocado de veras por la muerte, con sangre auténtica en vez de jarabe heroico en las venas; quienes pagaban sus cuadros desde la retaguardia lo consideraban poco práctico. Luego tomó el relevo la fotografía. Tus fotos, Faulques. Y las de otros. Pero hasta eso perdió su honradez, ¿verdad? Mostrar el horror en primer plano ya es socialmente incorrecto. Hasta al niño que levantó las manos en la foto famosa del gueto de Varsovia le taparían hoy la cara, la mirada, para no incumplir las leyes sobre protección de menores. Además, se acabó aquello de que sólo con esfuerzo puede obligarse a una cámara a mentir. Hoy, todas las fotos donde aparecen personas mienten o son sospechosas, tanto si llevan texto como si no lo llevan. Dejaron de ser un testimonio para formar parte de la escenografía que nos rodea. Cada cual puede elegir cómodamente la parcela de horror con la que decorar su vida conmoviéndose. ¿No crees? Qué lejos estamos, date cuenta, de aquellos antiguos retratos pintados, cuando el rostro humano tenía alrededor un silencio que reposaba la vista y despertaba la conciencia. Ahora, nuestra simpatía de oficio hacia toda clase de víctimas nos libera de responsabilidades. De remordimientos.

Olvido no podía imaginarlo entonces —hacía poco tiempo que viajaban juntos por guerras y museos—, pero sus palabras, como otras pronunciadas después en Florencia ante un cuadro de Paolo Uccello, habrían de resultar premonitorias. O tal vez lo que había ocurrido era que esas palabras y otras que vinieron después despertaron en Faulques, a partir de entonces, algo que venía incubándose desde hacía tiempo; quizás desde el día en que una foto suya —un jovencísimo guerrillero angoleño llorando junto al cadáver de un amigo— fue adquirida para promocionar una marca de ropa; o desde otro día, no menos singular, en que tras detallado estudio de la foto del miliciano español muerto, de Robert Capa —indiscutido icono de la fotografía bélica honesta—, Faulques concluyó que en tantas guerras propias nunca había visto que nadie muriera en combate con las rodilleras de los pantalones y la camisa tan impecablemente limpias. Esos detalles y muchos otros, nimios o importantes, incluida la desaparición de Olvido Ferrara en los Balcanes y el paso del tiempo en el corazón y la cabeza del fotógrafo, eran motivos remotos, piezas del complejo entramado de casualidades y causalidades que ahora lo tenían frente al mural, en la torre.

Quedaba mucho por hacer —había cubierto algo más de la mitad del cuadro esbozado a carboncillo en la pared blanca—, pero el pintor de batallas estaba satisfecho. En cuanto al trabajo de esa mañana, la playa bajo la lluvia y las naves que se alejaban de la ciudad incendiada, aquel reciente azul brumoso en la melancolía del horizonte, casi gris entre mar y cielo, orientaban la mirada del espectador hacia ocultas líneas convergentes que relacionaban las siluetas lejanas erizadas de destellos metálicos con la columna de fugitivos, y en especial con un rostro de mujer de rasgos africanos —grandes ojos, el trazo firme de una frente y una barbilla, dedos que hacían ademán de velar aquella mirada— situado en primer plano, en tonos cálidos que acentuaban su proximidad. Pero nadie pone lo que no tiene, creía Faulques.

La pintura, como la fotografía, el amor o la conversación, eran semejantes a esas habitaciones de hoteles bombardeados, con los cristales rotos y despojadas de todo, que sólo podían amueblarse con lo que uno sacaba de su mochila. Había lugares de guerra, situaciones, rostros de foto obligada como podían serlo, en otro orden de cosas, París, el Taj Mahal o el puente de Brooklyn: nueve de cada diez fotógrafos recién llegados se atenían al ritual, en busca de la instantánea que los inscribiera en el club selecto de los turistas del horror. Pero ése nunca fue el caso de Faulques. Él no pretendía justificar el carácter predatorio de sus fotografías, como quienes aseguraban viajar a las guerras porque odiaban las guerras y a fin de acabar con ellas. Tampoco aspiraba a coleccionar el mundo, ni a explicarlo. Sólo quería comprender el código del trazado, la clave del criptograma, para que el dolor y todos los dolores fuesen soportables. Desde el principio había buscado algo diferente: el punto desde el que podía advertirse, o al menos intuirse, la maraña de líneas rectas y curvas, la trama ajedrezada sobre la que se articulaban los resortes de la vida y la muerte, el caos y sus formas, la guerra como estructura, como esqueleto descarnado, evidente, de la gigantesca paradoja cósmica. El hombre que pintaba aquella enorme pintura circular, batalla de batallas, había pasado muchas horas de su vida al acecho de tal estructura, como un francotirador paciente, lo mismo en una terraza de Beirut que en la orilla de un río africano o en una esquina de Mostar, esperando el milagro que, de pronto, dibujara tras la lente del objetivo, en la caja oscura —rigurosamente platónica— de su cámara y su retina, el secreto de aquella urdimbre complicadísima que restituía la vida a lo que realmente era: una azarosa excursión hacia la muerte y la nada. Para llegar a esa clase de conclusiones mediante su trabajo, muchos fotógrafos y artistas solían aislarse en un taller. En el caso de Faulques, su taller había sido especial. Abandonando los estudios sucesivos de arquitectura y arte, con veinte años se había adentrado en la guerra, atento, lúcido, con la cautela de quien por primera vez recorre un cuerpo de mujer. Y hasta que Olvido Ferrara entró en su vida y salió de ella, creyó que sobreviviría a la guerra y a las mujeres.

Miró con atención aquel otro rostro, o más bien su depurada representación pictórica en la pared. Había sido portada de varias revistas después de que él lo captase, casi por azar —el preciso azar, sonrió esquinado, del momento exacto—, en un campo de refugiados del sur de Sudán. Un día de rutina laboral, de tenso y silencioso ballet, sutiles pasos de baile entre niños que morían extenuados ante los objetivos de sus cámaras, mujeres enflaquecidas con la mirada ausente, huesudos ancianos sin otro futuro que sus recuerdos. Y mientras escuchaba el zumbido del motor de la Nikon F3 rebobinando la película, Faulques vio de soslayo a la muchacha. Estaba tumbada en el suelo sobre una esterilla, tenía una jarra desportillada en el regazo y se tocaba la cara con gesto cansado, exhausto. Fue el ademán lo que llamó su atención. Con reflejo automático comprobó la escasa cantidad de película que le quedaba en la vieja y sólida Leica 3MD con objetivo de 50 milímetros que llevaba colgada al cuello. Tres exposiciones serían suficientes, pensó mientras empezaba a moverse hacia la muchacha con suavidad, intentando no ser causa de que ésta descompusiera el gesto —aproximación indirecta lo llamaría después Olvido, aficionada a aplicar una cínica terminología militar al trabajo de ambos—. Pero cuando Faulques ya estaba pegado al visor y tomaba foco, la muchacha advirtió su sombra en el suelo, retiró un poco la mano y alzó el rostro, mirándolo. Ésa fue la causa de que él tomase dos exposiciones rápidas, apretando el obturador mientras su instinto le decía que no dejara perderse una mirada que tal vez nunca más volvería a estar allí. Después, consciente de que sólo tenía una oportunidad más de fijar aquello en el gelatinobromuro de plata de la película antes de que se esfumara para siempre, rozó con un dedo el anillo para regular el diafragma y adecuarlo al 5.6 que calculó para la luz ambiente, varió unos centímetros el eje de la cámara y disparó la última fotografía un segundo antes de que la muchacha volviera el rostro, cubriéndoselo con la mano. Después ya no hubo nada más; y cuando él, cinco minutos más tarde, volvió a acercarse con las dos cámaras otra vez cargadas y a punto, la mirada de la muchacha ya no era la misma y el momento había pasado. Faulques viajó de regreso con aquellas tres fotografías en el pensamiento, preguntándose si el revelado las haría aparecer tal y como las había creído ver, o las recordaba. Y más tarde, en la penumbra roja del cuarto oscuro, acechó la aparición de las líneas y los colores, la lenta configuración del rostro cuyos ojos lo miraban desde el fondo de la cubeta. Después, secas las copias, Faulques pasó mucho rato frente a ellas, consciente de que se había acercado mucho al enigma y su formulación física. Las dos primeras eran menos perfectas, con un ligero problema de foco; pero la tercera resultaba limpia y nítida. La muchacha era joven y translúcidamente bella a pesar de la cicatriz horizontal que marcaba su frente y los labios cuarteados —como ahora las grietas aparecidas en la pintura mural— por la enfermedad y la sed. Y todo, la cicatriz, las grietas de los labios, los dedos finos y huesudos de la mano junto al rostro, las líneas del mentón y la tenue insinuación de las cejas, el fondo del trenzado romboidal de la esterilla, parecían confluir en la luz de los ojos, el reflejo de claridad en los iris negros, su fija y desesperada resignación. Una máscara conmovedora, antiquísima, eterna, donde convergían todas aquellas líneas y ángulos. La geometría del caos en el rostro sereno de una muchacha moribunda.

2

Cuando Faulques miró por la ventana que daba a la parte de tierra, vio al desconocido entre los pinos, observando la torre. Los coches sólo podían llegar hasta la mitad del camino, lo que suponía media hora a pie por el sendero que serpenteaba desde el puente. Un trayecto incómodo a esa hora, con el sol todavía alto, sin un soplo de aire que enfriase los guijarros de la cuesta. Buena forma física, pensó. O mucha gana de hacer visitas. Estiró los brazos para desperezar el largo esqueleto —Faulques era alto, huesudo, y el pelo corto y gris le daba un vago aire militar—, se limpió las manos en una palangana con agua y salió afuera. Allí, los dos hombres estuvieron mirándose unos instantes entre el monótono sonido de las cigarras que chirriaban en los matorrales. El desconocido llevaba una mochila colgada al hombro, y vestía camisa blanca, pantalón vaquero y botas de campo. Miraba la torre y a su habitante con tranquila curiosidad, como si pretendiera asegurarse de que aquél era el lugar que buscaba.

—Buenos días —saludó.

Un acento que podía ser de cualquier sitio. El pintor compuso un gesto de fastidio. No le gustaban las visitas, y para disuadirlas había colocado carteles bien visibles en la cuesta —uno advertía *perros peligrosos*, aunque no había ninguno—, informando de que se trataba de una propiedad privada. En aquel lugar no frecuentaba a nadie. Sus únicas relaciones eran los contactos superficiales que mantenía cuando bajaba a Puerto Umbría: los empleados de correos o del ayuntamiento, el camarero del bar en cuya terraza del muellecito pesquero se sentaba a veces, los tenderos a quienes compraba comida y materiales de trabajo, o el director de la sucursal bancaria a la que se hacía transferir dinero desde Barcelona. Cortaba de raíz cualquier intento de aproximación; y a quienes franqueaban esa línea defensiva solía despacharlos con malos modos, pues sabía que la impertinencia no se desanima ante una simple negativa cortés. Para los casos extremos —aquel término incluía inquietantes posibilidades, aunque todas remotas— reservaba una escopeta repetidora de caza, que hasta entonces no había tenido ocasión de sacar de su funda, y que estaba en el baúl de arriba, limpia y engrasada, junto a dos cajas de cartuchos de postas.

—Es una propiedad privada —dijo, seco.

El desconocido asintió, flemático. Seguía mirándolo con atención desde diez o doce pasos de distancia. Era corpulento, de mediana estatura. Llevaba largo el pelo color pajizo. Usaba lentes.

—¿Usted es el fotógrafo?

La sensación incómoda se hizo más intensa. Aquel individuo había dicho fotógrafo, y no pintor. Era a una vida anterior a la que se estaba refiriendo, y eso no podía agradar a Faulques. Mucho menos en boca de un extraño. Esa otra vida nada tenía que ver con el lugar, ni con el momento. Al menos de modo oficial.

—No lo conozco —dijo, irritado.

—Quizá no me recuerde, pero sí me conoce.

Lo dijo con tal aplomo que Faulques no pudo menos que observarlo con atención mientras el otro se acercaba un poco, acortando la distancia a fin de facilitar las cosas. Había visto muchos rostros en su vida, la mayor parte a través del visor de una cámara. Algunos los recordaba y otros los había olvidado: una visión fugaz, un clic del obturador, un negativo en la hoja de contactos, que sólo a veces merecía el círculo de rotulador que lo salvaría de verse confinado a los archivos. La mayor parte de quienes aparecían en esas fotos se difuminaba en una multitud de rasgos indiscriminados, con el fondo de una sucesión de escenarios imposible de establecer sin un esfuerzo de la memoria: Chipre, Vietnam, Líbano, Camboya, Eritrea, El Salvador, Nicaragua, Angola, Mozambique, Iraq, los Balcanes... Cacerías solitarias, viajes sin principio ni final, paisajes devastados de la extensa geografía del desastre, guerras que se confundían con otras guerras, gente que se confundía con otra gente, muertos que se confundían con otros muertos. Innumerables negativos entre los que recordaba uno de cada cien, de cada quinientos, de cada mil. Y aquel horror preciso, inapelable, que se extendía por los siglos y la Historia, prolongado como una avenida entre dos rectas paralelas larguísimas, desoladas. La certeza gráfica que resumía todos los horrores, tal vez porque no existía más que un solo horror, inmutable y eterno.

—¿De verdad no me recuerda?

El desconocido parecía decepcionado. Pero nada en él resultaba familiar a Faulques. Europeo, concluyó estudiándolo más de cerca. Fornido, ojos claros, manos fuertes. Cicatriz vertical en la ceja izquierda. Un aspecto algo rudo, dulcificado por los lentes. Y aquel leve acento. Eslavo, tal vez. Balcánico o de por allí.

—Me hizo una fotografía.

—Hice muchas en mi vida.

—Aquélla era especial.

Faulques se dio por vencido. Metió las manos en los bolsillos del pantalón, encogiendo los hombros. Lo siento, dijo. No me acuerdo. El otro sonreía a medias, alentador.

—Haga memoria, señor. Esa fotografía le hizo ganar dinero —indicó la torre con un ademán breve—... Quizá esto se lo deba a ella.

—Esto no es gran cosa.

Se intensificó la sonrisa del otro. Le faltaba un diente en el lado izquierdo de la boca: un premolar de arriba. El resto tampoco parecía en buen estado.

—Depende del punto de vista. Para algunos sí lo es.

Tenía un modo de hablar algo rígido, formal. Como si sacara las palabras y las frases de un manual de gramática. Faulques hizo otro esfuerzo por identificar su rostro, sin resultado.

—Aquel importante premio suyo —dijo el desconocido—. Le dieron el International Press por hacerme la fotografía... ¿Tampoco recuerda eso?

Faulques lo miró con recelo. Esa foto la recordaba muy bien, lo mismo que a quienes aparecían en ella. Se acordaba de todos, uno por uno: los tres milicianos drusos de pie con los ojos vendados —dos cayendo, uno orgulloso y erguido— y los seis kataeb maronitas que los ejecutaban casi a quemarropa. Víctimas y verdugos, montañas del Chuf. Portada de una docena de revistas. Su consagración como fotógrafo de guerra a los cinco años de haberse iniciado en el oficio.

—Usted no pudo estar allí. Los protagonistas murieron, y quienes disparaban eran falangistas libaneses.

El desconocido titubeó, confuso, sin apartar sus ojos de Faulques. Estuvo así unos segundos y al cabo movió la cabeza.

—Yo hablo de otra fotografía. La de Vukovar, en Croacia… Siempre creí que le dieron ese premio.

—No —ahora Faulques lo estudiaba con renovado interés—. La de Vukovar fue otro.

—¿También era importante?

—Más o menos.

—Pues yo soy el soldado de esa foto.

Faulques se quedó muy quieto, las manos en los bolsillos del pantalón y la cabeza ligeramente inclinada hacia la derecha, escrutando de nuevo el rostro que tenía delante. Y ahora, al fin, como en el curso de un lento proceso de revelado fotográfico, la imagen que tenía en la memoria empezó a superponerse despacio sobre los rasgos del desconocido. Entonces se maldijo por su torpeza. Los ojos, naturalmente. Menos fatigados y más vivos, pero eran los mismos. Como la curva de los labios, el mentón con una leve hendidura, la mandíbula fuerte, ahora recién afeitada, que en la antigua imagen llevaba barba de un par de días. Su conocimiento de aquel rostro se basaba casi exclusivamente en la observación de la fotografía que había tomado un día de otoño en Vukovar, antigua Yugoslavia, cuando las tropas croatas, batidas por la artillería y las embarcaciones serbias que bombardeaban desde el Danubio, se mantenían a duras penas en el estrecho perímetro defensivo de la ciudad cercada. El combate era muy intenso en los suburbios, y en el camino de Petrovci, Faulques y Olvido Ferrara —habían entrado una semana antes por el único lugar posible, un sendero oculto entre maizales— se cruzaron con los supervivientes de una unidad croata que se replegaba, derrotada, después de luchar con armas ligeras contra los blindados enemigos. Caminaban dispersos, al límite de sus fuerzas, vestidos con una variopinta mezcla de prendas militares y ropa civil. Eran campesinos, funcionarios, estudiantes movilizados para el recién formado ejército nacional croata: rostros cubiertos de sudor, bocas abiertas, ojos extraviados de fatiga, armas que colgaban de sus correas o eran arrastradas por el suelo. Acababan de correr cuatro kilómetros con los tanques enemigos pegados a las botas, y entre la reverberación del sol sobre el camino se movían ahora con extrema lentitud, casi fantasmales, sin otro ruido que el retumbar sordo de las explosiones lejanas y el roce de sus pies sobre la tierra. Olvido no hizo ninguna foto —casi nunca fotografiaba personas, sino cosas—, pero Faulques, al pasar junto a ellos, decidió registrar la imagen de aquella extenuación. Así que se llevó a la cara una cámara, y mientras buscaba foco, diafragma y encuadre, dejó pasar un par de rostros y eligió el tercero a través del visor, casi por azar: unos ojos claros extremadamente vacíos, unos rasgos descompuestos por el cansancio, la piel cubierta de gotas del mismo sudor que apelmazaba sobre la frente el pelo sucio y revuelto, y un viejo AK-47 apoyado con descuido sobre el hombro derecho, sostenido por una mano envuelta en un vendaje manchado y pardo. Después el obturador hizo clic, Faulques siguió su camino, y eso fue todo. La foto se publicó cuatro semanas después, coincidiendo con la caída de Vukovar y el exterminio de todos sus defensores, y aquella imagen se convirtió en un símbolo de la guerra. O, como concluyó el jurado profesional que la premió con el prestigioso Europa Focus de aquel año, en el símbolo de todos los soldados de todas las guerras.

—Dios mío. Creía que estaba muerto.

—Casi lo estuve.

Se quedaron callados, mirándose como si ninguno de los dos supiera qué decir, o hacer.

—Bueno —murmuró Faulques al fin—. Admito que le debo un trago.

—¿Un trago?

—Un vaso de algo… Alcohol, si gusta. Una copa.

Sonrió por primera vez, algo forzado, y el otro correspondió con el mismo gesto de antes, descubriendo el hueco en la dentadura. Parecía reflexionar.

—Sí —concluyó—. Quizá me deba ese trago.

—Pase.

Entraron en la torre. El recién llegado miró alrededor, sorprendido, y giró despacio sobre sus pies para abarcar la enorme pintura circular, mientras el pintor de batallas buscaba bajo la mesa donde se amontonaban pinceles, botes y tubos de pintura, y luego entre las cajas de cartón puestas en el suelo, los papeles con bocetos, las escaleras, caballetes y tablones para montar andamios, las dos bombillas halógenas de 120 vatios que, situadas sobre una estructura móvil con percha y ruedas, conectadas al generador de afuera, iluminaban el mural cuando Faulques trabajaba de noche. Coñac español y cerveza caliente, dijo éste. Es cuanto puedo ofrecerle. Y no hay hielo. El frigorífico sólo funciona un rato cuando enciendo el generador.

Sin dejar de mirar el mural, el otro hizo un ademán negligente. Le daba igual una bebida que otra.

—No lo habría reconocido nunca —comentó el pintor de batallas—. Estaba más flaco entonces. En la foto.

—Llegué a estarlo mucho más.

—Supongo que fueron tiempos malos.

—Supone lo oportuno.

Faulques fue hasta él con dos vasos llenos de coñac hasta la mitad. Tiempos malos para todos, repitió en voz alta. Pensaba en lo ocurrido tres días después, cerca del lugar en donde había hecho aquella foto: cuneta de la carretera de Borovo Naselje, afueras de Vukovar. Le pasó un vaso al visitante y bebió un sorbo del suyo. A esa hora no resultaba adecuado, pero había dicho una copa y aquello era una copa. El desconocido —ése ya no era un término riguroso, pensó de pronto— había dejado de mirar la pintura mural y sostenía el vaso sin prestarle mucha atención. Tras los cristales de las gafas, sus ojos claros, de un gris muy pálido, estaban ahora fijos en el pintor.

—Sé a qué se refiere… Vi morir a la mujer.

Faulques no era propenso a mostrar estupor, ni a desvelar emociones. Pero algo debió de reflejarse en su cara, pues vio asomar otra vez el agujero negro en la boca del visitante.

—Fue días después de que me hiciera la fotografía —prosiguió éste—. Usted no advirtió mi presencia, pero yo estaba aquella tarde en la carretera de Borovo Naselje. Cuando oí la explosión pensé en uno de los nuestros... Al pasar lo vi arrodillado en la cuneta, junto al cuerpo.

Había titubeado un instante con la última palabra, como si tras dudar entre cadáver y cuerpo hubiese optado por ésta. Y resultaba pintoresco, decidió Faulques, aquel modo entre cortés y anticuado de rebuscar ciertas palabras, con pausas en demanda del término exacto. Ahora el visitante se llevó por fin el vaso a los labios, sin dejar de mirar a su interlocutor. Los dos permanecieron un poco más en silencio.

—Lo lamento —dijo Faulques—. No lo recordaba a usted.

—Es natural. Parecía sensiblemente afectado.

—No me refiero a lo de Borovo Naselje, sino a la foto que le hice días antes... Su cara fue portada de varias revistas, y desde entonces la he visto cientos de veces. Ahora sí, claro. Sabiéndolo, resulta más fácil. Pero ha cambiado mucho.

—Usted lo dijo antes, ¿no?... Tiempos malos. Y después pasaron muchos años.

—¿Cómo me ha encontrado?

Preguntando, repuso el otro volviendo a mirar la pintura. Aquí y allá. Es usted un hombre notorio y famoso, señor Faulques, añadió mojando distraído los labios en el coñac. Aunque lleve tiempo retirado, mucha gente lo recuerda. Se lo aseguro.

—¿Cómo logró salir de allí?

El visitante le dirigió una extraña mirada. Supongo que habla de Vukovar, repuso. Me hirieron dos semanas después de que me hiciera la fotografía. No la herida de la mano que se ve en la imagen —mire, conservo la cicatriz—, sino otra más grave. Fue cuando los chetniks aún no habían cortado el paso de los maizales. Me evacuaron a un hospital de Osijek.

Se tocaba el costado izquierdo indicando el lugar exacto. No con un dedo, sino con la mano abierta; así que Faulques dedujo que el destrozo habría sido grande. Asintió con vaga simpatía.

—¿Metralla?

—Una bala del doce punto siete.

—Tuvo mucha suerte.

No se refería a que su visitante no hubiese muerto de la herida, sino a que ésta se produjera mientras aún era posible sacar de Vukovar a los heridos. Cuando los serbios cortaron también aquel sendero, nadie pudo abandonar la ciudad cercada. Y al caer ésta, todos los prisioneros en edad de combatir fueron asesinados. Eso incluyó a los heridos, arrastrados fuera del hospital, muertos a tiros y enterrados en gigantescas fosas comunes.

Al oír la palabra suerte, el otro había mirado a Faulques de modo extraño. Seguía haciéndolo. Al cabo puso el vaso sobre la mesa y echó otra larga ojeada circular.

—Curioso lugar. Pero no veo recuerdos de otros tiempos.

Faulques señaló la pintura: la ciudadela de sombras en contraluz sobre el fuego semejante a un volcán, los reflejos metálicos de las armas modernas, el tropel acerado desbordando la brecha de un muro, los rostros de mujeres y niños, los ahorcados pendiendo como racimos de los árboles, las naves alejándose en el horizonte gris.

—Ésos son mis recuerdos.

—Me refiero a fotos. Usted es fotógrafo.

—Lo fui.

—Lo fue, eso es. Y los fotógrafos suelen colgar fotos en las paredes. Fotos que han hecho. Y más cuando tienen importantes premios. ¿No se avergonzará de sus fotos, verdad?

—Ya no me interesan. Es todo.

—Claro —el visitante sonrió de un modo extraño—. Eso es todo.

Ahora estudiaba las imágenes del mural con atención, fruncido el ceño.

—¿También están entre sus recuerdos las guerras antiguas?... ¿Troya y sitios así?

Le tocó a Faulques el turno de sonreír a medias.

—De eso se trata. Los sitios así siempre son el mismo sitio.

Aquello debió de parecerle interesante al otro, pues se quedó quieto, la mirada inmóvil, meditando sobre lo que acababa de escuchar. El mismo sitio, repitió en voz baja. Dio unos pasos, observando los detalles de cerca. De pronto parecía incómodo.

—No entiendo de pintura —dijo.

Después fue hasta su mochila, que había dejado junto a la puerta, y cogió una carpeta de cuyo interior extrajo una hoja doblada por la mitad. Papel viejo, manoseado: una página de revista. La portada de *Newszoom* con la fotografía hecha diez años atrás. Se acercó con ella a la mesa, la puso junto a los frascos de pintura y los pinceles, y ambos la contemplaron en silencio. Era realmente una foto singular, se dijo Faulques. Fría, objetiva. Perfecta. La había visto muchas veces, pero seguían complaciéndolo las líneas geométricas invisibles —o visibles para un observador atento— que la sustentaban como un cañamazo impecable: el primer plano del soldado exhausto, la mirada perdida que parecía formar parte de las líneas de esa carretera que no llevaba a ninguna parte, los muros casi poliédricos de la casa en ruinas salpicada por la viruela de la metralla, el humo lejano del incendio, vertical como una columna negra y barroca, sin un soplo de brisa. Todo aquello, encuadrado en un visor fotográfico e impreso en un negativo de 24x36 milímetros, era más fruto del instinto que del cálculo, aunque el jurado que premió la imagen subrayara que lo casual resultaba relativo. No es sólo su perfección, declaró un miembro del comité del Europa Focus. Es nuestra certeza de que el punto de vista, la mirada de quien la obtuvo, se ha formado con una intensa experiencia, y que esa imagen es el sedimento final, la culminación de un largo proceso personal, profesional y artístico.

—Yo tenía veintisiete años —dijo el visitante, alisando la página con la palma de la mano.

Lo dijo en tono neutro, sin nostalgia ni melancolía; pero Faulques no le prestó atención. La palabra *artístico* oscilaba en su memoria, produciéndole un malestar retrospectivo. En nuestro oficio, había dicho una vez Olvido —rebobinaba la película sentada en un sillón destripado, las cámaras en el regazo, ante el cadáver de un hombre sin cabeza del que sólo había fotografiado los zapatos—, la palabra arte siempre suena a mixtificación

36

y a paños calientes. Mejor seamos amorales que inmorales. ¿No te parece? Y ahora, por favor, bésame.

—Es una buena foto —prosiguió el visitante—. Se me ve cansado, ¿verdad?... Y lo estaba. Supongo que el cansancio es lo que le da a mi cara ese aspecto dramático... ¿El título lo eligió usted?

Aquello era precisamente lo opuesto al arte, pensaba Faulques. La armonía de líneas y formas no tenía otro objeto que llegar a las claves íntimas del problema. Nada que ver con la estética, ni tampoco con la ética que otros fotógrafos usaban —o decían usar— como filtro de sus objetivos y su trabajo. Para él todo se había reducido a moverse por la fascinante retícula del problema de la vida y sus daños colaterales. Sus fotografías eran como el ajedrez: donde otros veían lucha, dolor, belleza o armonía, Faulques sólo contemplaba enigmas combinatorios. Lo mismo ocurría con la vasta pintura en la que ahora trabajaba. Cuanto intentaba resolver en aquella pared circular estaba en las antípodas de lo que el común de la gente llamaba arte. O tal vez lo que ocurría era que, una vez dejado atrás cierto punto ambiguo y sin retorno donde, ya sin pasión, languidecían ética y estética, el arte se convertía —y tal vez las palabras adecuadas eran *de nuevo*— en una fórmula fría y puede que eficaz. Una impasible herramienta para contemplar la vida.

Tardó en darse cuenta de que el otro aguardaba su respuesta. Se esforzó en recordar. El título, eso era. Había preguntado por el título de la foto.

—No —dijo—. Eso lo hacían las revistas, los diarios y las agencias, por su cuenta. No era cosa mía.

—*El rostro de la derrota*. Muy apropiado. ¿Cuáles son sus recuerdos de aquel día, señor Faulques?... ¿De aquella derrota?

Lo observaba con curiosidad. Tal vez una curiosidad demasiado formal, como si la pregunta estuviese menos motivada por interés que por cortesía. El pintor de batallas movió la cabeza.

—Me acuerdo de casas que ardían y de su grupo retirándose del combate... Poco más.

No era exacto. Recordaba otras cosas, pero no lo dijo. Recordaba a Olvido caminando en silencio por el lado opuesto de la carretera, una cámara sobre el pecho y la pequeña mochila a la espalda, el pelo trigueño sujeto en dos trenzas, las piernas largas y esbeltas enfundadas en los vaqueros, las deportivas blancas haciendo crujir la gravilla de la carretera suelta por las granadas de mortero. A medida que se acercaban al frente y el combate sonaba próximo, el paso de ella parecía más vivo y firme, como si se esforzara, sin saberlo, en llegar a tiempo a la cita ineludible que la aguardaba tres días más tarde en la carretera de Borovo Naselje. Y al remontar una cuesta que los dejaba al descubierto, cuando las líneas curvas se hicieron tangentes con rectas hostiles y sobre sus cabezas pasó el ziaaang, ziaaang de dos balas perdidas y al límite de su alcance, Faulques la había visto detenerse ligeramente encorvada, mirando alrededor con la cautela de un cazador cercano a su presa, antes de volverse hacia él y sonreír con ternura feroz, un poco distraída y como ausente, dilatadas las aletas de la nariz, los ojos brillando cual si estuviesen a punto de llorar adrenalina.

El visitante cogió su vaso de la mesa, y tras sostenerlo un momento volvió a dejarlo donde estaba, sin probarlo.

—Pues yo recuerdo muy bien cuando me hizo la foto.

Aunque nuestras circunstancias eran distintas, añadió. Para Faulques era un trabajo más, claro. Rutina profesional. Pero él era la primera vez que se veía en algo así. Lo habían reclutado pocos días antes, y terminó entre camaradas tan asustados como él, con un fusil en las manos frente a los tanques serbios.

—Nos destrozaron, oiga. Literalmente. De cuarenta y ocho que éramos, volvimos quince... Los que vio en la carretera.

—No tenían buen aspecto.

—Imagínese. Habíamos corrido como conejos, campo a través, hasta reagruparnos en las afueras de Petrovci. Estábamos tan asustados que los jefes nos ordenaron retirarnos hacia Vukovar... Fue entonces cuando usted y la mujer se cruzaron con nosotros. Recuerdo que me sorprendió verla. Es una fotógrafa, pensé. Una corresponsal. Pasó por nuestro lado caminando rápido, como si no nos viera. Me quedé mirándola, y al volver la cara me encontré con usted delante. Me apuntaba, o encuadraba, o como se diga, haciéndome la foto... Sí. Hizo clic y siguió camino sin un gesto ni un saludo. Nada. Creo que ya había dejado de pensar en mí, incluso de verme, cuando bajó la cámara.

—Es posible —concedió Faulques, molesto.

El visitante indicó la fotografía con un vago ademán. No puede sospechar, dijo luego, la cantidad de cosas en que he pensado estos años, mirándola. Todo cuanto he aprendido de mí, de los otros. De tanto estudiar mi cara, o más bien la que tenía entonces, he llegado a verme como desde fuera, ¿comprende?... Se diría que es otro el que mira. Aunque lo que ocurre, supongo, es que realmente es otro el que ahora mira.

—Pero usted —concluyó volviéndose muy despacio hacia el pintor— no ha cambiado mucho.

Su tono era extraño. Faulques lo interrogó con una mirada suspicaz, en silencio, y vio que alzaba levemente una mano, cual si aquella pregunta no formulada careciera de sentido. Nada de particular. Pasaba por aquí y quise saludarlo, apuntaba el gesto. Qué otra cosa quiere que yo quiera.

—No —prosiguió al cabo de un momento—. Lo cierto es que no ha cambiado casi nada... El pelo gris, tal vez. Y más arrugas en la cara. Aun así, no ha sido fácil encontrarlo. Anduve por muchos sitios, preguntando. Fui a sus agencias de fotos, a revistas... Sabía poco de usted, pero, a medida que iba averiguando cosas, supe que era un fotógrafo famoso. De los mejores, dicen. Que casi siempre trabajó en guerras, que tiene muchos premios... Que un día lo dejó todo y desapareció. Al principio pensé que la muerte de aquella mujer tenía que ver con eso, pero luego comprobé que aún siguió trabajando unos años más. No se retiró hasta después de lo de Bosnia y Sarajevo, ¿verdad?... Y alguna cosa en África.

—¿Qué quiere de mí?

Imposible saber si el otro sonreía, o no. La mirada parecía ir por su cuenta, fría, ajena al rictus benévolo de la boca.

—Me hizo famoso. Decidí conocer a quien me había hecho famoso.

—¿Cómo se llama?

—Eso tiene gracia, ¿verdad? —los ojos seguían fijos y fríos, pero se ensanchó la sonrisa del visitante—. Usted le hizo una foto a un soldado con quien se cruzó un par de segundos. Un soldado del que ignoraba hasta el nombre. Y esa foto dio la vuelta al mundo. Luego olvidó al soldado anónimo e hizo otras fotos. A otros cuyo nombre también ignoraba, imagino. Tal vez los hizo famosos como a mí… Era un curioso trabajo, el suyo.

Se calló, reflexionando quizá sobre las singularidades del antiguo trabajo de Faulques. Miraba absorto el vaso de coñac, que estaba junto a la fotografía. Pareció reparar en él y lo cogió, llevándoselo a los labios.

—Me llamo Ivo Markovic.

—¿Por qué me busca?

El otro había dejado el vaso y se limpiaba la boca con el dorso de la mano.

—Porque voy a matarlo a usted.

Durante un rato sólo se escuchó el rumor de las cigarras afuera, entre los matorrales. Faulques cerró la boca —la había dejado entreabierta al oír aquello— y miró alrededor. El corazón le latía lento y sin compás. Lo notaba agitarse en el pecho.

—¿Por qué? —preguntó.

Se había movido despacio, sólo unos centímetros. Con extrema precaución. Ahora estaba de lado, oponiéndole al visitante el hombro izquierdo. Lo que tenía más a mano era una espátula ancha y acabada en punta, cuyo mango asomaba entre los botes y frascos de pintura. Alargó una mano hacia ella sin que el otro hiciera observación alguna, ni mostrase alarma.

41

—La suya es una pregunta de respuesta difícil —el visitante miraba, pensativo, la espátula en poder de Faulques—. Después de tantos años dándole vueltas, planificando cada paso y cada circunstancia, el asunto es más complejo de lo que parece.

Sin dejar de prestarle atención, el pintor de batallas calculó líneas, ángulos y volúmenes: espacios libres, distancia a la puerta, cualidades físicas. Para su íntima sorpresa, no se sentía alarmado. Quedaba por establecer si era por el tono y actitud del visitante, o por su propio modo de ver las cosas.

—No me diga. ¿Más?… A mí ya me parece complejísimo. Siempre y cuando se encuentre en sus cabales.

—¿Perdón?

—Que no esté mal de la cabeza. Loco.

Asintió el otro, casi solícito. Me hago cargo de sus reservas, dijo con naturalidad. Pero lo que pretendo decirle es que antes, al principio, todo se me antojaba extremadamente simple. Entonces habría podido matarlo sin que mediara una palabra. Sin explicaciones. Pero el tiempo no pasa en balde. Uno piensa, y piensa. He tenido tiempo para pensar. Y matarlo sin más no me parece suficiente.

—¿Pretende hacerlo aquí?… ¿Ahora?

—No. Precisamente vengo a conversar por eso. Ya he dicho que no puedo hacerlo sin más. Necesito que hablemos antes, conocerlo mejor, conseguir que también usted conozca ciertas cosas. Quiero que sepa y comprenda… Después podré matarlo, al fin.

Dicho aquello se lo quedó mirando con aire tímido, cual si no estuviera seguro de haber sido cortés explicándose, o de emplear la construcción sintáctica adecuada. Faulques dejó salir el aire que retenía en los pulmones.

—¿Qué es lo que quiere que comprenda?

—Su foto. O mejor dicho: mi foto.

Los dos miraban la espátula que Faulques sostenía en la mano derecha. De pronto, a éste le pareció ridícula. La devolvió a su sitio. Cuando alzó la vista leyó en los ojos del visitante una sobria aprobación. Entonces el pintor de batallas sonrió un poco, esquinado.

—¿Se le ha ocurrido pensar que puedo defenderme?

El otro parpadeó. Parecía molesto porque su interlocutor creyera que no había considerado eso. Claro que sí, repuso. Todos merecemos una oportunidad. También usted, por supuesto.

—¿O que puedo —Faulques vaciló un segundo, pues la palabra parecía absurda— huir?

El visitante tardó en responder. Había alzado ambas manos, como para mostrar que nada ocultaba o que nada se disponía a esgrimir, antes de ir hasta la mochila y sacar un ajado libro de fotografías. Mientras se acercaba de nuevo, Faulques reconoció la edición inglesa de uno de sus trabajos recopilatorios: *The Eye of War*. El otro puso el libro abierto sobre la mesa, junto a la portada de *Newszoom*.

—No creo que huya —hojeaba páginas, indiferente al hecho de que Faulques no mirase el álbum, sino a él—. Llevo años estudiando su trabajo, señor. Sus fotografías. Las conozco tan bien que a veces creo que he llegado a conocerlo a usted. Por eso sé que no huirá, ni hará nada por el momento. Se quedará aquí mientras conversamos. Un día, varios… Todavía no lo sé. Hay respuestas que necesita tanto como yo.

3

En la bóveda negra del cielo, las estrellas giraban muy despacio hacia la izquierda, alrededor del punto fijo de la Polar. Sentado a la puerta de la torre, la espalda contra las piedras erosionadas por trescientos años de viento, sol y lluvia, Faulques no podía ver el mar; pero alcanzaba a distinguir a lo lejos los destellos del faro de Cabo Malo y oía el rumor de la marejada batiendo las rocas, abajo, al pie de la cortadura donde se inclinaban las siluetas de los pinos, semejantes a suicidas indecisos en el contraluz de una luna menguante y amarilla.

Tenía en las manos el vaso de coñac, que había vuelto a llenar después de que el visitante se marchara sin despedirse; como si su partida fuese una pausa sin importancia, pequeño aplazamiento técnico en el complejo asunto que ambos —el propio Faulques reconocía que ahora era cosa de ambos, sin la menor duda— se traían entre manos. En un momento de la conversación, prolongada más allá del anochecer, el otro se había interrumpido a mitad de una frase, cuando estaba describiendo un paisaje: una alambrada y una montaña pedregosa y desnuda, sin vegetación, que aquélla enmarcaba como un encuadre irónico y perverso, o una fotografía. Y con esa palabra, fotografía, en los labios, el visitante se había levantado en la oscuridad —Faulques y él conversaban desde hacía rato, dos bultos sentados frente a frente sin otra luz que la luna en la ventana— y tras buscar a tientas su mochila se recortó en la puerta abierta, inmóvil un momento, cual si dudara entre irse en silencio o decir algo antes. Luego anduvo sin prisa hasta el sendero que bajaba al pueblo, mientras Faulques se levantaba y salía tras él, a tiempo de ver alejarse la mancha clara de su camisa entre las sombras del pinar.

Ivo Markovic, pues tal era el nombre —Faulques no tenía motivos para dudarlo—, había olvidado la portada de *Newszoom* con su foto. El pintor se dio cuenta cuando encendió el farol portátil de gas, buscó su vaso vacío para llenarlo de nuevo y la vio desplegada entre los botes de pintura, los trapos sucios y los frascos de conservas llenos de pinceles. Aunque lo más probable era que no se tratara de un olvido, sino de algo tan deliberado como el abandono del maltrecho *The Eye of War*, que también estaba sobre la silla que el visitante ocupó mientras conversaban. Necesito que comprenda algunas cosas, había dicho. Entonces podré matarlo, por fin. Etcétera.

Tal vez era el coñac, pensó el pintor de batallas, su efecto en el corazón y en la cabeza, lo que atenuaba la sensación de irrealidad. La visita inesperada, la conversación, los recuerdos e imágenes desplegados con la misma evidencia que la página con la foto o el álbum con sus trabajos de guerra, parecían ahora situarse sin estridencias en el paisaje familiar. Hasta la vasta pintura cóncava en cuyo anverso de piedra Faulques apoyaba en ese momento la espalda, la noche que todo lo envolvía, reservaban lugares adecuados, rincones, perspectivas para situar cuanto, como un prestidigitador ante su público fascinado, el visitante había ido sacando de la mochila a medida que la luz decreciente enrojecía primero, luego difuminaba y al fin oscurecía los contornos. Para sorpresa del antiguo fotógrafo, nada de cuanto el otro hombre había dicho o callado, incluida aquella muerte suya anunciada menos como pronóstico que como compromiso, parecía ajeno a su propia presencia en aquel lugar, a su trabajo en el gran fresco de la pared. Si, como sostenían los teóricos del arte, la fotografía le recordaba a la pintura lo que ésta ya nunca debía hacer, Faulques tenía la certeza de que su trabajo en la torre le recordaba a la fotografía lo que ésta era capaz de sugerir, pero no de lograr: la vasta visión circular, continua, del caótico ajedrez, regla implacable que gobernaba el azar perverso —la ambigüedad de qué gobernaba a qué no era en absoluto casual— del mundo y de la vida. Aquel punto de vista confirmaba el carácter geométrico de esa perversidad, la norma del caos, las líneas y formas ocultas al ojo no avisado, tan parecidas a las arrugas de la frente y los párpados de un hombre al que en cierta ocasión había fotografiado durante una hora junto a una fosa común, en cuclillas, fumando y tocándose la cara mientras desenterraban a su hermano y a su sobrino. Nadie regalaba a nadie el dudoso privilegio de ver esa clase de cosas en los objetos, en los paisajes o en los seres humanos. Desde hacía algún tiempo, Faulques sospechaba que sólo era posible tras cierta clase de recorridos, o viajes: Troya con billete de vuelta, por ejemplo. La soledad de una habitación de hotel, marcando fotos y limpiando cámaras con los fantasmas frescos en la retina; o más tarde, al regreso, ante las imágenes en papel extendidas sobre la mesa, barajándolas y descartándolas como quien hace un solitario complicado. Ulises con canas en el pelo y sangre en las manos, y la lluvia dispersando las cenizas de la ciudad humeante mientras zarpan las naves. Hasta entonces uno podía estar mirando eso una y otra vez, clic, clic, clic, laboratorio, positivado, International Press Photo, Europa Focus, y fracasar durante toda su vida. A Faulques, ahora pintor de batallas, lo habían llevado hasta aquella torre una mujer muerta y una certeza: nadie podía fijar todo eso en un rollo de película durante la cientoveinticincoava parte de un segundo.

El hombre que acababa de marcharse lo confirmaba. Era un trazo más en el enorme fresco circular de la pared. Una pregunta más al silencio de la Esfinge. Sin duda merecía un sitio de honor allí, asignado por las paradojas y piruetas de un mundo tenaz en demostrar que, pese a que la línea recta estaba ausente de la naturaleza animal y se prodigaba poco en la naturaleza en general —excepto cuando la ley de la gravedad tensaba las sogas de los ahorcados—, el caos sí poseía atajos impecablemente rectos que llevaban a sitios precisos en el lugar y en el tiempo. Bien a su pesar, Faulques estaba impresionado. Por la tarde, después de poner el álbum fotográfico sobre la mesa, Ivo Markovic se había vuelto hacia el muro circular, observándolo con interés y en silencio durante un largo rato.

—Así es como lo ve, entonces —murmuró al fin.

No era una pregunta, ni tampoco una conclusión. Sonaba a confirmación de un viejo pensamiento. Imposible desligar aquello, decidió Faulques, del manoseado libro que estaba sobre la mesa, abierto —toda casualidad era imposible— por una de sus primeras fotos profesionales, blanco y negro, tomada después del impacto de un cohete de los jemeres rojos en Pochentong, el mercado de Phnom Penh: un niño herido, incorporado a medias en el suelo, los ojos velados por el trauma de la explosión, observaba a su madre tendida boca arriba, en diagonal en el encuadre de la cámara, la cabeza abierta por la metralla y la sangre trazando larguísimos y complicados regueros sobre el suelo. Y parece mentira, diría Olvido Ferrara mucho más tarde —años más tarde—, en Mogadiscio, ante otra escena idéntica a la de Pochentong e idéntica a muchas otras. Parece mentira la cantidad de sangre que tenemos en el cuerpo, había dicho ella. Cinco litros y pico, me parece, y lo fácil que es que se derrame y perderla. ¿Verdad? Y Faulques recordaría esas palabras y esas fotos más adelante, el ojo derecho pegado al visor de la cámara, en el mercado de Sarajevo, humeante aún el impacto de un proyectil de mortero serbio. Cinco litros multiplicados por cincuenta o sesenta cuerpos vaciándose daban mucho de sí: regueros, volutas, líneas entrecruzadas, reflejos que se tornaban mate, coagulados a medida que transcurrían los minutos y se apagaban los gemidos. Niños mirando a sus madres y viceversa, cuerpos en diagonal, en perpendicular, en paralelo a otros cuerpos, y por debajo líneas líquidas de formas caprichosas atrapándolo todo en una inmensa retícula roja. Olvido estaba en lo cierto: era asombrosa la cantidad de sangre que todos tenían dentro. Siglos vertiéndola y no terminaba de salir nunca. Pero ella no se encontraba allí para apreciar la analogía. Sus cinco litros se habían derramado ya, en un punto del tiempo y del espacio situado entre el mercado de Phnom Penh y el mercado de Sarajevo: la cuneta de la carretera de Borovo Naselje.

—Así lo ve sin cámaras —insistió Ivo Markovic.

Se había acercado al muro, las manos cruzadas a la espalda después de ajustarse las gafas con un dedo, inclinado para contemplar una parte de la pintura, allí donde unos trazos vigorosos, algo de color aplicado sobre el dibujo a carboncillo, mostraban un cuerpo femenino en extraña perspectiva, el rostro sin definir, abiertos los muslos desnudos hacia el primer plano, un reguero rojo de sangre entre ellos, y la silueta de un niño medio incorporado cerca, vuelto hacia la mujer, o la madre. Curiosa evolución la del hombre, opinaba Faulques: pez, cocodrilo, asesino, con su propio cadáver interpuesto entre cada etapa. Hijos de hoy, verdugos de mañana. Los mismos rasgos del niño apenas pintado los reservaba para uno de los soldados que, a la derecha de esa escena, fusil en mano, empujaban a la multitud fugitiva de la ciudad, resuelta pictóricamente —los viejos maestros flamencos no estaban sólo para ser admirados— a base de cuadrados de ventanas y dentadas ruinas negras recortándose en el rojo de incendios y estallidos que coronaba la colina, a lo lejos.

—No soy bueno para apreciar el arte —comentó Markovic.

—En realidad no es arte. El arte vive de la fe.

—Tampoco entiendo mucho de eso.

Seguía inmóvil, sin retirar las manos de la espalda, observándolo todo con mucha atención. Como el pacífico visitante de un museo.

—Voy a contarle una historia —dijo sin volverse.

—¿La suya?

—Qué más da. Una historia.

Entonces se giró despacio hacia Faulques y empezó a contar. Lo hizo durante largo rato, interrumpiéndose en prolongadas pausas mientras buscaba la palabra adecuada, pretendía narrar un detalle con la máxima precisión posible, o estimaba que su forma de hablar, al calor creciente del propio relato, dejaba de ser impersonal para volverse apasionada. Al advertir esto se detenía de pronto, movía la cabeza a modo de disculpa, reclamando la comprensión de su oyente, y tras un breve silencio empezaba de nuevo en el mismo punto, más objetivo el tono. Más comedido.

Y fue así como el asombrado pintor de batallas, muy atento a cuanto escuchaba, se afirmó en la certeza de la red oculta que atrapaba al mundo y sus acontecimientos, donde nada de cuanto ocurría era inocente y sin consecuencias. Supo entonces de una joven familia en un pequeño pueblo de la que en otro tiempo se llamaba Yugoslavia: marido mecánico agrícola, esposa dedicada a la casa y a cultivar el huerto familiar, hijo de poca edad. También supo, de nuevo, lo que ya sabía: que la política, la religión, los viejos odios, la estupidez unida a la incultura y a la infame condición humana, arrasaron aquel lugar con una guerra que enfrentó a parientes, amigos y vecinos. Masacrados por los nazis y sus aliados croatas durante la Segunda Guerra Mundial, esta vez los serbios tomaron la delantera, resumida en dos palabras: limpieza étnica. El de los Markovic era uno de los matrimonios mixtos fomentados por la política integradora

51

del mariscal Tito; pero el viejo mariscal estaba muerto y las cosas habían cambiado. El marido era croata; la mujer, serbia. La partición los separó. Cuando bandas de milicianos chetniks empezaron a asesinar a sus vecinos, la esposa y el hijo tuvieron suerte: vivían en zona de mayoría serbia, y allí se quedaron mientras el marido, fugitivo, era enrolado en la milicia nacional croata.

—Respecto a su familia, aquel soldado vivía tranquilo. ¿Comprende, señor Faulques?… Madre e hijo estaban a salvo. Cuando cargaba con su fusil, mientras vivía las miserias y miedos de la guerra, se consolaba sabiéndolos en lugar seguro. Usted, que ha sido testigo con billete de vuelta en tantas desgracias, entiende a qué me refiero. ¿No es verdad?… El alivio de saber, cuando todo arde, que no hay gente querida quemándose en las ruinas del mundo.

Faulques estaba sentado en una de las sillas de lona, con el vaso de coñac en la mano y tan quieto como las figuras pintadas en la pared. Asintió despacio.

—Puedo entender eso.

—Sé que puede. Ahora lo sé, al menos —Markovic, que seguía de pie ante la pintura, indicó vagamente un lugar de ésta, como si lo que iba a mencionar estuviese allí—… Cuando lo vi de rodillas junto al cuerpo de la mujer en la carretera, pocos días después de hacerme la foto, creí que era su caso. Un cadáver más, otra imagen. Una lástima, naturalmente. Siempre mueren compañeros. Pero siempre es mejor, pensé que pensaría, que muera otro a que muera yo… ¿Cuántos periodistas cayeron en la guerra de mi país?

—No lo sé. Cincuenta, o así. Muchos.

—Pues eso. Uno entre tantos. Una, en su caso. Así lo creí durante cierto tiempo. Ahora sé que estuve equivocado. No era una más.

Faulques se removió, incómodo.

—Me estaba hablando de usted. De su familia.

Markovic, que parecía a punto de añadir algo, se interrumpió, entreabierta la boca, mirándolo con atención. Después dirigió otra larga ojeada en torno, recorriendo la pintura y los esbozos apuntados sobre la imprimación blanca del muro: las naves que zarpaban bajo la lluvia, los fugitivos, los soldados y la ciudad en llamas, el volcán en erupción a lo lejos, el choque de caballería, los jinetes medievales esperando el momento de entrar en combate, los hombres con anacrónica indumentaria y armas de treinta siglos acuchillándose en primer plano.

—La familia del soldado estaba a salvo —prosiguió— mientras él luchaba por su patria; aunque ésta le importara menos que la otra, la verdadera: aquella mujer y aquel niño... El caso es que la patria oficial se convirtió en un matadero llamado Vukovar. En una trampa espantosa —Markovic se quedó un momento absorto—. ¿Imagina tener encima a los tanques serbios sin armas para detenerlos?... Una mañana, el soldado corrió como una liebre junto a sus compañeros, para salvar la vida. Luego, cuando los supervivientes se reagruparon, todavía sin aliento, usted hizo su foto.

Siguió un silencio. Faulques bebió un sorbo. Seguía casi inmóvil en su silla, atento a cuanto oía. El otro se había vuelto de nuevo hacia la pintura. Ahora miraba el dibujo del bosque con hombres colgados de los árboles como racimos de fruta.

—En los últimos años he leído muchas cosas —continuó—. Revistas, periódicos y también algún libro. Sé navegar por Internet. Antes no era aficionado a leer, pero mi vida ha cambiado bastante. Y en cierta ocasión leí algo suyo que me interesó, en una entrevista que le hicieron con motivo del último libro de fotos... Por lo que dijo, es una fórmula científica: si una mariposa mueve las alas en Brasil, o por ahí, se desencadena un huracán en el otro extremo del mundo... ¿Es correcto?

—Más o menos. La teoría se conoce como Efecto Mariposa.

Sonrió un poco Markovic, apuntando a Faulques con un dedo. Una sonrisa extraña, sin embargo. Rígida como si no fuera suya. Se quedó allí un rato, congelada, mostrando el hueco negro entre los dientes estropeados.

—Es curioso que lo mencionara en aquella entrevista, porque fue como el aleteo de la mariposa... El soldado no lo supo hasta que la foto llegó al hospital de Osijek. Todo el mundo lo felicitaba. Era famoso. Un héroe croata. Vukovar acababa de caer al fin, y todos sus camaradas habían muerto combatiendo o asesinados por los chetniks: Nikola, Zoran, Tomislav, Vinko, Grüber... Ese Grüber era su oficial. Caminaban juntos el día que usted hizo la foto. Al caer la ciudad, Grüber estaba en el sótano del hospital, con un pie amputado. Los serbios lo sacaron al patio con los otros, destrozándolo a golpes, antes de pegarle un tiro en la cabeza y arrastrarlo a una fosa común.

La sonrisa, o lo que fuera, comprobó Faulques, había desaparecido. Los ojos de su interlocutor lo miraban ahora como si el foco real estuviese lejos, en algún lugar situado a su espalda.

—El soldado de la foto —prosiguió Markovic— tuvo más suerte que sus camaradas. O no la tuvo... Desmovilizado por la herida, viajó para reponerse en Zagreb. En un lugar llamado Okučani, la suerte se acabó. El autobús cayó en una emboscada.

Los pasajeros del autobús eran civiles, añadió tras una pausa. Había ancianos, mujeres y niños. Así que en vez de asesinarlos a todos allí mismo, los serbios los llevaron a un centro de interrogatorios a cargo del ejército regular, donde el soldado fue sometido a los malos tratos de rutina. Después, entre paliza y paliza, un guardián lo reconoció. Era el de la foto famosa. El héroe de Vukovar. El rostro de los separatistas croatas.

—Fue torturado durante seis meses. Como un animal. Luego, por alguna extraña razón, o casualidad, lo dejaron seguir vivo. Trasladado a un campo de prisioneros cercano a Banja Luka, pasó allí dos años y medio. Un día lo subieron a un camión, y cuando pensaba que lo iban a fusilar se vio en un puente sobre el Danubio y oyó decir: intercambio de prisioneros, camina, estás libre...

Markovic aún siguió moviendo los labios un poco más, pero sin palabras. En silencio. Al cabo, Faulques vio que se detenía casi con sobresalto y miraba alrededor como recién llegado a un lugar raro. Espero que no le moleste que fume, dijo de pronto. El pintor negó con la cabeza, y el otro fue hasta su mochila y sacó un paquete de tabaco.

—¿Fuma usted?

—No.

Markovic encendió un cigarrillo, y al apagar el fósforo buscó un cenicero donde echarlo. Faulques le indicó un frasco de mostaza francesa vacío. El otro lo cogió, y con el cigarrillo en la boca y el frasco en la mano fue a sentarse en la otra silla, frente a su interlocutor.

—¿Qué le parece la historia? —preguntó con naturalidad.

—Terrible.

—No especialmente —el croata hizo una mueca objetiva—. Es terrible, por supuesto. Pero hay otras. Algunas son incluso peores. Historias que se complementan entre sí.

Se quedó un instante callado, perdidos los ojos en las profundidades del vasto mural que los rodeaba. Entre sí, repitió al poco, pensativo. Y hablo, añadió, de familias enteras exterminadas, de hijos asesinados ante sus padres, de hermanos obligados a torturarse mutuamente para que uno siguiera vivo… No puede imaginar lo que vio ese prisionero. El dolor, la indignidad, la desesperanza… Los hombres, señor Faulques, somos animales carniceros. Nuestra inventiva para crear horror no tiene límites. Usted tiene que saberlo. Toda una vida fotografiando maldades enseña algo, supongo.

—¿Por eso quiere matarme?… ¿Para vengar todo aquello?

En el rostro de Markovic apareció de nuevo aquella sonrisa fría, casi ajena.

—Efecto Mariposa, ha dicho. Qué ironía. Un nombre tan delicado.

4

El visitante fumaba concentrado en un nuevo cigarrillo, como si cada porción de humo fuese valiosa. Faulques identificó los viejos gestos del soldado, o del prisionero. Había visto fumar a muchos hombres en muchas
guerras, donde a menudo el tabaco era la única compañía. El único consuelo.

—Cuando aquel hombre fue puesto en libertad —siguió contando Ivo Markovic—, buscó el contacto con
su mujer y su hijo. Tres años sin noticias, imagínese…
Y bueno. Al poco, las tuvo. La foto famosa también había llegado al pueblo. Alguien consiguió un ejemplar de
la revista. Siempre hay vecinos dispuestos a cooperar en
esa clase de asuntos: la novia que no pudieron tener, el
trabajo que unos abuelos le quitaron a otros, la casa o
parcela de tierra que se ambicionan… Lo de siempre:
envidia, ruindad. Lo previsible entre seres humanos.

El sol poniente, que llegaba horizontal a través de
una de las estrechas ventanas de la torre, aureolaba al
croata con un rojo semejante al de los incendios pintados
en la pared: la ciudad que ardía sobre la colina y el volcán lejano que iluminaba piedras y ramas desnudas, el
fuego en reflejos metálicos sobre armas y arneses que

parecía ahora prolongarse fuera del muro y abarcar también el recinto, los objetos, los contornos del hombre sentado en la silla, las volutas de humo del cigarrillo que sostenía entre los dedos o dejaba colgado de los labios, espirales rojizas que con aquella luz daban una singular animación a las escenas de la pared. Quizá, pensó de pronto Faulques, esta pintura no sea tan mala como creo.

—Una noche —continuó Markovic—, un grupo de chetniks se presentó en la casa donde vivían la mujer serbia y el hijo del croata… La violaron uno tras otro, cuanto quisieron. Como el niño, de cinco años, lloraba y forcejeaba defendiendo a su madre, lo clavaron con un bayonetazo en la puerta: igual que esas mariposas en un corcho, figúrese, las del efecto del que me hablaba antes… Luego, cuando se cansaron de la mujer, le cortaron los pechos y la degollaron. Antes de irse pintaron en la pared una cruz serbia y las palabras: *Ratas ustachas*.

Un silencio. Faulques buscó los ojos de su interlocutor entre el resplandor rojizo que enmarcaba su rostro, sin hallarlos. La voz que había narrado aquello era tan objetiva y tranquila como si hubiese estado leyendo un prospecto farmacéutico. Entonces el visitante alzó despacio una mano, con el cigarrillo entre dos dedos.

—Excuso decirle —añadió— que, aunque la mujer estuvo gritando toda la noche, ni un solo vecino encendió una luz ni salió a la calle a ver qué pasaba.

Ahora el silencio fue mucho más largo. Faulques no sabía qué decir. Lentamente, los rincones bajos del recinto se velaron de sombras. La luz rojiza se apartaba de Markovic, desplazándose sobre una porción del muro donde estaba el apunte a carboncillo, negro sobre blanco, de un hombre arrodillado, manos atadas a la espalda, ante otro que alzaba una espada sobre su cabeza.

—Dígame una cosa, señor Faulques... ¿Llega uno a endurecerse lo suficiente?... Quiero decir si, al final, cuanto pasa ante el objetivo de la cámara le es indiferente al testigo, o no.

El pintor se llevó a los labios el vaso. Estaba vacío.

—La guerra —dijo tras pensarlo un rato— sólo puede fotografiarse bien cuando, mientras levantas la cámara, lo que ves no te afecta... El resto hay que dejarlo para más tarde.

—Usted ha hecho fotos de escenas como la que acabo de contarle, ¿verdad?

—De los resultados, sí. Algunas hice.

—¿Y en qué pensaba mientras tomaba foco, calculaba la luz y todo lo demás?

Faulques se levantó en busca de la botella. La encontró sobre la mesa, junto a los frascos de pintura y el vaso vacío del visitante.

—En el foco, en la luz y en todo lo demás.

—¿Por eso le dieron el premio por mi fotografía?... ¿Porque tampoco yo le afectaba?

Faulques se había servido dos dedos de coñac. Señaló con el vaso la pintura mural, que empezaba a cubrirse de sombras.

—Quizá esté ahí la respuesta.

—Sí —Markovic se había vuelto a medias, mirando en torno—. Creo que comprendo lo que quiere decir.

El pintor de batallas puso más coñac en el vaso del otro y se lo llevó. Entre dos chupadas al cigarrillo, el croata se lo acercó a los labios mientras Faulques volvía a su silla.

—Asumir las cosas no es aprobar que sean como son —dijo éste—. Explicación no es sinónimo de anestesia. El dolor...

Se interrumpió ahí. El dolor. Pronunciada ante su visitante, aquella palabra sonaba impropia. Arrebatada a legítimos propietarios, cual si Faulques no tuviese derecho a utilizarla. Pero Markovic no parecía molesto.

—El dolor, claro —dijo comprensivo—. El dolor... Disculpe si hurgo en cosas demasiado personales, pero sus fotografías no muestran mucho dolor. Reflejan el dolor ajeno, quiero decir; pero no advierto rastros del propio... ¿Cuándo dejó de dolerle lo que veía?

Faulques tocaba con los dientes el borde de su vaso.

—Es complicado. Al principio fue una aventura divertida. El dolor vino luego. A ráfagas. Al final, la impotencia. Supongo que ya no duele nada.

—¿El endurecimiento al que me refería?

—No. Yo hablo de resignación. Aunque no descifre el código, uno comprende que hay reglas. Entonces se resigna.

—O no —opuso el otro con suavidad.

De pronto, Faulques se sintió cruelmente aliviado.

—Usted sigue vivo —dijo, rudo—. También es una clase de resignación, la suya. Dice que estuvo tres años prisionero, ¿no?... Y cuando supo lo ocurrido a su familia, no murió de dolor, ni se ahorcó en un árbol. Está aquí, ahora. Es un superviviente.

—Lo soy —concedió Markovic.

—Pues fíjese. Cada vez que me tropiezo con un superviviente, me pregunto de qué fue capaz para seguir vivo.

Otra vez un silencio. Ahora, casi con júbilo, Faulques lamentó que la oscuridad creciente le impidiera distinguir las facciones de su interlocutor.

—Eso es injusto —dijo el otro, al fin.

—Tal vez. Pero, injusto o no, es lo que me pregunto.

La sombra sentada en la silla, envuelta en el último resplandor rojizo de la luz sobre el mural, reflexionó sobre aquello.

—Quizá no le falte razón —concluyó—. Quizá sobrevivir donde otros no lo consiguieron implica cierta clase de vileza.

El pintor de batallas se llevó el vaso a la boca. De nuevo estaba vacío.

—Usted sabrá —se inclinó a un lado para dejar el vaso en el suelo—. Según me cuenta, tiene experiencia.

El otro emitió un sonido apagado. Tal vez un amago de tos, o una súbita risa. También usted es un superviviente, dijo. Señor Faulques. Siguió respirando donde otros murieron. Aquel día lo observé arrodillado junto al cuerpo de la mujer. Creo que mostraba dolor.

—No sé lo que mostraba. Nadie me hizo una foto.

—Pero usted sí la hizo. Lo vi levantar la cámara y fotografiar a la mujer. Y es notable: conozco sus fotografías como si las hubiera hecho yo mismo, pero nunca encontré esa foto… ¿La guardó para usted? ¿La destruyó?

Faulques no dijo nada. Se quedó quieto en la oscuridad que dibujaba, como la primera vez que apareció en el lento revelado de la cubeta de ácido, la imagen de Olvido boca abajo en el suelo, la correa de su cámara en torno al cuello, una mano inerte casi tocándose la cara, y la pequeña mancha roja, el hilillo oscuro que empezaba a deslizarse desde el oído por la mejilla hasta mezclarse con la otra mancha más grande y brillante que se extendía por debajo. Mina antipersonal, esquirlas de metralla, objetivo Leica de 50 milímetros, 1/125 de exposición, 5.6 de diafragma, película blanco y negro —la Ektachrome de la otra cámara estaba rebobinada en ese momento— para una fotografía ni buena ni mala, tal vez algo baja de luz. Una foto que Faulques no vendió nunca y cuya única copia había quemado, tiempo más tarde.

—Sí —proseguía Markovic sin esperar respuesta—. De algún modo es así, ¿verdad?... Por muy intenso que sea, hay un momento en que el dolor deja de actuar en nosotros. Quizá fue su remedio. Esa foto de la mujer muerta... En cierta forma, la vileza que lo ayudó a sobrevivir.

Faulques regresaba despacio a aquel lugar y a aquella conversación.

—No sea melodramático —dijo—. Usted no sabe nada de aquello.

Entonces no sabía, en efecto, concedió el otro mientras apagaba su cigarrillo. Tardé mucho tiempo en saber. Pero comprendí cosas que antes se me escapaban. Este lugar es un ejemplo. Si yo hubiera entrado aquí hace diez años, sin conocerlo como lo conozco ahora, ni miraría estas paredes. Sólo le habría dado tiempo para recordar quién soy antes de arreglar nuestro asunto. Ahora es diferente. Esto me lo confirma todo. Explica de verdad mi presencia aquí.

Una vez dicho todo eso, Markovic se inclinó hacia adelante, como para observar mejor a Faulques con la última luz.

—¿Y es así? —añadió de pronto—… ¿Le basta con asumirlo?

El pintor se encogió de hombros. Lo sabré cuando haya terminado mi trabajo, dijo, y a él mismo le sonó rara su respuesta, con aquella absurda amenaza de muerte flotando entre ambos. El otro se quedó un rato callado, pensando, y luego dijo que él también hacía su propio cuadro. Eso fue lo que dijo: su paisaje de batallas. Al ver aquella pared, añadió, se había dado cuenta de qué lo llevaba hasta allí. Todo debía encajar, ¿no era cierto?… Encajar con extraña perfección. Y resultaba curioso. A Markovic no le parecía un pintor nada clásico el autor del mural. Ya confesó antes que no entendía de pintura, pero conocía cuadros famosos, como todo el mundo. Aquél tenía, en su opinión, demasiados ángulos. Demasiadas aristas y líneas rectas en las caras, en las manos de las personas pintadas en aquella pared… ¿Cubismo, llamaban a eso?

—No exactamente. Algo hay, pero no del todo.

—Me lo pareció, fíjese. Esos libros que tiene amontonados por todas partes… ¿Toma sus ideas de ellos?

—«Tanto da que se diga que me serví de palabras antiguas…»

—¿Es una respuesta suya, o una frase de otro?

Ahora Faulques rió en voz alta, seco. Su interlocutor y él eran dos bultos entre las sombras. Se trataba de una cita, respondió, pero daba lo mismo. Lo que pretendía decir era que esos libros lo ayudaban a ordenar ideas propias; eran herramientas como los pinceles, los colores y el resto. En realidad un cuadro, una pintura como aquélla, era un problema técnico que debía ser resuelto con eficacia. Esa eficacia la proporcionaban las herramientas unidas al talento de cada cual. Él mismo no tenía demasiado talento, apuntó. Pero tampoco era obstáculo para lo que pretendía hacer.

—No soy capaz de juzgar su talento —repuso Markovic—. Pero a pesar de los ángulos me parece interesante lo que hace. Original. Y algunas de esas escenas están... Bueno. Son reales. Más que sus fotos, supongo. Y eso, claro, es lo que busca.

Sus facciones se iluminaron de improviso. Encendía otro cigarrillo. Aún con el fósforo ardiendo en la mano se levantó y anduvo hasta el mural, acercando la parva luz a las imágenes allí pintadas. Faulques advirtió el rostro de mujer en primerísimo plano, descompuesto en sus trazos violentos de color ocre, siena y rojo de cadmio, la boca abierta en alarido de pinceladas burdas, densas, silenciosas, viejas como la vida. Una visión fugaz, hasta que se consumió la llama del fósforo.

—¿De verdad es así? —preguntó el otro, ya sin luz.

—Así lo recuerdo.

Más silencio entre ambos. Markovic se movió, tal vez buscando su silla. Faulques no quiso ayudarlo encendiendo una linterna ni el farol de gas que tenía cerca. La oscuridad le daba una sensación de ligera ventaja. Recordó la espátula sobre la mesa, la escopeta que tenía en el piso superior. Pero el visitante hablaba de nuevo, y su tono parecía relajado, ajeno a las suspicacias del pintor de batallas.

—El aspecto técnico, por muy buenas herramientas de que disponga, debe de ser complicado. ¿Pintaba usted antes, señor Faulques?

—Algo. Cuando era joven.

—¿Era artista entonces?

—Quise serlo.

—Leí en alguna parte que estudió arquitectura.

—Muy poco tiempo. Prefería pintar.

La brasa del cigarrillo brilló un instante.

—¿Y por qué lo dejó?… Hablo de la pintura.

—Terminé muy pronto. Cuando comprendí que cada cuadro que empezaba ya lo habían hecho otros.

—¿Por eso se hizo fotógrafo?

—Puede —Faulques seguía sonriendo en la oscuridad—. Un poeta francés consideró la fotografía refugio de pintores fracasados. Creo que en su momento tenía razón… Pero también es cierto que la fotografía permite ver en fracciones de segundo cosas que la gente normal no advierte por mucho que mire. Pintores incluidos.

—¿Creyó eso durante treinta años?

—No tanto. Dejé de creerlo mucho antes.

—¿Ésa es la razón por la que volvió a los pinceles?

—No fue tan rápido. Ni tan sencillo.

La brasa del cigarrillo se avivó de nuevo entre las sombras. Qué tenía que ver la guerra con eso, preguntó Markovic. Había modos más tranquilos de ejercer la fotografía, o la pintura. Faulques respondió con sencillez. Se trataba de un viaje, aclaró. De niño había pasado mucho tiempo ante la estampa de un cuadro antiguo. Y al cabo decidió viajar a él, o más bien al paisaje pintado al fondo. El cuadro era *El triunfo de la Muerte*, de Brueghel el Viejo.

—Lo conozco. Está en su libro *Morituri*: algo pretencioso el título, si permite que se lo diga.

—Se lo permito.

Aun así, comentó Markovic, ese libro de fotos de Faulques era interesante y original. Hacía reflexionar. Todos aquellos cuadros de batallas colgados en museos, con gente mirando como si la cosa les fuera ajena. Sorprendidos por su cámara en pleno error.

Era inteligente el ex mecánico croata, decidió Faulques. Mucho.

—Mientras hay muerte —apuntó— hay esperanza.

—¿Es otra cita?

—Es un chiste malo.

Era malo. Era de ella, de Olvido. Había hecho el comentario en Bucarest, un día de Navidad, después de las matanzas de la Securitate de Ceaucescu y la revolución en las calles. Faulques y ella estaban en la ciudad tras haber cruzado la frontera desde Hungría en un coche de alquiler y hecho un viaje de locos a través de los Cárpatos, veintiocho horas turnándose al volante, derrapando sobre carreteras heladas, entre campesinos armados con escopetas de caza que bloqueaban los puentes con sus tractores y los miraban pasar desde lo alto de los desfiladeros, como en las películas de indios. Y un par de días más tarde, mientras las familias de los muertos cavaban con perforadoras neumáticas en la tierra helada del cementerio, Faulques había observado a Olvido moviéndose con pasos de cazador cauto entre cruces y lápidas sobre las que caía la nieve, fotografiando los míseros féretros hechos con cajas de embalaje, los pies alineados junto a las fosas abiertas, las palas de los sepultureros apiladas sobre terrones gélidos de tierra negra. Y cuando una pobre mujer vestida de luto se arrodilló ante una fosa recién cubierta, los ojos cerrados y canturreando algo parecido a una oración, Olvido recurrió al rumano que les hacía de intérprete. *Es oscura la casa donde ahora vives*, tradujo éste. Y le reza a su hijo muerto. Entonces Faulques vio a Olvido asentir despacio, limpiarse con una mano la nieve del pelo y la cara, y fotografiar de espaldas a la mujer enlutada y de rodillas, silueta negra junto al montón de tierra negra salpicado de nieve. Después Olvido dejó caer la cámara sobre el pecho, miró a Faulques y murmuró: mientras hay muerte, hay esperanza. Y al decirlo sonreía ausente, casi cruel. Como él no la había visto sonreír nunca.

—Quizá tenga usted razón —concedió Markovic—. Bien mirado, el mundo ha dejado de pensar en la muerte. Creer que no vamos a morir nos hace débiles, y peores.

Por primera vez frente a su extraño visitante, Faulques sintió un impulso de interés real. Eso lo inquietó. No se trataba de interés por los hechos, por la historia del hombre que tenía delante —tan convencional como cuanto había fotografiado a lo largo de su vida—, sino por el hombre mismo. Desde hacía rato, cierta singular afinidad flotaba en el ambiente.

—Qué raro —prosiguió Markovic—. *El triunfo de la Muerte* es el único cuadro de su libro que no trata de una batalla. El asunto es el Juicio Final, me parece.

—Sí. Pero se equivoca. Lo que hizo Brueghel fue pintar la última batalla.

—Ah, claro. No se me había ocurrido. Todos aquellos esqueletos como ejércitos, y los incendios a lo lejos. Ejecuciones incluidas.

Un poco de luna amarillenta despuntaba en una ventana. El rectángulo rematado en un arco se aclaró en tono azul oscuro, y eso perfiló los contornos de los objetos dentro de la torre. La mancha clara de la camisa del visitante se hizo más visible.

—De modo que usted decidió que lo mejor para viajar a un cuadro de guerra era quedarse mucho tiempo dentro de la guerra...

—Como resumen puede valer.

Pues hablando de lugares, comentó Markovic, no sé si le pasa lo que a mí. En la guerra sobrevives gracias a los accidentes del terreno. Eso deja un sentido especial del paisaje. ¿No le parece? El recuerdo del sitio que pisaste no se borra nunca, aunque se olviden otros detalles. Hablo del prado que observas esperando ver aparecer al enemigo, de la forma de la colina que remontas bajo el fuego, del suelo de la zanja que protege de un bombardeo... ¿Comprende lo que digo, señor Faulques?

—Perfectamente.

El croata permaneció un momento en silencio. La brasa del cigarrillo brilló por última vez antes de que lo apagara.

—Hay lugares —añadió— de los que nunca se vuelve.

Hubo otra larga pausa. A través de las ventanas, el pintor de batallas podía oír el rumor del mar batiendo al pie del acantilado.

—El otro día —prosiguió Markovic en el mismo tono— se me ocurrió algo viendo la televisión en un hotel. Los hombres antiguos miraban el mismo paisaje durante toda su vida, o mucho tiempo. Hasta el viajero lo hacía, pues todo camino era largo. Eso obligaba a pensar sobre el camino mismo. Ahora, sin embargo, todo es rápido. Autopistas, trenes… Hasta la televisión nos muestra varios paisajes en pocos segundos. No hay tiempo para reflexionar sobre nada.

—Hay quien llama a eso incertidumbre del territorio.

—No sé cómo lo llaman. Pero sé lo que es.

Calló de nuevo Markovic. Al cabo se movió en la silla como si fuese a levantarse, pero siguió sentado. Tal vez buscaba una postura más cómoda.

—Yo tuve mucho de ese tiempo —dijo de pronto—. No puedo decir que fuese una suerte, pero lo tuve. Durante dos años y medio, mi única vista fue una alambrada y una montaña de piedra blanca. Ahí no había incertidumbre ni nada parecido. Era una montaña concreta, desnuda, sin vegetación, de la que en invierno bajaba un viento frío. ¿Comprende?… Un viento que hacía moverse la alambrada con un sonido que tengo dentro de la cabeza y no se apaga jamás… El sonido de un paisaje helado e inflexible, ¿sabe, señor Faulques?… Como sus fotografías.

Fue entonces cuando se puso en pie, buscó a tientas la mochila y salió de la torre.

5

El pintor de batallas vació el vaso —demasiado coñac y demasiada conversación aquella noche— y dirigió
una última mirada a los destellos lejanos del faro. El haz
luminoso giraba horizontal, como el rastro de una bala
trazadora en el horizonte. A menudo, mirando esa luz,
Faulques recordaba una de sus antiguas fotografías: una
panorámica nocturna, urbana, de Beirut durante la batalla de los hoteles, al comienzo de la guerra civil. Blanco y
negro, siluetas oscuras de edificios recortadas sobre fogonazos de explosiones y líneas de trazadoras. Una de
aquellas fotos donde la geometría de la guerra resultaba
indiscutible. Faulques la había tomado en los primeros
tiempos de su carrera, consciente ya de que la fotografía
moderna, a causa de su propia perfección técnica, era tan
objetiva y exacta que a menudo resultaba falsa —las fa-
mosas fotos de Robert Capa en la playa Omaha debían
su intensidad dramática a un error de laboratorio durante el proceso de revelado—. Por eso los fotógrafos, del
mismo modo que los reporteros de televisión y los ci-
neastas en las películas de acción, recurrían ahora a pequeños trucos para empañar la fiabilidad de la cámara,
devolviéndole unas imperfecciones que ayudaran al ojo

del observador a captar las cosas de otro modo: la misma distorsión focal que, en lenguaje pictórico, desfiguraba la minuciosa hierba de Giotto con las pinceladas gruesas de Matisse. En realidad no era nada nuevo. Lo habían hecho Velázquez y Goya; y más tarde, ya sin complejos, los pintores modernos —todo el arte del siglo XX procedía de allí—, después de que lo figurativo llegase a su extremo absoluto y la fotografía se arrogase la reproducción fiel —útil para la observación científica, pero no siempre satisfactoria en términos artísticos— del riguroso instante.

En cuanto a la foto de Beirut, era una buena foto. Reflejaba el caos de un combate en la ciudad, con la ligera oscilación de los bordes de la silueta de los edificios entre las explosiones y los trazos luminosos paralelos y rectos que surcaban el cielo nocturno. Una imagen que permitía hacerse idea, mejor que ninguna otra, del desastre que podía desatarse sobre un espacio urbano convencional. Ni siquiera las fotografías hechas veinticinco años más tarde por Faulques en Sarajevo, durante el largo asedio, habían alcanzado aquel extremo de perfecta imperfección geométrica, debida a la menor calidad de la cámara que usaba entonces —aún no había adquirido un buen equipo profesional— y a su inexperiencia. La fotografía del vasto combate nocturno, con fuego en todas direcciones y la ciudad convertida en un laberinto poliédrico azotado por la cólera de los hombres y de los dioses, la había conseguido al apoyar una Pentax con película de 400 ASA en el marco de la ventana del piso undécimo de un edificio alto y en ruinas —el Sheraton—, manteniendo abierto el obturador durante treinta segundos con el objetivo a 1.8 de diafragma. De ese modo, sobre un solo fotograma de película de 35 milímetros se habían impresionado, juntos, cada disparo y explosión ocurridos durante aquel medio minuto; con el resultado de que, al positivar la imagen, todo parecía registrado al mismo tiempo. Incluso el mínimo movimiento aplicado por las manos de Faulques durante la exposición, al estremecerse con las explosiones próximas, daba al contorno de algunos edificios aquella levísima oscilación que lo hacía parecer todo tan real; mucho más que cualquier cámara moderna, perfecta, capaz de captar con fidelidad el breve instante auténtico —y tal vez vulgar— de un solo segundo fotográfico. A Olvido siempre le había gustado esa foto, tal vez porque en ella no aparecían personas, sino rectas de luz y siluetas de edificios. El triunfo de las armas de destrucción sobre las armas de obstrucción, comentó una vez. Los diez años de Troya reducidos a treinta segundos de pirotecnia y balística.

Arquitectura urbana, geometría, caos. Para Faulques, aquella fotografía era la representación gráfica adecuada: incertidumbre del territorio. El recuerdo de la conversación con Markovic le arrancó una mueca asombrada. El croata podía carecer de instrucción teórica, pero nadie le negaría intuición ni sutileza. Sobrevivir a lo que fuera, especialmente a la guerra, era una buena escuela. Lo obligaba a uno a volver sobre sí mismo y daba una forma de mirar. Un punto de vista. Los filósofos griegos tenían razón al decir que la guerra era la madre de todas las cosas. El propio Faulques, al cargar en su juventud con un equipo fotográfico, frescos todavía ciertos conceptos de sus truncados estudios de arquitectura, se vio deslumbrado por la transformación que la guerra imprimía al paisaje, por su lógica funcionalista, por los problemas de localización y ocultación, de campo de tiro, de ángulos muertos. Una casa podía ser refugio o trampa mortal, un río obstáculo o resguardo, una trinchera protección o tumba. Y la guerra moderna hacía tales oscilaciones más frecuentes y probables: a más técnica, más movilidad e incertidumbre. Sólo entonces llegó a comprender realmente el concepto de fortificación, de muralla, de glacis, de ciudad antigua y su relación, u oposición, con el urbanismo moderno: la muralla china, Bizancio, Stalingrado, Sarajevo, Manhattan. Historia de la Humanidad. Advertir hasta qué punto la técnica creada por los hombres convertía en móvil el paisaje, modificándolo, encogiéndolo, construyéndolo y destruyéndolo según las circunstancias del momento. Se llegaba así, tras las armas de obstrucción y las de destrucción —Olvido lo había visto con extrema lucidez en la foto de Beirut—, al tercer sistema: las armas de comunicación. El final de la imagen aséptica e inocente, o de esa ficción universalmente aceptada. En tiempos de redes informáticas, de satélites y de globalización, lo que modificaba el territorio y las vidas que lo transitaban era la designación. Lo que mataba era señalar con el dedo: un puente encuadrado en el monitor de una bomba inteligente, la noticia de una subida o un desplome bursátil emitida por todos los telediarios del mundo a la misma hora. La foto de un soldado que hasta ese momento era un rostro anónimo más.

El pintor de batallas entró en la torre. Allí encendió el pequeño farol de gas y estuvo un rato de pie e inmóvil, las manos en los bolsillos, mirando el oscuro panorama que lo circundaba. La luz no podía iluminar todo el enorme fresco de la pared, pero destacaba en penumbra sus partes en blanco y negro, algunos rostros, armas y armaduras, dejando entre sombras el fondo de ruinas e incendios, las masas de hombres erizados de lanzas que se acometían en el llano, bajo el cono rojizo de lava —sangre espesa, parecía— del volcán en erupción.

El volcán. Capas geológicas, geometría de la tierra. Balística y pirotecnia de un género diferente, tal vez, pero nada ajeno a la foto del combate nocturno. Cézanne lo había visto con claridad, pensó Faulques. No era sólo cuestión de que el verde acentuase una sonrisa o el ocre matizara una sombra. Era, sobre todo, la forma de mirar las entrañas del asunto. La estructura. Cogió el farol y lo acercó al muro, observando las deliberadas semejanzas entre la ciudad que ardía sobre la colina y el volcán rojizo pintado en un plano más lejano y hacia la derecha, al término de unos campos desventrados, abiertos como si la tierra hubiera sido acuchillada por una mano enorme y poderosa. Había conocido a Olvido Ferrara ante un volcán semejante; o para ser más riguroso, ante el volcán en el que éste se inspiraba, o lo pretendía: el cuadro de 168x168 centímetros colgado en una sala del Museo Nacional de Arte de México, que Faulques iba a descubrir con estupor al mirar a la izquierda, cerca de un ángulo de la pared: un lugar fácil para pasar inadvertido de los visitantes que entraban en la sala orientados al frente, hacia los otros cuadros que llamaban la atención al fondo y a la derecha. *Erupción del Paricutín*. Nunca hasta ese momento había oído hablar del doctor Atl. No sabía nada de él, ni de su obsesión por los volcanes, ni de sus paisajes de hielo y fuego, ni de su verdadero nombre —Gerardo Murillo—, ni de Carmen Mondragón alias Nahui Ollin, la mujer más hermosa de México, que fue su amante hasta que, más o menos, lo dejó por un capitán de la marina mercante con nombre y aspecto de tenor italiano, llamado Eugenio Agacino. El día que descubrió al doctor Atl, Faulques ignoraba todo eso; pero se quedó muy quieto ante el cuadro, sin aliento, contemplando sobrecogido la pirámide truncada del volcán, el punteo rojizo de la lava que corría ladera abajo, la tierra devastada por reflejos de fuego y plata dándole profundidad a la escena, el extraordinario efecto de luz en los árboles desnudos, las llamaradas y el penacho de cenizas negras desplomándose a la derecha, ante la fría mirada de las estrellas en la noche clara, impávida y más allá del desastre. Esa fotografía, pensó en aquel instante, no lograría tomarla nunca. Y sin embargo, todo —absolutamente todo— estaba explicado allí: la regla ciega e impasible traducida en volúmenes, rectas, curvas y ángulos a través de los que, como carriles inevitables, corría la lava del volcán para cubrir el mundo.

Después, al volver en sí, Faulques miró a un lado y encontró unos ojos verdes grandes y líquidos que observaban el mismo cuadro. Sobrevino entonces el cruce de dos sonrisas corteses y un punto cómplices, cierto comentario breve sobre la pintura que ambos admiraban —también la naturaleza, apuntó ella, tiene sus pasiones—, una despedida silenciosa, impersonal, en la que el ojo adiestrado de Faulques advirtió la pequeña bolsa de fotógrafo que la mujer llevaba colgada al hombro, y un singular trenzado de pasos y azar a través de las salas del museo, con otra coincidencia corta, ésta sin palabras ni sonrisas, ante el reflejo ondulado en el agua de un cuadro de Diego Rivera, que tejió destinos sin que ninguno de los dos fuese consciente de ello. Y más tarde, cuando Faulques abandonó el museo, y tras pasar junto al bronce ecuestre situado frente a la puerta caminó en dirección al Zócalo, la vio a ella sentada ante una mesa de la terraza de una cantina, la bolsa de fotógrafo sobre una silla, los ojos color de uva todavía más verdes por la luz de la calle, con aquellos pantalones vaqueros que resaltaban la esbeltez de sus piernas largas y delgadas, y la amable sonrisa de reconocimiento que hizo a Faulques detenerse para hacer un comentario sobre el museo y el cuadro que ambos admiraban, sin saber que ese momento estaba cambiando el sentido de toda su vida. Somos producto, pensaría más tarde, de las reglas ocultas que determinan casualidades: desde la simetría del Universo hasta el momento en que uno cruza la sala de un museo.

Faulques acercó más el farol a la pared, en la zona donde estaba pintado el volcán. Permaneció un rato estudiándolo y al cabo salió afuera, conectó el generador y los focos halógenos, requirió pinceles y pintura, y se puso a trabajar. El eco de la conversación con Ivo Markovic daba nuevos matices al paisaje circular que envolvía al pintor de batallas. Despacio, con sumo cuidado, aplicó gris payne sin mezcla para la columna de humo y cenizas, y luego, intensificando la base del cielo con azul cobalto mezclado con blanco, olvidó las precauciones para marcar el fuego y el horror con trazos vigorosos, casi brutales, de laca escarlata y blanco, naranja de cadmio y bermellón. El volcán que derramaba su lava hasta el límite del campo de batalla, como un Olimpo indiferente a los afanes de las pequeñas hormigas erizadas de lanzas que se acometían a sus pies, estaba ahora surcado de líneas que se abrían en abanico, crestas y cuencas que parecían guiar el caos sólo aparente de la lava rojiza —más naranja y bermellón— que brotaba interminable, semen listo para preñar de espanto la tierra entera. Y cuando al cabo Faulques dejó los pinceles y dio unos pasos atrás para contemplar el resultado de su trabajo, curvó los labios en una sonrisa satisfecha antes de mojarlos en otro vaso de coñac. Bueno o malo, el volcán era en cierto modo diferente a los que el doctor Atl había pintado —y se empeñó en unos cuantos— a lo largo de su vida. Aquéllos eran prodigios de la naturaleza grandiosa y heroica, visión extraordinaria de la transformación del mundo y las fuerzas telúricas que lo crean y destruyen. Algo casi simpático. Lo que Faulques había plasmado en el muro de la torre era más sombrío y más siniestro: la impotencia ante el capricho geométrico del Universo, el rayo despectivo de Júpiter que golpea, preciso como un bisturí guiado por cauces invisibles, en el corazón mismo del hombre y de su vida.

Tenemos poco tiempo, había dicho ella muy poco después. Faulques recordaría esas palabras en los años venideros, igual que las recordaba esta noche, con el olor de las colillas de Ivo Markovic en el ambiente y el propio Faulques inmóvil ante la pintura mural de la que Olvido era causa directa. Tenemos poco tiempo. Ella lo había dicho de forma casual, con una sonrisa vaga en la boca, la misma noche del día en que se conocieron. Un día largo, grato, de paseo y conversación, de afinidades profesionales descubiertas en un gesto, en una frase, en un parpadeo. Era joven, y tan bella que no parecía real. Faulques lo había advertido en el museo con un vistazo desapasionado; pero no fue hasta que anduvieron bajo los frescos de Rivera en el Palacio Nacional y la observó recostada en la barandilla, fotografiando los efectos de luz y sombra en la galería, entre los niños de un colegio que desfilaban cogidos de la mano, cuando comprobó que se trataba de una belleza singular, esbelta, flexible, como la de una cierva de movimientos sutiles cuya mirada, por otra parte, desmintiera la inocencia. Porque ella tenía una forma de mirar característica, bajando un poco la cabeza y alzando los ojos, compuesta a medias de ironía e insolencia. Una mirada de cazador peligroso, pensó de pronto Faulques. Diana con un carcaj de fotógrafo y un par de cámaras.

Comieron juntos en un restaurante cercano a Santo Domingo, tras pasear entre el bullicio de las imprentas artesanales instaladas bajo los portales de la plaza. Y a media tarde, frente a los grandes murales de Siqueiros, Rivera y Orozco que cubrían las paredes de Bellas Artes, cada uno poseía los conocimientos básicos respecto al otro. El caso de Faulques era simple, o así lo resumió él: infancia mediterránea en una ciudad minera cerca del mar, pinceles abandonados, una cámara, el mundo a través de una lente. Cierta fama profesional traducida en ingresos y en estatus. En cuanto a ella, no tenía la menor idea de una guerra; sólo algunas imágenes vistas en televisión. Había estudiado Historia del Arte y luego fue modelo fotográfico durante un breve tiempo, hasta que decidió pasar al otro lado de la cámara. Trabajaba para revistas de arte, arquitectura y decoración. Revistas ridículamente caras, añadió con una sonrisa que quitaba toda pretenciosidad al comentario. Veintisiete años, padre italiano —un marchante conocido, con galerías importantes en Florencia y Roma—, madre española. Buena familia por ambos flancos, vinculada al mundo de la pintura desde hacía tres generaciones, incluida una abuela materna octogenaria, que Faulques llegaría a conocer: la pintora Lola Zegrí, alumna de la última época de la Bauhaus, amiga de Duchamp, de Jean Renoir —hizo un papelito en *La regla del juego*, vestida de seminarista junto a Cartier-Bresson—, de Bonnard y de Picasso. Olvido quería mucho a esa anciana dama que pasó los últimos años en el sur de Francia, donde vivía pendiente de que los alemanes entrasen en París o del último amante de Kikí de Montparnasse. Poco antes de su muerte la visitaron allí: una casita blanca de líneas rectas y decoración austera, en cuyo jardín cultivaba, también perfectamente alineadas, verduras en vez de flores, tras haber vendido el último cuadro propio y ajeno, y gastado sin remordimiento el último céntimo; incluida la subasta de un viejo y archifamoso Citroën —ahora en el museo Cortanze de Niza—, una de cuyas puertas fue pintada por Braque con un pájaro gris y otra por Picasso con una gaviota blanca. Olvido presentó a Faulques a su abuela —mi amante, dijo impasible—, en quien aún podía advertirse la atractiva elegancia que en las fotos de los viejos álbumes que les mostró durante la visita —París, Montecarlo, Niza, un desayuno en Cap Martin con Peggy Guggenheim y Max Ernst, una foto de Olvido con cinco años, en Mougins, sentada en las rodillas de Picasso—, parecía sacada de un dibujo de Penagos. Fui una de las últimas mujeres capaces de hacer sufrir a los hombres, comentó la anciana señora con una sonrisa apacible. Mi nieta, sin embargo, llegó demasiado tarde a un mundo demasiado viejo.

Desde el principio, aparte de su belleza, a Faulques le fascinó la forma en que Olvido se comportaba; su modo de conversar, de inclinar la cabeza tras una frase o de escuchar con aire cómplice como si nunca se creyera nada del todo, sus modales de chica bien educada y un punto altiva, su crueldad suave —era demasiado joven y hermosa para conocer la compasión desprovista de cálculo— templada por un humor fulgurante y una traviesa cortesía. También, comprobó Faulques, era una mujer que no pasaba inadvertida aunque se empeñara en ello: los hombres le cedían el paso en las puertas o le abrían las portezuelas de los automóviles, los camareros acudían con sólo mirarlos, los maîtres de los restaurantes le reservaban la mejor mesa disponible y los gerentes de hotel la habitación con las más espléndidas vistas. Olvido correspondía a todo con aquella peculiar sonrisa suya, irónica y afectuosa al mismo tiempo, con el humor vivo y culto de sus observaciones, con la facultad inagotable de ponerse, sin abdicar de nada, a la altura de cualquier interlocutor. Hasta las propinas en restaurantes y hoteles las deslizaba como quien comparte una broma en voz baja. Y cuando reía a carcajadas —lo hacía como un muchacho travieso y cómplice—, cualquier hombre se habría dejado matar por ella o por su risa. Era muy buena para todo eso. Las personas educadas, decía, seducimos a los demás con algo muy simple: hablamos siempre de aquello que les

81

interesa. Ella podía seducir con palabras y silencios en cinco idiomas, imitaba voces y gestos ajenos con facilidad pasmosa, y tenía una memoria extraordinaria para los detalles. Faulques la oyó llamar por su nombre a conserjes, camareros y taxistas. Adoptaba cada argot, cada acento, y decía palabrotas con elegante soltura —su sangre italiana— cuando estaba furiosa. También tenía una habilidad espontánea para neutralizar el lado canalla de la gente subalterna: el resentimiento oculto bajo el servilismo de los que atendían a otros a regañadientes, soñando con descabezadoras revoluciones, y el de los que asumían su papel con resignada dignidad. Las mujeres la envidiaban fraternalmente y los hombres la adoptaban al primer vistazo, poniéndose de su parte. De haber sido Olvido varón a principios de siglo, Faulques podía imaginarla sin esfuerzo desayunando por la mañana en una chocolatería, vestida de frac, junto a los criados de la casa en la que, por la noche, había estado invitada a una cena o a un baile.

Aquella noche del primer día, en México DF, también él sucumbió a ese encanto. Pese a sus propias reservas, a su biografía, a sus ideas sobre el mundo, se vio con las muñecas apoyadas en el borde de una mesa bien situada de un restaurante de San Ángel —él vestía chaqueta azul oscuro y pantalón vaquero, ella un vestido malva tan escueto que parecía pintado sobre sus caderas y piernas larguísimas, y el maître había dicho buenas noches, cuánto tiempo, cómo se encuentra su papá, señorita Ferrara—, mirando los ojos color de uva idénticos a los de aquella Nahui Ollin cuya historia ella le había contado por la tarde. Mirándolos con tan inconsciente fijeza que la mujer bajó el rostro un poco, y observando al hombre entre el cabello trigueño que se le deslizaba sobre la cara, se puso seria un instante, justo lo preciso para decir tenemos poco tiempo, Faulques, sin especificar si se refería a aquella noche o al resto de sus vidas. Lo llamó así, pronunciando por primera vez no su nombre, sino el apellido. Y siempre lo llamaría de ese modo, hasta el final. Tres años. O casi. Mil cincuenta días confirmando lo directamente proporcional que era todo aquello al producto del deseo de dos cuerpos —fue ella quien parafraseó a Newton en cierta ocasión, mientras se abrazaban bajo la ducha de un hotel de Atenas—, e inversamente proporcional al cuadrado de la distancia que los separa. Tres intensos y viajeros años, iniciados aquella noche en que terminaron, tardísimo, solos en una cantina de la plaza Garibaldi, bebiendo hasta pasada la hora del cierre, hablando de pintura y de fotografía mientras los camareros ponían las sillas sobre las mesas y empezaban a barrer el suelo; y cuando Faulques miró el reloj, ella dijo que le sorprendía que un fotógrafo de guerra no fuera capaz de beber impasible bajo el fuego de las miradas de los camareros impacientes. Era única para colocar aquí y allá pensamientos ajenos a modo de reflexiones espontáneas o sentencias propias, ingeniosa para salvar obstáculos incorporándolos al plan original, hábil para mentir haciendo creer que mentía abierta y deliberadamente. Le encantaban las cosas falsas, las coleccionaba por todas partes y después las abandonaba en papeleras de hotel, en aeropuertos, se las regalaba a camareras, telefonistas y azafatas: falso cristal de Murano, falsos encajes de Bruselas, falsos bronces antiguos, falsas miniaturas dieciochescas compradas en rastros callejeros. Se movía a sus anchas entre todo aquello, haciéndolo valioso con una palabra o una mirada. Era Olvido la que confería importancia a las cosas y a las personas con las que se relacionaba, tal vez porque poseía la seguridad perfecta que sólo ciertas mujeres tienen cuando el mundo es su excitante campo de batalla, y los hombres un complemento útil pero prescindible.

De cualquier modo, ella había tenido razón. Tres años era poco tiempo, aunque ninguno de los dos podía calcularlo. Esa primera noche en México DF, Faulques, que para entonces ya consideraba el mundo a la luz de sus paradojas y convergencias, pensó que su nombre era Olvido; y supo de golpe, con la precisión fugaz de una fotografía percibida en un instante, que ella era lo único que no podría olvidar nunca.

Ahora, por las ventanas abiertas de la torre llegaba el rumor de la marejada creciente al pie del acantilado, mientras el pintor de batallas miraba el volcán en la pared. En ese momento, el alcohol ingerido, la penumbra o un efecto de luz del farol de gas hicieron cruzar una sombra ante sus ojos. Estremecido, buscó el lugar del vasto mural donde aquella sombra había ido a esconderse. Al cabo de un instante movió la cabeza. Es oscura, murmuró recordando, la casa donde ahora vives.

6

Por la mañana lo despejó el agua fría de la caleta. Tras nadar las ciento cincuenta brazadas de costumbre, mar adentro, y otras tantas de regreso, trabajó sin más pausa que un cuarto de hora para hacer café y apurar una taza de pie frente a la pintura, antes de seguir ocupándose de los caballeros montados que, en grupo cerca de la jamba izquierda de la puerta de la torre, aguardaban el momento de incorporarse a la batalla que se libraba en las faldas del volcán. Aunque los caballos no estaban resueltos —Faulques tenía problemas técnicos con eso—, de los tres jinetes, uno en primer plano y los otros detrás, dos estaban casi terminados, las armaduras en colores fríos, azul gris y azul violáceo, relucientes los ángulos y las aristas de las armas con pinceladas finas a base de blanco, azul prusia y un poco de rojo y de amarillo. El pintor de batallas había trabajado sobre todo en la mirada del caballero situado en primer plano, que por tener la visera del casco alzada era el único al que se le veía el rostro, o parte de él —los otros lo tenían oculto por las celadas bajas—: ojos absortos, ausentes, fijos en algún lugar indeterminado, contemplando algo que el espectador no veía, pero podía intuir. Esos ojos que miraban sin ver, propios del hombre dispuesto a entrar en combate, resumían numerosos recuerdos profesionales de Faulques; pero su ejecución pictórica debía mucho a la mano maestra del clásico que —entre muchos otros y por encima de todos— guiaba, desde el siglo XV, al hombre que ahora trabajaba en la torre: el Paolo Uccello de los tres cuadros de *La batalla de San Romano* expuestos en los Uffizi, la National Gallery y el Louvre. La elección no era casual. Junto a Piero della Francesca, Uccello había sido, en pintura, el mejor geómetra de su tiempo, con una inteligencia de ingeniero para resolver problemas que todavía impresionaba a los especialistas. La sombra del florentino planeaba sobre todo el gran fresco circular de la torre, entre otras cosas porque la primera idea de dejar las cámaras fotográficas y pintar una batalla de batallas se le había ocurrido a Faulques ante el cuadro de los Uffizi, el día que Olvido Ferrara y él se quedaron inmóviles en la sala, por fortuna vacía durante cinco minutos, admirando la composición extraordinaria, la perspectiva, los escorzos magníficos de aquella pintura sobre tabla, una de las tres que representaban el episodio militar ocurrido el 1 de julio de 1432 en San Romano, un valle junto al curso del Arno, entre los ejércitos de Florencia y de Siena. Fue Olvido quien llamó la atención de Faulques sobre la línea horizontal que culminaba en el caballero derribado por la lanza, y señaló las otras lanzas quebradas que, en el suelo, junto a los cuerpos de los caballos caídos, se entrecruzaban simulando una red, un pavimento pictórico en perspectiva sobre el que venía a encajar, proyectándose hacia el fondo y el horizonte arbolado, la masa de hombres acometiéndose en la escena principal. Olvido tenía los ojos adiestrados desde niña; el instinto de leer un cuadro como quien lee un mapa, un libro o el pensamiento de un hombre. Parece una de tus fotos, dijo de pronto. Una tragedia resuelta con geometría casi abstracta. Fíjate en los arcos de las ballestas, Faulques. Observa el cruce de lanzas que parecen traspasar el cuadro, la chapa circular de las armaduras que descomponen los planos, los volúmenes dispuestos mediante cascos y corazas. No fue casualidad que los más revolucionarios artistas del siglo XX reivindicaran a este pintor como maestro, ¿verdad? Ni él mismo podía imaginar lo moderno que era, o que iba a ser. Como tú tampoco, con tus fotos. El problema es que Paolo Uccello tenía pinceles y perspectiva, y tú sólo tienes una cámara. Eso impone límites, claro. De tanto abusar de ella, de tanto manipularla, hace tiempo que una imagen dejó de valer más que mil palabras. Pero no es culpa tuya. No es tu manera de ver lo que se ha devaluado, sino la herramienta que usas. Demasiadas fotos, ¿no crees? El mundo está saturado de malditas fotos. Después de oír eso Faulques se había vuelto hacia su perfil, en contraluz con la claridad que entraba por la ventana situada en el lado derecho de la sala. Un día quizá pinte un cuadro sobre eso, pensó decirle, pero no lo dijo. Y Olvido murió algo más tarde, sin saber que él lo iba a hacer, entre otras cosas, por ella. En aquel momento miraba el Uccello fija, inmóvil, largo el cuello bajo el pelo recogido en la nuca, como una estatua tallada con suma delicadeza, absorta en los hombres que mataban y morían, en el perro que, sobre el punto de fuga situado en la cabeza del caballo central, perseguía liebres a la carrera. ¿Y tú?, había preguntado él entonces. Dime cómo resuelves el problema. Olvido estuvo quieta un poco más, sin responder, y al cabo apartó la vista del cuadro, mirándolo a él de soslayo. No tengo ningún problema, dijo al fin. Soy una chica acomodada, sin responsabilidades ni complejos. Ya no poso para modistos ni portadas ni anuncios, ni fotografío interiores de lujo destinados a revistas para señoras pijas casadas con millonarios. Soy una simple turista del desastre, feliz de serlo, con una cámara que le sirve como pretexto para sentirse viva, como en aquellos tiempos en que cada ser humano tenía la sombra pegada a los pies. Me habría gustado escribir una novela o hacer una película sobre los amigos muertos de un templario, sobre un samurái enamorado, sobre un conde ruso que bebía como un cosaco y jugaba como un criminal en Montecarlo antes de ser portero en Le Grand Véfour; pero carezco de talento para eso. Así que miro. Hago fotos. Y tú eres mi pasaporte, de momento. La mano que me lleva a través de paisajes como el de ese cuadro. En cuanto a la imagen definitiva, esa que todos dicen buscar en nuestro oficio —incluido tú, aunque nunca lo digas—, me da lo mismo hacerla o no. Sabes que dispararía igual, clic, clic, clic, sin película dentro. Vaya si lo sabes. Pero lo tuyo es distinto, Faulques. Tus ojos, tan sobrecargados de funciones defensivas, quieren pedirle cuentas a Dios con sus propias reglas. O armas. Quieren penetrar en el Paraíso, no al comienzo de la Creación, sino al final, justo al borde del abismo. Aunque eso no lo conseguirás nunca con una miserable foto.

«Este lugar se llama cala del Arráez y fue refugio de corsarios berberiscos…» La voz de mujer, el rumor de motores

y la música del barco de turistas llegaron desde el mar a la hora exacta. Faulques dejó de trabajar. Era la una de la tarde, e Ivo Markovic no había vuelto. Reflexionó sobre eso cuando, tras salir afuera y echar un cauto vistazo alrededor, fue hasta el cobertizo y se lavó los brazos, el torso y la cara. De regreso a la torre pensó en hacerse algo de comer, mas permaneció indeciso, sin que el extraño visitante se le fuera de la cabeza. Había pensado en él durante toda la noche; y por la mañana, mientras trabajaba, no pudo evitar atribuirle lugares en la pintura mural. Markovic, independientemente de sus intenciones, formaba parte de aquello por derecho propio. Pero la información no era suficiente. Quiero que usted comprenda, había dicho el croata. Hay respuestas que necesita tanto como yo.

Después de darle vueltas, subió a la planta alta de la torre, donde sacó del fondo del baúl, envuelta en trapos engrasados, la Remington 870 con las dos cajas de cartuchos. Era un arma que no había usado nunca: una escopeta repetidora que se recargaba accionando un mecanismo de corredera paralelo al cañón. Tras comprobar que éste funcionaba, introdujo cinco cartuchos y amartilló uno con movimiento seco que produjo un chasquido metálico, ligado a un golpe de recuerdos: Olvido, los ojos tapados por un pañuelo, montando y desmontando a ciegas un AK-47 entre un grupo de milicianos en Bulo Burti, Somalia. Como la del soldado, la guerra del fotógrafo era siempre una pequeña parte de acción y el resto de tedio y espera. Tal era el caso. Aguardaban el día del ataque a las posiciones de una milicia rival, cuando a Olvido le llamó la atención el adiestramiento de unos reclutas jóvenes. Lo hacen con los ojos tapados, explicó Faulques, por si se encasquilla su arma de noche, en combate, y deben arreglarla a oscuras. Entonces Olvido se acercó a los reclutas y a sus instructores, y pidió aprender aquello. Quince minutos después, sentada en el suelo con las piernas cruzadas, en el centro de un círculo de hombres armados hasta los dientes que fumaban observándola —un miliciano negrísimo y flaco cronometraba, reloj de Faulques en mano—, ella se hizo vendar los ojos, y con movimientos precisos, sin errores ni vacilaciones, desmontó y volvió a montar varias veces un fusil de asalto, alineando las piezas sobre un poncho para volver a encajarlas una por una, a tientas, antes de hacer correr el cerrojo, clac, clac, con sonrisa triunfal, feliz. Siguió practicando el resto de la tarde mientras Faulques la miraba en silencio, de cerca, grabándose en la memoria el pañuelo en torno a los ojos, el cabello recogido en dos trenzas, la camisa húmeda de sudor y las gotas sobre la frente fruncida por la concentración. Al rato, de nuevo con el arma desmontada y mientras palpaba los contornos de cada pieza, ella adivinó su presencia, y sin quitarse el pañuelo de los ojos hizo una observación. Hasta hoy, dijo, nunca imaginé que estas cosas pudieran ser objetos bellos. Tan pulidas. Tan metálicas y tan perfectas. El tacto descubre en ellas virtudes que no estaban a la vista. Escucha. Encajan con maravillosos chasquidos. Son hermosas y siniestras al mismo tiempo, ¿verdad? Durante los últimos treinta o cuarenta años, estas piezas de formas extrañas han querido cambiar el mundo, sin éxito. Arma barata de los parias de la tierra, millones de unidades fabricadas, tripas al aire sobre mis piernas enfundadas en vaqueros carísimos. Los surrealistas habrían enloquecido con este *ready-made*. ¿No crees, Faulques? Me pregunto cómo lo llamarían. *¿Oportunidad Perdida? ¿Funeral De Marx? ¿Este Arma No Es Un Arma? ¿Cuando La Guerra Se Va, La Poesía Vuelve?* Acaba de ocurrírseme que la firma del señor Kalashnikov vale tanto como la del señor Mutt. O mucho más. Después de todo, quizá la obra de arte representativa del siglo XX no sea el urinario de Duchamp, sino este conjunto de piezas desmontadas. *Sueño Roto De Metal Pavonado*. Ese nombre me gusta más, creo. No sé si el AK-47 figura en algún museo de arte contemporáneo, pero debería estar, así, en piezas. Como éste. Todo inútilmente bello, una vez deshecho y expuesto, mecanismo a mecanismo, sobre un poncho militar manchado de grasa. Sí. Ajústame el pañuelo, por favor. Se afloja, y no quiero hacer trampas. Bastantes hago con una cámara al cuello, un pasaporte civilizado y un billete de vuelta en el bolsillo. Soy un técnico indulgente, ¿te das cuenta? *Mujer Que Monta Y Desmonta Y Vuelve A Montar Un Fusil Inútil*. Sí. Lo tengo. Me parece que ése es el título adecuado. Y ni se te ocurra sacarme esa foto, Faulques. Te oigo trajinar en la bolsa de las cámaras. El verdadero arte moderno es efímero, o no es.

El pintor de batallas puso el seguro a la escopeta y volvió a dejarla donde estaba. Luego buscó una camisa limpia —arrugada y áspera, pues las tendía a secar al sol pero no tenía plancha—, sacó la moto del cobertizo, se puso unas gafas oscuras y bajó al pueblo petardeando por el camino de tierra que serpenteaba entre los pinos. El día era luminoso y cálido. La brisa suave del sur no bastaba para aliviar la temperatura del muelle cuando se detuvo y aparcó la moto sobre el caballete. Estuvo un momento admirando el azul cobalto del mar al otro lado del espigón con la farola del puerto, las redes pardas y verdes amontonadas junto a los norays de los pesqueros que a esas horas faenaban mar adentro, el campanilleo de las drizas movidas por la brisa en los palos de la docena de barcos amarrados en la dársena, bajo la muralla del siglo XVI y el pequeño fortín que en otro tiempo protegía la ensenada y la población original de Puerto Umbría: una veintena de casas encaladas que se encaramaban sobre una colina, en torno al campanario ocre de una iglesia estrecha y oscura —gótico fortaleza, ventanas como saeteras— que había servido de refugio a la población cuando desembarcaban renegados y piratas. La abrupta orografía del lugar lo mantenía a salvo del desarrollo urbanístico circundante: encajonado entre montañas, el pueblo conservaba límites razonables. La zona de expansión turística empezaba un par de kilómetros al suroeste, hacia Cabo Malo, donde los hoteles ocupaban las playas y donde las montañas, salpicadas de casitas, se iluminaban de noche con las luces de las urbanizaciones que roían sus laderas.

La golondrina de turistas estaba atracada al muelle, sin nadie a bordo. Faulques echó en torno una ojeada, intentando identificar a la guía entre la poca gente que paseaba de regreso de la playa que se extendía más allá del puerto, o comía bajo los toldos de los bares situados en el muelle pesquero; pero ninguna de las mujeres que vio respondía a la que él imaginaba, y la oficina donde se anunciaban paseos de la golondrina, venta de chalets y coches de alquiler, estaba cerrada. De cualquier modo, sólo dedicó a eso un momento. Era otra persona la que le interesaba, aunque tampoco de ésa había rastro alguno. Ivo Markovic no estaba en las terrazas, ni en las estrechas calles blancas situadas detrás —una ferretería donde Faulques encargaba pinceles y pinturas, tiendas de comestibles y puestos de recuerdos para turistas—, por donde paseó un rato, el aire casual pero los ojos atentos. Algún jubilado de los que se apostaban ante el casinillo local lo saludó al pasar, y él respondió sin detenerse. Aunque no se relacionaba con otra gente que la necesaria, o la inevitable, era conocido en Puerto Umbría y se beneficiaba de cierto estatus cortés. Tenía fama de artista huraño y algo excéntrico, pero que pagaba puntualmente cuanto compraba, respetaba los usos locales, solía invitar a una cerveza o a un café, y dejaba en paz a las mujeres del pueblo.

Entró en la ferretería y encargó cuatro botes de verde óxido de cromo y otros tantos de siena natural, que empezaban a escasearle. Necesitaba esos colores para acabar el suelo pintado en el mural con capas superpuestas, pincel grueso, húmedo sobre húmedo aprovechando las irregularidades del enfoscado de cemento y arena de la pared, en torno a una escena de dos hombres que combatían abrazados, caído uno sobre otro mientras se apuñalaban con saña, enfriados los colores vivos de sus violentos escorzos por capas de azul ultramar con un poco de carmín para tratar las sombras, cuyo efecto procedía de los resplandores cruzados de la ciudad en llamas y del volcán a lo lejos. El pintor de batallas había trabajado durante mucho tiempo en aquel detalle, dedicándole especial atención. Tenía vagas reminiscencias del *Duelo a garrotazos* de Goya: dos hombres acometiéndose enterrados hasta las corvas, en el más crudo símbolo de guerra civil que se hubiera pintado nunca. Comparado con aquello el *Guernica* picassiano era un ejercicio de estilo —aunque en realidad esas figuras no sean gran cosa, había dicho Olvido; el cuadro auténtico está pintado en el lado derecho del lienzo, ¿no te parece? El viejo don Francisco era tan moderno que hace daño—. De cualquier modo, como el propio Faulques sabía de sobra, los antecedentes más directos de la escena que él había pintado en aquella parte del mural era preciso buscarlos, Goya aparte, en *La victoria de Fleurus* de Vicente Carducho, también expuesta en el museo del Prado —el soldado español atravesado por la espada del francés al que apuñalaba—, y sobre todo en un fresco de Orozco pintado en el techo del hospicio Cabañas de Guadalajara, México: el conquistador rebozado de acero —esas tuercas futuristas y poliédricas de la armadura— sobre el guerrero azteca acuchillado, sangrienta fusión de hierro y carne como preludio de una raza nueva. Años atrás, cuando ni siquiera pensaba en pintar o creía haber dejado de intentarlo para siempre, Faulques estuvo admirando aquel fresco enorme durante casi media hora, tumbado boca arriba en uno de los bancos junto a Olvido, hasta grabar todos los detalles en su memoria. Yo he visto esto antes, dijo de pronto, y su voz resonó en el eco de la bóveda pintada. Lo he fotografiado muchas veces, y nunca pude conseguir una imagen que lo expresara con tanta precisión. Observa esas caras. El hombre que mata y muere, ofuscado, ciego, abrazado a su enemigo. La historia del laberinto, o del mundo. Nuestra historia. Olvido se había quedado mirándolo y luego puso una mano sobre la suya, sin despegar los labios durante un rato, hasta que al fin dijo: cuando yo te apuñale, Faulques, quiero abrazarte así, buscándote el resquicio entre el acero mientras te clavas en mí, o me violas, sin quitarte apenas la armadura. Y ahora, reservando a todo eso un espacio en la pared interior de la torre vigía, mezclándolo en la paleta propia de recuerdos e imágenes, el pintor de batallas intentaba reproducir, no el fresco terrible de Orozco, sino la sensación que contemplarlo junto a Olvido, aquellas palabras y el contacto de su mano, le habían impreso mucho tiempo atrás en el corazón y la memoria. Eran sutiles y bien extraños, pensaba, los lazos que podían establecerse entre cosas en apariencia inconexas: pinturas, palabras, recuerdos, horror. Parecía que todo el caos del mundo, sembrado de cualquier manera sobre la Tierra por el capricho de dioses ebrios o imbéciles —una explicación tan buena como cualquier otra— o de azares desprovistos de piedad, pudiera verse ordenado de pronto, convertido en conjunto de precisas proporciones, bajo la clave de una imagen insospechada, una palabra dicha por casualidad, un sentimiento, un cuadro contemplado junto a una mujer que llevaba diez años muerta, recordado ahora y vuelto a pintar a la luz de una biografía diferente a la de quien lo concibió. De una mirada que tal vez lo enriquecía y explicaba.

Cuando Faulques pasó ante el hotel de Puerto Umbría —también había un hostal algo más lejos, en la misma calle— se quedó un momento quieto, reflexivo, las manos en los bolsillos y la cabeza inclinada a un lado. Dándole vueltas a otro recuerdo más inmediato y acuciante: Ivo Markovic. Al fin decidió entrar. El conserje lo atendió con amabilidad. Y lo sentía mucho, pero no. Ese señor no estaba registrado en el establecimiento. Al menos nadie con tal nombre, ni que respondiese a su descripción. Lo mismo dijo diez minutos más tarde la encargada del hostal. Faulques salió a la calle, entornando los ojos ante la claridad que reverberaba en las paredes blancas. Se puso las gafas de sol y regresó al puerto. Descartaba acudir a la policía. El puesto local estaba dotado con cinco agentes y un jefe; a veces, de ronda por la costa, subían en un todoterreno negro y blanco hasta cerca de la torre, y el pintor de batallas los invitaba a una cerveza. Además, la mujer del jefe de policía pintaba en sus ratos libres; Faulques había visto un óleo suyo en el despacho del marido —una puesta de sol infame con ciervos y cielo bermellón— el día que fue a hacer un trámite y el otro se lo mostró, orgulloso. Todo eso aseguraba ciertas simpatías, y habría sido fácil hacer que se ocuparan de Markovic. Pero quizá era ir demasiado lejos. Aparte de su extraña declaración de intenciones, el croata no había hecho nada que justificara medidas rigurosas.

El paseo bajo el sol hacía sudar a Faulques, mojando su camisa. Fue a sentarse bajo el toldo de uno de los bares restaurantes situados en el muelle pesquero. Estiró las piernas bajo la mesa, se recostó en la silla y pidió una cerveza. Le gustaba esa terraza porque era la que mejor vista ofrecía, con el mar más allá de la bocana, entre la farola del espigón y las rocas. Cuando bajaba al pueblo en busca de material de pintura o provisiones, le apetecía sentarse allí al atardecer, mientras el agua se teñía de rojo a lo largo de la costa y recortaba las siluetas de los pesqueros que venían uno tras otro, seguidos por bandadas de gaviotas ruidosas, a descargar cajas para la lonja. Algunas tardes Faulques encargaba un caldero de arroz y se quedaba a cenar con una botella de vino, viendo oscurecerse el mar mientras se encendían la farola verde del espigón y los destellos blancos, lejanos e intermitentes, del faro de Cabo Malo.

Un camarero trajo la cerveza y Faulques la llevó a sus labios, vaciando la mitad de un trago. Al dejar el vaso reparó en que le habían quedado restos de pintura, rojo cadmio, entre las uñas de la mano derecha. Tan parecida a la sangre. Y el cuadro mural, la pared circular de la torre, volvió a ocupar sus pensamientos. Mucho tiempo atrás, en una ciudad bombardeada —era Sarajevo, aunque podría haberse tratado de Beirut, Phnom Penh, Saigón o cualquier otra—, Faulques había tenido sangre en las uñas y en la camisa durante tres días. La sangre era de un niño reventado por una granada de mortero; había muerto en sus brazos, vaciándose mientras lo llevaba al hospital. No había agua para lavarse, ni más ropa, así que Faulques pasó los tres días siguientes con sangre del niño en la camisa, en las cámaras fotográficas y en las uñas. El niño, o lo que de él permanecía en la memoria del pintor de batallas —a menudo se fundía con otros lugares, con otros niños—, estaba ahora representado con trazos fríos, plomizos de grisalla, en un lugar del gran fresco de la torre: una pequeña silueta tendida boca arriba, apoyada la nuca en una piedra, que también debía mucho, en su inspiración técnica, a Paolo Uccello. Esta vez no a sus cuadros de batallas, sino a un fresco recientemente descubierto en San Martín Mayor de Bolonia:

La Adoración del Niño. En el fragmento inferior, entre una mula, un buey y varias figuras decapitadas por los estragos del tiempo, un Niño Jesús yacía con los ojos cerrados, en quietud casi cadavérica que anunciaba, para escalofrío del espectador atento, el Cristo torturado y muerto de cualquier Piedad.

Faulques se limpiaba los restos de pintura cuando una sombra se proyectó sobre la mesa. Levantó la cara y vio a Ivo Markovic.

7

Cuando el camarero trajo su cerveza, Markovic estuvo un rato mirando el vaso, sin tocarlo. Después deslizó un dedo en vertical por el cristal empañado mientras observaba las gotas que se iban depositando en el cerco húmedo sobre la mesa. Al cabo, sin beber todavía, sacó el paquete de cigarrillos de la mochila que había puesto en el suelo, junto a la silla, y encendió uno. La brisa del mar se llevaba el humo entre sus dedos cuando, aún inclinado sobre la llama del fósforo que protegía en el hueco de las manos, miró a Faulques.

—Creí que tenía sed —dijo éste.

—Y la tengo.

Tiró el fósforo apagado, contempló de nuevo el vaso de cerveza y al fin, lentamente, lo cogió para llevárselo a los labios. A medio movimiento se detuvo como si fuera a decir algo, pero pareció cambiar de idea. Sólo después de beber un sorbo y poner el vaso en la mesa dio dos chupadas al cigarrillo y sonrió a Faulques. O más bien fue su boca la que lo hizo, mientras los ojos agrisados permanecían imperturbables, clavados en el pintor de batallas.

—Hay algo —dijo sin énfasis el croata— que se aprende en un campo de prisioneros: a esperar. Al principio uno se impacienta, claro. El miedo y la incertidumbre, como puede imaginar… Sí. Las primeras semanas son malas. Además, los más débiles desaparecen durante esa época. No lo soportan, mueren. Otros se quitan la vida. Siempre me pareció mal suicidarse por desesperación; y más cuando existe la posibilidad de hacérselo pagar tarde o temprano a los verdugos… Otra cosa, supongo, es acabar sereno, cuando comprendes que ha llegado el final. ¿No cree?

Faulques lo miraba sin decir nada. El otro se ajustó mejor las gafas con un dedo y movió la cabeza. Lo malo, prosiguió, es que el deseo de venganza, o la mera esperanza de sobrevivir, pueden convertirse en una trampa.

—Sí —añadió tras reflexionar un momento—. Creo que lo peor es la esperanza. Usted lo insinuó ayer, aunque tal vez no hablaba de lo mismo… Confías en que sea un error, que pase pronto. Te dices que no puede durar. Pero el tiempo pasa, y dura. Y hay un momento en que todo se estanca. Los días dejan de contarse, la esperanza se desvanece… Es entonces cuando te conviertes en prisionero real. Profesional, por decirlo de algún modo. Un prisionero paciente.

El pintor de batallas contemplaba ahora la línea azul del mar en la bocana. Al fin encogió los hombros.

—Ya no es un prisionero —dijo—. Y se le va a calentar la cerveza.

Un silencio. Cuando posó de nuevo los ojos en Markovic, éste lo observaba casi con cautela, tras los cristales sucios de sus gafas.

—Usted también parece un hombre paciente, señor Faulques.

El pintor de batallas no respondió. El otro dio una chupada al cigarrillo y dejó que la brisa le llevara el humo de la boca entreabierta. Al cabo movió la cabeza.

—Es curiosa esa pintura suya. Le aseguro que fue una sorpresa... Dígame algo, por favor. Ha fotografiado guerras, revoluciones... ¿Su trabajo de ahora es un resumen, o una conclusión?... Quiero decir si se limita a reproducir lo que vio, o intenta explicarlo... Explicárselo.

Faulques hizo una mueca deliberada. Antipática.

—Vuelva a la torre cuando quiera, y fíjese más. Decídalo usted.

Como si considerase los pros y los contras de la propuesta, Markovic se acarició el mentón sin afeitar. La barba y las gafas sucias no eran su único desaliño: tenía la piel grasienta y llevaba la misma ropa que el día anterior. La camisa estaba arrugada, rozada en el cuello. El pintor de batallas se preguntó dónde habría pasado la noche.

—Iré, muchas gracias. Mañana mismo, si no le incomoda.

Arrojó lejos el cigarrillo, casi consumido, con un movimiento del índice bajo el pulgar, y se quedó viéndolo humear en el suelo. Después bebió un poco de cerveza y se limpió la boca con el dorso de la mano. Permítame otra pregunta, dijo.

—¿Ya sabe por qué el ser humano tortura y mata a los de su especie?... En esos treinta años de fotografías, ¿obtuvo una respuesta?

Faulques se echó a reír. Una risa corta, sin ganas.

—No hacen falta treinta años. Cualquiera puede comprobarlo, a poco que se fije... El hombre tortura y mata porque es lo suyo. Le gusta.

—¿Lobo para el hombre, como dicen los filósofos?

—No insulte a los lobos. Son asesinos honrados: matan para vivir.

Markovic inclinó la cabeza, como si lo considerase a fondo. Luego miró de nuevo al pintor de batallas.

—¿Y cuál es, a su juicio, la razón de que el hombre torture y mate por gusto?

—La inteligencia, supongo.

—Qué interesante.

—La crueldad objetiva, elemental, no es crueldad. La verdadera requiere cálculo. Inteligencia, como acabo de decir... Fíjese en las orcas.

—¿Qué pasa con las orcas?

Entonces Faulques explicó qué pasaba con las orcas. Y contó cómo esos depredadores marinos de cerebro evolucionado, que operaban dentro de un complejo ambiente social comunicándose con sonidos refinados, se acercaban a las playas para capturar jóvenes focas que luego se lanzaban unos a otros a coletazos por el aire, jugando con ellas como si fueran pelotas, dejándolas escapar hasta el límite de la playa antes de capturarlas de nuevo, y seguían así, disfrutando, hasta que, cansadas del juego, las orcas abandonaban la maltrecha presa, descoyuntada, o la devoraban si tenían hambre. Aquello, concluyó Faulques, no era algo visto por él en la televisión u oído por ahí. Lo había fotografiado en una playa austral, durante la guerra de las Malvinas. Y aquellas orcas parecían humanas.

—No sé si comprendo bien. ¿Quiere decir que cuanto más inteligente es el animal, más cruel puede ser?... ¿Que un chimpancé es más cruel que una serpiente?

—No sé nada de chimpancés ni de serpientes. Ni siquiera de orcas. Verlas me hizo pensar, eso es todo. Tendrían sus motivos, supongo: lúdicos, de adiestramiento. Pero su exquisita crueldad me recordó la del hombre. Tal vez ellas no tengan conciencia de esa crueldad, y sólo cumplan los códigos de su naturaleza. Quizá el hombre haga lo mismo: ser fiel a la espantosa simetría de su inteligente naturaleza.

Markovic parpadeó, desconcertado.

—¿Simetría?

—Eso es. Un científico la definiría como las propiedades estables del conjunto, pese a las transformaciones —ante la expresión de su interlocutor, Faulques hizo una pausa y encogió los hombros—… Dicho de otro modo, que las apariencias engañan. Hay un orden oculto en el desorden, diría yo. Un orden que incluye el desorden. Simetrías y respuestas a simetrías.

El otro se rascó el mentón, moviendo ligeramente la cabeza.

—Me parece que no lo comprendo.

—Pues ayer dijo que ha llegado a conocerme. Mis fotos y todo eso.

Un nuevo parpadeo. Markovic se quitó despacio las gafas y observó los cristales, como si acabase de descubrir que su transparencia no era adecuada. Se puso a limpiarlos, pensativo, con un pañuelo de papel que sacó del bolsillo.

—Ya veo —concluyó tras unos instantes—. Quiere decir que el malvado no puede evitar serlo.

—Digo que somos malvados y no podemos evitarlo. Que son las reglas de este juego. Que nuestra inteligencia superior hace más excelente y tentadora nuestra maldad… El hombre nació predador, como la mayor parte de los animales. Es su impulso irresistible. Volviendo a la ciencia, su propiedad estable. Pero a diferencia del resto de animales, nuestra inteligencia compleja nos empuja a depredar bienes, lujos, mujeres, hombres, placeres, honores… Ese impulso nos llena de envidia, de frustración y de rencor. Nos hace ser, todavía más, lo que somos.

Se calló, y el croata no dijo nada. Se había puesto otra vez las gafas. Miró un momento a Faulques antes de volverse hacia el espigón, y permaneció así, contemplando el paisaje.

—Yo cazaba antes de la guerra —dijo de pronto—. Me gustaba salir al campo de madrugada, con algún vecino. Caminar al alba, ya sabe, con la escopeta. Pum, pum.

Seguía mirando el mar, los ojos entornados por la claridad del sol que reverberaba cerca del muelle pesquero.

—Quién me lo iba a decir —añadió, torciendo el gesto.

Luego inclinó la cabeza para encender otro cigarrillo. Faulques observó la cicatriz de su mano derecha y luego la de la frente, vertical y más profunda. Una ceja partida, sin duda. Objeto contundente. Esa cicatriz no estaba en la fotografía, ni Markovic la había mencionado al hablar de su herida en Vukovar. Tal vez era una huella del campo de prisioneros. Había hablado de torturas. Como a un animal, eran las palabras. Me torturaron —lo torturaron, fue lo que dijo, en tercera persona— como a un animal.

—No sé qué le encuentran de belleza al alba —dijo de pronto Markovic—. O a la puesta de sol. Para quien ha vivido una guerra, el alba es señal de cielo turbio, de indecisión, de miedo a lo que va a pasar… Y el atardecer es amenaza de las sombras que llegan, oscuridad, corazón aterrorizado. La espera interminable, muerto de frío en un agujero, con la culata del fusil pegada a la cara…

Se quedó moviendo la cabeza, afirmativo. Sus recuerdos parecían respaldar sus argumentos. Tenía el cigarrillo en la boca y le oscilaba con el movimiento.

—¿Tuvo miedo innumerables veces, señor Faulques?

—Innumerables, como usted dice. Sí.

A Markovic parecía incomodarlo la media sonrisa del pintor.

—¿Qué ocurre con la palabra *innumerables*?

—Nada. Es correcta, no se preocupe. Innumerables: imposibles de numerar.

El croata lo estudió atento, en busca de ironía. Al cabo pareció relajarse un poco. Chupó su cigarrillo.

—Iba a contarle —dijo con una bocanada de humo— que en cierta ocasión vomité al alba, antes de un ataque. De puro miedo. Me limpié la boca con un pañuelo de papel, lo tiré y se quedó colgado de un arbusto como una manchita de color claro. Estuve mirando aquel pañuelo allí mientras amanecía… Ahora, cada vez que pienso en el miedo, me acuerdo de ese pañuelo de papel colgado en el arbusto.

Se ajustó otra vez las gafas con una presión del dedo índice, se acomodó más en la silla y miró a uno y otro lado, el aire distraído, cual si buscara algo de interés en el paisaje.

—Simetría, dice —comentó al fin—. Puede ser. Y esa pintura de la torre... Me sorprendió de veras. Creo. O tal vez no me sorprendió tanto como yo digo que creo.

Ahora miraba de nuevo al pintor, con recelo.

—¿Sabe lo que sí creo?... Que todo cazador queda marcado por la clase de caza que practica. Y yo he pasado diez años siguiendo su rastro. Dándole caza a usted.

Faulques sostuvo su mirada sin abrir la boca. Estaba fascinado por la exactitud del comentario. Cazadores, clase de caza, marcas. Olvido había dicho eso casi con las mismas palabras. Un día de primavera, después de la primera guerra del Golfo, vieron a un grupo de niños que esperaban ante el museo del Louvre, alineados y sentados en el suelo bajo un cielo oscuro y lluvioso, vigilados por profesores que caminaban entre ellos. Parecen, había dicho Faulques, prisioneros de guerra iraquíes. Y Olvido se lo quedó mirando, divertida, antes de acercarse y darle un beso en la cara, un beso sonoro y fuerte, y decir hay cazas que marcan al cazador para toda la vida. Sí. Hay meteorólogos que miran el cielo y sólo ven isobaras.

—Orcas, chimpancés y serpientes —murmuró Markovic—... ¿De veras lo ve así?

Aquel mismo día ella había escrito un poema, siguió recordando Faulques. No era extraordinaria en eso, igual que tampoco lo era como fotógrafa; estaba demasiado atenta a apurar la vida, quemando la vela por ambos extremos. No era una creadora. De no haberse dejado llevar por su búsqueda de lo intenso, por la necesidad de recorrer el límite exterior de lo razonable sin renunciar a su memoria y su cultura, o de haber vivido lo suficiente para alcanzar la sombra de sí misma que perseguía a largas zancadas, Olvido habría brillado como historiadora de la pintura, como profesora de universidad, como galerista según la tradición familiar. Su talento cuajaba, sobre todo, en una lucidísima visión del arte, un ojo extraordinario para comprenderlo en cualquiera de sus manifestaciones; una intensa capacidad de análisis y un gusto, a la vez ecuánime y depurado, a la hora de detectar lo bueno entre la espesura de lo mediocre y lo malo. Antes, decía ella, el arte era la única historia donde triunfaba la justicia, y donde al final, por mucho que tardasen en llegar, siempre ganaban los buenos; ahora no estaba segura de eso. Aquellas líneas del poema, garabateadas por Olvido en la servilleta de un café, las había conservado Faulques durante algún tiempo hasta que terminó perdiéndolas donde no recordaba, como tampoco las palabras allí escritas: niños sentados bajo la misma lluvia que mojaba otros lugares, cementerios lejanos donde yacían otros niños que nunca llegarían a viejos ni llegarían a nada, o algo de eso. Recordaba sólo las dos primeras líneas:

Niños sentados frente a un museo
(insólitamente) intacto…

Alejó el recuerdo y prestó atención a Markovic. Éste había repetido su pregunta. De veras lo ve así, insistía. Orcas, etcétera. Faulques hizo un gesto ambiguo.

—Está aquí, bajo la piel —dijo al fin—. En nuestros genes… Sólo las reglas artificiales, la cultura, el barniz de las sucesivas civilizaciones mantienen al hombre a raya de sí mismo. Convenciones sociales, leyes. Miedo al castigo.

El otro escuchaba atento, el cigarrillo humeante colgado de los labios. Entornó de nuevo los párpados.

—¿Y Dios?... ¿Es usted creyente, señor Faulques?

—No fastidie, hombre.

Se volvió a medias. Su ademán abarcaba a la gente sentada en las terrazas o que paseaba junto al muelle, con sus bronceados y sus pantalones cortos y sus niños y sus perros.

—Mírelos. Tan civilizados dentro de lo que cabe, mientras no les cueste demasiado esfuerzo. Pidiendo las cosas por favor, quienes todavía lo hacen... Métalos en un cuarto cerrado, prívelos de lo imprescindible, y los verá destrozarse entre sí.

Markovic los miraba también. Convencido.

—Lo he visto —asintió—. Por un trozo de pan, o un cigarrillo. Y no digamos por seguir con vida.

—Por eso sabe, como yo, que cuando el desastre devuelve al hombre al caos del que procede, todo ese civilizado barniz salta en pedazos, y otra vez es lo que era, o lo que siempre ha sido: un riguroso hijo de puta.

El otro miró con atención la colilla que sostenía entre el pulgar y el índice. Luego la arrojó lejos, como la anterior. Cayó en el mismo sitio.

—No es usted un hombre compasivo, señor Faulques.

—No lo soy. Pero es singular que diga eso.

—¿Y en su opinión, qué nos protege?... ¿La cultura, como insinuó antes?... ¿El arte?

—No lo sé. No creo.

Markovic parecía decepcionado, así que Faulques lo pensó un poco.

—Sospecho —añadió— que nada puede cambiar la naturaleza humana. O tenerla siempre a raya.

Aún lo pensó un poco más. Una chica joven, de buen aspecto, caminaba cerca de la oficina de billetes del barco de turistas. Tal vez fuera ella, pensó. La guía de la golondrina que hablaba del pintor famoso de la torre. La chica pasó de largo.

—La memoria, quizás. En cierto modo es una forma de dignidad estoica. La lucidez a la hora de contemplar las líneas maestras del asunto. Asumir las reglas del juego.

Vio sonreír a Markovic, como si esta vez hubiera sido capaz de comprender las alusiones de su interlocutor.

—Las simetrías —apuntó el croata, satisfecho.

—Eso es. Un poeta inglés escribió *terrible simetría*, refiriéndose a las rayas del tigre.

—Vaya. ¿Un poeta, dice?

—Sí. Toda simetría encierra crueldad, vino a decir.

Frunció Markovic el ceño.

—¿Y cómo es posible asumir simetrías?

—Mediante la geometría que permite observarlas. Y la pintura que la expresa.

Otra vez me perdí, volvía a decir el ceño fruncido del otro.

—¿Dónde aprendió todo eso?

Faulques hizo con las manos ademán de pasar páginas. Leyendo, dijo. Haciendo fotos. Mirando, supongo. Preguntando. Todo está ahí, añadió. La diferencia es que unos se fijan y otros no. El croata seguía escuchando con atención.

—He vuelto a desorientarme —protestó—. Tiene puntos de vista estrambóticos —se detuvo, suspicaz—... ¿Por qué sonríe ahora, señor Faulques?

—Por lo de estrambóticos. Está bien. Resulta interesante su forma de usar algunas palabras.

—A diferencia de usted, no soy hombre culto. En los últimos años he leído libros aquí y allá. Pero estoy lejos de serlo.

—No me refería a eso. Al contrario. Usa palabras interesantes. Poco comunes. Palabras cultas.

Tuve pocos estudios, dijo entonces el croata. Sólo buena formación técnica como mecánico. Pero en el campo de prisioneros traté a un hombre que había leído mucho. Un músico. Hablamos con frecuencia, figúrese, durante aquel tiempo. Aprendí cosas. Ya sabe. Cosas. Tras repetir lo de cosas, Markovic se quedó absorto unos instantes, el aire evocador. También, añadió, conocí a un hombre que estuvo sepultado once horas bajo su casa bombardeada, inmovilizado por los escombros, con la vista fija en un objeto que tenía delante: una navaja de afeitar rota. Imagínese: once horas inmóvil, con aquel objeto delante. Pensando. Algo parecido a lo mío con el pañuelo del arbusto. O con la foto que usted me hizo. Así que ese hombre llegó a saberlo todo sobre navajas de afeitar rotas y cualquier idea con la que éstas se puedan asociar. Escuchándolo, yo también.

—Después del campo de prisioneros, cuando me enteré de que ya no tenía familia, viajé un poco. Leí alguna cosa... Tenía un buen motivo: usted. Conocer al hombre que había destrozado mi vida con una fotografía, requería algunos conocimientos. El mecánico de antes de la guerra nunca lo habría logrado. Sin saberlo, el músico y el hombre de la navaja rota me abrieron puertas. Tampoco yo comprendí lo útiles que esas puertas iban a ser después, cuando supiera.

Se detuvo y miró alrededor inclinado hacia adelante, las palmas de las manos sobre los muslos como si fuera a ponerse en pie. Pero siguió sentado. Inmóvil.

—Leí, busqué en periódicos viejos, en Internet. Hablé con gente que lo conocía… Usted se convirtió en mi navaja de afeitar rota.

Clavaba los ojos en Faulques como si fueran navajas nuevas.

8

Faulques nunca recurría al negro puro. Ese color dejaba agujeros; era como un balazo o un boquete de metralla en la pared. Prefería llegar a él de forma indirecta, mezclando sombra tostada con gris payne o azul prusia, incluso con algo de rojo, y que la mezcla no tuviese lugar en la paleta, sino sobre la pintura misma, frotando a veces directamente con el dedo en las superficies grandes hasta lograr el tono deseado, ceniza muy oscuro entreverado de matices claros que lo enriquecían y le daban volumen. En cierto modo, pensaba el pintor de batallas, aquello equivalía a abrir un punto más el diafragma cuando se fotografiaba a personas de piel negra. Si uno disparaba fiándose del fotómetro de la cámara, la gente salía empastada. Negro plano, sin matices. Un agujero en la foto.

Recordó, mientras aplicaba con un dedo la pintura en la pared —negro de sombras, negro de humo de incendios, negro de noche sin alba prevista—, una piel negra que había fotografiado veinticinco años atrás, a orillas del Chari. También esa foto estaba en el álbum que Ivo Markovic había dejado sobre la silla, y era realmente una buena foto en blanco y negro, hasta el punto de que en su momento mereció una doble página en varias revistas internacionales. Tras un combate en las afueras de Yamena, una docena de rebeldes chadianos, heridos y maniatados, habían sido puestos junto al río para que los devoraran los cocodrilos, a poca distancia del hotel —cristales rotos por disparos y paredes llenas de agujeros que parecían trazos pictóricos hechos con negro frío— donde se alojaba Faulques. Durante media hora fotografió a esos hombres, uno por uno, calculando diafragma y encuadre, preocupado por el contraste de luz entre la arena y aquellas pieles negras relucientes de sudor, punteadas de moscas, donde se destacaba el blanco de los ojos horrorizados que miraban a la cámara. La humedad hacía el calor insoportable, y Faulques se movía con mucha precaución estudiando a los hombres tendidos en el suelo, paso a paso, empapada la camisa, economizando energía en cada gesto, deteniéndose con la boca abierta para respirar el aire espeso y caliente que olía al agua sucia del río y también a los cuerpos postrados en la orilla. Carne cruda. Nunca como ese día le pareció el olor de los cuerpos africanos tan semejante al de la carne cruda. Y al inclinarse sobre uno de ellos —carne sobre el tajo del carnicero, lista para ser devorada— y acercarle el objetivo de la cámara al rostro, el herido alzó las manos atadas para cubrirse a medias, atemorizado, mientras las córneas blancas se le desorbitaban más. Fue entonces cuando Faulques iluminó un punto el diafragma, tomó foco en los ojos muy abiertos que tenía delante y oprimió el disparador, capturando esa imagen compuesta con horrible perfección técnica: varios volúmenes escalonados en negros y grises, las manos atadas y sucias en primerísimo plano con el matiz más claro de las palmas y las uñas, la sombra que las manos proyectaban sobre la parte inferior del rostro, la superior iluminada por el sol, negro brillante, piel sudorosa, moscas, granulado de arena clara adherida a una mejilla. Y en el centro exacto de todo, aquellos ojos desmesuradamente abiertos, asomados al espanto: dos almendras blancas con dos pupilas negrísimas clavadas en el objetivo de la cámara, en Faulques, en los miles de espectadores que iban a ver aquella foto. Y detrás, al fondo, como término al recorrido de la mirada del observador, la suma de todos esos negros y grises: la sombra de la cabeza del hombre sobre la arena, donde, pese al ligero desenfoque del fondo, se adivinaba —toque maestro del azar y la naturaleza implacables— la huella del arrastre de las patas y la cola de un cocodrilo. Faulques llevaba tomadas diecinueve exposiciones cuando un centinela, con fusil y gafas de sol con la etiqueta de control de calidad pegada sobre el cristal izquierdo, se acercó indicándole por gestos que ya estaba bien, que se acabaron las fotos. Y Faulques, más por convención que por esperanza, hizo un gesto de protesta, una vaga recomendación de piedad que el de las gafas de sol atendió con una sonrisa desaforada y blanca que le descubrió las encías, antes de cambiar de hombro el fusil que llevaba colgado y regresar al resguardo de la sombra. Entonces, sin mirar atrás, el fotógrafo regresó al hotel, rebobinó los carretes, los marcó con rotulador y los puso en un sobre de papel grueso para meterlos al día siguiente en un vuelo de Air France. Y a la puesta de sol, mientras cenaba en la terraza desierta del hotel junto a la piscina vacía, entre los compases de la música de la

115

orquesta —una guitarra, un órgano eléctrico y una cantante negra con la que esa noche se fue a la cama previo pago de su importe—, Faulques escuchó los alaridos de los prisioneros arrastrados por los cocodrilos hasta las aguas del río, y dejó la carne medio cruda intacta en el plato, sin llegar apenas a cortarla con el cuchillo.

Se lo había planteado algo más tarde a un amigo, en un restaurante de Madrid. Necesito saber si es parte del juego, preguntó. Si hay una base científica para toda esa carne racional tendida al sol, en espera de que la despachen. Unas leyes ocultas en la vida o el mundo. Necesito saber si realmente mis fotos son la línea más corta entre dos puntos. El amigo era un hombre de ciencia joven y con buena cabeza, miembro de un par de academias y autor de libros divulgativos. Aristóteles, empezó éste, y Faulques lo interrumpió diciendo no me salgas con Aristóteles, maldita sea. Yo hablo de vida y muerte real. Olor a cadáver bajo los escombros, olor a muerte que repta por la orilla de un río. Su amigo lo miró tres segundos en silencio. Aristóteles, prosiguió imperturbable, nunca se limitó a exponer lo que sucedía, sino que buscó el porqué. Para comprendernos, decía, hemos de comprender el universo; y para comprender el universo, hemos de comprendernos a nosotros mismos. Lo que pasa es que desde entonces ha llovido mucho. Al divorciarnos de la naturaleza, los hombres hemos perdido la capacidad de consuelo frente al horror que acecha ahí afuera. Cuanto más observamos, menos sentido tiene todo y más desamparados nos sentimos. Fíjate en que, gracias al aguafiestas de Gödel, ya ni siquiera es posible encontrar refugio en el único lugar que creíamos seguro: la matemática. Pero ojo. Si no hay consuelo como resultado de la observación, sí puede haberlo en el acto de la observación misma. Me refiero al acto analítico, científico, incluso estético, de esa observación. Es —Gödel aparte— como los procedimientos matemáticos: poseen tal seguridad, claridad e inevitabilidad, que proporcionan alivio intelectual a quienes los conocen y manejan. Son analgésicos, diría yo. Así volvemos a un Aristóteles algo maltrecho, pero todavía útil: la comprensión, incluso el esfuerzo por comprender, nos salva. O al menos consuela, porque convierte el horror absurdo en leyes serenas.

Habían seguido comiendo y conversando sobre todo eso, mientras Faulques hacía las preguntas adecuadas y escuchaba las respuestas en silencio, cual alumno interesado por la exposición del profesor. No lo sabía entonces, pero aquello alteraba —completaba, era en cierto modo la palabra justa— una visión del mundo que hasta entonces había tenido, así lo creía él, las lentes de sus cámaras como única vía de acceso, o de conocimiento. Situaba, en fin, intuiciones e imágenes inconexas sobre el escaqueado riguroso de un inmenso tablero de ajedrez que abarcase el mundo, la razón y la vida. Y es duro, estaba diciendo su amigo, asumir la ausencia de sentimientos del universo: su despiadada naturaleza. Los viejos científicos lo contemplaban como un enigma que podía leerse con la posesión del código adecuado: algo así como un jeroglífico dispuesto por Dios. Eso significa que en cierto modo puedes tener razón, ya que si cambiamos la palabra Dios por el concepto de sistema de leyes ocultas, la idea sigue siendo válida, aunque determinarla resulte difícil. ¿Comprendes? Pasa como con la conjetura de Goldbach: sabemos cosas que no podemos demostrar. La ciencia clásica conocía la existencia de problemas asociados a sistemas no lineales —me refiero a los de comportamientos irregulares, arbitrarios o caóticos—, pero no pudo entenderlos por la dificultad matemática de su tratamiento. Ahora, según progresa nuestra capacidad de observación, encontramos más y más caos aparente en la naturaleza. Hace ya medio siglo que sabemos que las verdaderas leyes no pueden ser lineales. En aquellos sistemas confortables con los que la ciencia nos tranquilizó durante siglos, los cambios minúsculos en las condiciones iniciales no alteraban la solución; pero en los sistemas caóticos, cuando varían un poco las condiciones de partida, el objeto sigue un camino distinto. Eso sería aplicable a tus guerras, claro. Y también a la naturaleza y a la vida misma: terremotos, bacterias, estímulos, pensamientos. Vivimos en interacción con el confuso paisaje que nos rodea. Pero es verdad que un sistema caótico está sujeto a leyes o reglas. Es más: hay reglas hechas de excepciones, o de azares aparentes, que podrían describirse con leyes formuladas en expresiones matemáticas clásicas. Resumiendo la conferencia, amigo mío, y antes de que pagues tú la cuenta: aunque no lo parezca, hay orden en el caos.

También aquella grieta de la pared —una entre muchas— formaba parte del caos. Pese al denso enfoscado de cemento y arena aplicado por Faulques en la pared circular de la atalaya, una de las hendiduras más grandes había progresado algunos centímetros en las últimas semanas. Ya afectaba a una de las zonas pintadas del mural, entre el negro de la humareda y la ciudad que ardía sobre la colina con oscuros contraluces geométricos sobre un fondo de llamas, que el pintor de batallas había logrado muy razonablemente —una vida fotografiando incendios daba de sí— con la aplicación de rojo inglés en la zona exterior y rojo cadmio con algo de amarillo en el centro. La evolución en zigzag de aquella grieta —de aquel sistema no lineal, habría dicho el científico amigo de Faulques— respondía también a leyes ocultas, a una dinámica evidente cuyo desarrollo resultaba imposible prever. Había intentado remediar la grieta rellenándola a base de resina acrílica con polvo de mármol, aplicada con una espátula, y repintando encima; pero eso no cambiaba mucho las cosas: la grieta seguía, lenta, su progresión implacable. Mientras se limpiaba el gris y el azul de los dedos con un trapo y un poco de agua, Faulques observó resignado la hendidura de la pared. Después de todo, se consoló, aquello formaba parte del criptograma. El zigzag del caos y sus sentidos ocultos. También la naturaleza, recordó, tenía sus pasiones. Con tales ojos estudió durante un largo rato el recorrido de la grieta: su punto de partida en el límite superior del mural, y el camino descendente en forma de abanico o concha, dividido en otras grietas más pequeñas, siguiendo la principal su curso hacia abajo, abriéndose paso entre el cielo del amanecer lluvioso que se prolongaba hacia la playa de la que zarpaban las naves, en dirección al espacio abierto que había entre las dos ciudades: la moderna, lejana, casi bruegheliana torre de Babel todavía dormida y tranquila, ignorante de que ese amanecer era el de su último día, y la antigua, despierta e incendiada, de donde provenía el tropel de refugiados que llegaba hasta la parte baja de la pintura, en primerísimo plano: las mujeres y niños aterrorizados que caminaban entre alambradas y amenazantes soldados de futuristas reflejos metálicos, en cuyos ojos pretendían leer su destino como quien interroga a la Esfinge. La grieta, observó Faulques, adoptaba la forma de un rayo indeciso entre ambas ciudades, pero el pintor de batallas sabía que esa indecisión era sólo aparente; que había una norma oculta bajo la pintura y la imprimación acrílica y el enfoscado de cemento, una ley rigurosa e ineludible que terminaría convirtiendo las lejanas torres de acero y cristal, apoltronadas en la bruma del alba, en un paisaje similar al de la colina en llamas; y que en algún lugar de aquella grieta acechaban caballos de madera y aviones volando muy bajo hacia las torres gemelas de todas las Troyas dormidas.

Olvido se había burlado de él cuando empezó a manifestar aquello. Por ese tiempo Faulques aún no se adentraba en las grietas y anfractuosidades del problema, pero ya vivía entre intuiciones, cual si llevase un enjambre de molestos mosquitos zumbándole alrededor. Fotografías a la gente buscando las rectas y curvas que la matarán, decía riéndose de pronto después de observarlo un rato en silencio. Fotografías las cosas buscando los ángulos por donde empezarán a desmoronarse. Vas a la caza de cadáveres y ruinas adivinados, prematuros. A veces pienso que me haces el amor con esa desesperación desolada y violenta porque al abrazarme sientes el cadáver que seré un día, o que seremos ambos. Estás acabado a medio plazo, Faulques. Empiezas a dejar de ser un soldado callado y flaco. No lo sabes, pero has contraído el virus que terminará impidiéndote hacer tu trabajo. Un día te llevarás la cámara a la cara, y al mirar por el visor sólo verás líneas, volúmenes y leyes cósmicas. Espero no estar a tu lado en ese momento, porque te volverás insoportable, de puro autista: un arquero zen que ejecuta movimientos en el aire con las manos vacías. Y si aún sigo contigo, te dejaré. Ciao. Lo prometo. Detesto a los soldados que se hacen preguntas, pero mucho más a los que obtienen respuestas. Y si algo me gusta de ti es el silencio que guardan tus silencios, tan parecido al de tus fotos frías y perfectas. No soporto los silencios rumorosos, ¿comprendes?... Una vez oí decir, o leí, que el excesivo análisis de los hechos termina por destruir el concepto... ¿O es al revés? ¿Los conceptos destruyen los hechos?

Se lo había dicho riendo tras el cristal de una copa de vino, en Venecia, la última noche de fin de año que estuvieron juntos. Ella se había empeñado en regresar allí, donde pasó varias nocheviejas en su niñez, para ver la exposición de los surrealistas en el palacio Grassi. Quiero que me lleves al mejor hotel de esa ciudad fantasma, pidió, y que deambules conmigo de noche por sus calles desiertas, porque sólo esos días es posible encontrarlas así: hace tanto frío que los mochileros mueren congelados en los bancos, todo el mundo se encierra en hoteles y pensiones, en las calles sólo hay góndolas meciéndose silenciosas en los canales, la calle de los Asesinos parece más estrecha y sombría que nunca, y las cuatro figuras talladas en piedra de la Piazzetta se acercan más unas a otras como si poseyeran un secreto que quien las contempla, ignora. De jovencita me escapaba a pasear con bufanda y gorro de lana, oyendo el eco de mis pasos mientras los gatos me miraban desde los soportales oscuros. Hace mucho que no vuelvo a esa ciudad, y ahora deseo hacerlo de nuevo. Contigo, Faulques. Quiero que me ayudes a buscar la sombra de esa niña, y después, de vuelta al hotel, me la cosas de nuevo a los talones con hilo y aguja, silencioso, paciente, mientras me haces el amor con la ventana abierta y el frío de la laguna erizándote la espalda, mis uñas clavadas en ella, hasta que sangres y me olvide de ti, de Venecia y de todo cuanto he sido y cuanto me espera.

Ahora Faulques recordaba esas palabras y la recordaba a ella caminando aquellos días por las calles estrechas cubiertas de nieve, el suelo resbaladizo y las góndolas tapizadas de blanco entre el chapoteo del agua verde y gris, el frío intenso y el aguanieve, los turistas japoneses acurrucados en los cafés, el vestíbulo del hotel con brocados engalanando las escaleras centenarias, las grandes arañas del salón adornado con un enorme y absurdo árbol de Navidad, el director y los viejos conserjes que salían a saludar a Olvido llamándola *signorina* Ferrara como diez o quince años atrás, los desayunos en la habitación ante la vista de la isla de San Giorgio y, a la derecha, la Aduana y la entrada al Gran Canal, entre la bruma. La noche de San Silvestre se vistieron para cenar, pero el restaurante estaba lleno de norteamericanos vociferantes y mafiosos eslavos con mujeres rubias, así que cogieron los abrigos y caminaron por las calles blancas y heladas hasta una pequeña trattoría del muelle Zattere. Allí, él de esmoquin, ella con collar de perlas y un vestido negro y ligero que parecía flotar alrededor de su cuerpo, cenaron espaguetis, pizza y vino blanco antes de pasear hasta la punta de la Aduana para besarse a las doce en punto, temblando de frío, mientras un castillo de fuegos artificiales coloreaba el cielo con estrépito sobre la Giudecca, y regresaron luego despacio al hotel, cogidos de la mano por las calles desiertas. En adelante, Venecia siempre sería para Faulques las imágenes de aquella noche singular: luces difusas por la neblina y copos pálidos que caían sobre los canales, lenguas de agua que rebasaban los peldaños de piedra blanca y se extendían en ondas suaves por el empedrado, la góndola que vieron pasar bajo el puente con dos pasajeros inmóviles cubiertos de nieve y el gondolero cantando en voz baja. También las gotas de agua en el rostro de Olvido y su mano izquierda deslizándose por la balaustrada de la escalera camino de la habitación, el crujido del suelo de madera, la alfombra en la que a ella se le enganchó el tacón de un zapato, el espejo enorme a la derecha donde la vio mirarse de soslayo al pasar, los grabados en las paredes del pasillo, la tenue luz amarillenta que entraba por la ventana cuando, ante la gran cama del dormitorio, tras despojarse de los abrigos mojados, él le alzó muy despacio el vestido hasta las caderas mientras ella le miraba los ojos en la penumbra con una intensidad fija e impasible, medio rostro iluminado apenas, bella como un sueño. En ese momento Faulques se alegró en su corazón —un gozo tranquilo y salvaje a un tiempo— de que no lo hubiesen matado ninguna de las veces que eso hubiera sido posible; porque en tal caso no estaría allí esa noche, desnudando las caderas de Olvido, y nunca la habría visto retroceder hasta recostarse en la cama, sobre la colcha intacta, sin dejar de mirarlo entre el cabello suelto y mojado de aguanieve que se le derramaba sobre la cara, la falda subida hasta la cintura, abriendo despacio las piernas con una deliberada mezcla de sumisión e impúdico desafío, mientras él, impecablemente vestido todavía, se arrodillaba ante ella y acercaba la boca, entumecida por el frío de la noche, a la oscura convergencia de aquellos muslos largos y perfectos, en cuyo centro latía cálida, suavísima, deliciosamente húmeda al contacto de sus labios y su lengua, la carne espléndida de la mujer a la que amaba.

Se agitó el pintor de batallas, pasando los dedos por los bordes de la grieta del muro, ásperos y fríos. Carne cruda, recordó de pronto, junto a huellas de un animal en la arena. El horror siempre al acecho, exigiendo diezmos y primicias, listo para degollar a Euclides con la guadaña del caos. Mariposas aleteando por todas las guerras y todas las paces. Cada momento era una mezcla de las situaciones posibles combinadas con las imposibles, de grietas previstas desde aquel primer instante a la temperatura de tres mil millones de grados Kelvin, situado entre los catorce segundos y los tres minutos después del Big Bang, inicio de una serie de casualidades precisas que crean al hombre, y lo matan. Dioses borrachos jugando al ajedrez, albures olímpicos, un meteorito errante de sólo diez kilómetros de diámetro que, golpeando la Tierra y aniquilando a todos los animales con más de veinticinco kilos de peso, despejó el camino a mamíferos entonces pequeños y temerosos que, sesenta y cinco millones de años después, terminarían siendo homo sapiens, homo ludens, homo occisor.

Una Troya previsible bajo cada foto y cada Venecia. Venerar caballos de madera con el vientre preñado de bronce, aplaudir por las calles a los maestros florentinos o quemar, con idéntico entusiasmo, sus obras en las hogueras de Savonarola. El balance de un siglo, o de treinta siglos, fue el resumen que hizo Olvido aquella noche en la punta de la Aduana, observando a la multitud congregada al otro lado de la boca del canal, en San Marcos, los petardos y cohetes que estallaban y el vocerío de quienes celebraban la llegada del nuevo año sin saber qué les deparaba éste. Ya no hay bárbaros, murmuró estremeciéndose. Están todos dentro. O tal vez somos nosotros los que nos hemos quedado fuera. ¿Te digo por qué estamos tú y yo juntos esta noche? Porque sabes que el collar que ahora llevo puesto es de perlas auténticas. No porque te hayas fijado en ellas, sino porque me conoces a mí. ¿Lo entiendes?... Este mundo me asusta, Faulques. Me asusta porque me aburre. Detesto que todos los tontos se proclamen parte de la Humanidad y todos los débiles se escuden en la Justicia, que todos los artistas sonrían o escupan, que es lo mismo, al marchante y al crítico que los inventan. Cuando mis padres me bautizaron, erraron el nombre por milímetros. Hoy, para sobrevivir en la caverna del cíclope es preciso llamarse Nadie. Sí. Creo que necesitaré pronto otra dosis fuerte. Otra de tus hermosas e higiénicas guerras.

El pintor de batallas decidió dejar la grieta como estaba. A fin de cuentas era parte de la pintura, como todo lo demás. Como Venecia, como el collar de perlas de Olvido, como él mismo. Como Ivo Markovic, que en ese momento, sin que lo hubiera oído llegar, se recortaba a contraluz en la puerta de la torre.

9

—¿Ya estoy ahí dentro?

Se encontraba de pie ante la pintura mural, y el humo del cigarrillo colgado de sus labios le hacía entornar los ojos tras los cristales de las gafas. Estaba recién afeitado y vestía una camisa limpia, remangada hasta los codos. Faulques siguió la dirección de su mirada. En una zona todavía sin pintar, el dibujo a carboncillo y algunos trazos de color sobre la imprimación blanca abocetaban formas tendidas en el suelo, que cuando estuviese terminado el mural serían cadáveres despojados por saqueadores semejantes a cuervos. También había un perro olisqueando restos humanos, y árboles con cuerpos colgados de las ramas.

—Claro —respondió el pintor de batallas—. Ya lo estaba antes. De eso se trata, supongo… O más bien lo sé. Desde que usted apareció, estoy convencido de ello.

—¿Y qué hay de su responsabilidad?

—No comprendo.

—También es responsable de lo que pasa en el cuadro.

Faulques dejó el pincel corto que tenía en la mano —la pintura acrílica se había secado, endureciéndolo, comprobó malhumorado— y luego se acercó a la pared hasta situarse junto a Markovic, cruzados los brazos. Mirando lo que el otro miraba. Los dibujos eran razonablemente elocuentes, decidió para sí. Pese a que no se tenía en extraordinaria estima como pintor, le consolaba la certeza de poseer cierta mano para el dibujo. Y a fin de cuentas, aquellos trazos abigarrados y expresivos contenían guerra de verdad. Eran desolación y soledad: la de los hombres muertos. Todos los muertos que había fotografiado a lo largo de su vida parecían estar solos. Ninguna soledad era más perfecta que ésa, absoluta e irreparable. Lo sabía muy bien. Dibujo o color aparte, ahí estaba quizá su ventaja, decidió. Lo que daba consistencia al trabajo que realizaba en aquella torre. Nadie le había contado lo que contaba.

—No estoy seguro de la palabra: responsabilidad. Siempre procuré ser el hombre que miraba. Un tercer hombre indiferente.

Sin apartar los ojos de la pintura, Markovic movió la cabeza.

—Se equivocó, diría yo. Creo que nadie es indiferente. También a usted lo contiene el cuadro... Pero no sólo como parte de él, sino como agente, además. Como causa.

—Es singular que diga eso.

—¿Por qué le parece singular?

Faulques no respondió. Recordaba ahora, un poco desconcertado, lo que su amigo científico había añadido cuando conversaban sobre el caos y sus reglas: que un elemento básico de la mecánica cuántica era que el hombre creaba la realidad al observarla. Antes de tal observación, lo que verdaderamente existía eran todas las situaciones posibles. Sólo al mirar se concretaba la naturaleza, tomando partido. Había, por tanto, una indeterminación intrínseca de la que el hombre era más testigo que protagonista. O, puestos a apurar el asunto, ambas cosas a la vez: víctima tanto como culpable.

Se quedaron mirando el mural, callados, inmóviles. Uno junto al otro. Después, Markovic se quitó el cigarrillo de la boca. Ahora se inclinaba un poco para observar mejor a los dos hombres que se acuchillaban abrazados en primer plano, en la parte inferior de la pintura.

—¿Es cierto que algunos fotógrafos pagan para que maten a la gente ante sus cámaras?

Faulques movió despacio la cabeza, de un lado a otro. Dos veces.

—No. Ni desde luego fue mi caso —la movió por tercera vez—. Nunca.

El croata se había vuelto a observarlo con interés. Estuvo así un momento, y luego le dio otra chupada al cigarrillo y fue a apagarlo dentro del frasco de mostaza vacío que estaba sobre la mesa, entre las pinturas y los pinceles. *The Eye of War* seguía allí. Pasó algunas páginas, distraído, y se detuvo en una.

—Buena foto —dijo—. ¿Es la del otro premio?

Se acercó Faulques. Líbano, cerca de Daraia. Película de 400 ASA en blanco y negro a 1/125 de velocidad, objetivo de 50 milímetros. Una montaña de cumbre nevada, apenas entrevista en la niebla, servía de fondo a la escena principal: tres milicianos drusos en el momento de ser ejecutados por seis falangistas cristianos, arrodillados éstos a tres metros de sus víctimas, los fusiles encarados, disparando. Los drusos frente a ellos, vendados los ojos, dos al fondo de la imagen alcanzados ya por los disparos, la polvareda de tiros sacudiéndoles las ropas —uno encorvado sobre el vientre y dobladas las rodillas, otro alzadas las manos y cayendo hacia atrás como si el mundo se desvaneciera a su espalda—, y el tercero, el más próximo al fotógrafo, unos cuarenta años, moreno, pelo corto, barba de dos o tres días, erguido y firme, esperando estoico el balazo que aún no llegaba, alta la cara, los ojos cubiertos por un paño negro, una mano herida, envuelta en un vendaje que pendía del cuello, puesta sobre el pecho. Tan sereno y digno en su actitud que los verdugos que le apuntaban, dos maronitas jóvenes, parecían vacilar antes de matarlo, el dedo en el gatillo de sus fusiles de asalto Galil. Al druso de la mano herida le habían disparado un segundo después de que Faulques tomara la foto —oprimió el obturador al escuchar la primera ráfaga, convencido de que todos caerían a la vez—, alcanzándolo en el pecho cuando sus compañeros ya estaban en el suelo; pero Faulques no consiguió fotografiarlo cayendo, pues tiraba con la Leica sin motor, de arrastre manual, y en ese momento pasaba película para la siguiente exposición. Así que ésta la tomó cuando el hombre ya se había desplomado boca arriba, la mano vendada un poco en alto, rígida entre el humo de los disparos que flotaba en el aire y el polvo que el cuerpo había levantado al caer. Faulques hizo una tercera foto cuando el jefe de los ejecutores se hallaba de pie entre los cadáveres, después de haberle dado el tiro de gracia al primero y disponiéndose a dárselo al segundo.

—Esto es interesante —comentó Markovic, un dedo puesto sobre la imagen—. La dignidad del hombre, etcétera. Pero no todos mueren así, ¿verdad?... En realidad así mueren muy pocos. Lloran, suplican, se arrastran... Aquella vileza de la que hablábamos el otro día. Con tal de sobrevivir.

Los editores de la agencia a la que Faulques envió el carrete sin revelar, habían seleccionado la foto del druso erguido a causa de la dignidad ante la muerte que traslucía su actitud, la aparente duda de los ejecutores y el dramatismo de los hombres abatidos detrás. En su momento se publicó con gran despliegue —*El orgullo de morir*, tituló, grandilocuente, una revista italiana— ganando aquel mismo año los veinte mil dólares del International Press Photo. En el libro que Markovic tenía ahora delante, esa imagen estaba enfrentada, página con página, a otra que Faulques había tomado en Somalia quince años después: un miembro de la milicia de Farah Aidid matando a tiros a un saqueador en el mercado de Mogadiscio. Las dos escenas eran diferentes de motivo y composición, y Faulques había dudado mucho hasta decidir emparejarlas en el álbum; pero fue eso lo que terminó convenciéndolo: tenían más sentido juntas. La del Líbano era una foto en blanco y negro, serena, de líneas equilibradas pese al asunto, planos bien definidos, un punto de fuga perfecto —aquella montaña con nieve en la cumbre, apenas visible entre el desenfoque de la bruma— y diagonales que venían de muy lejos para converger allí, con los ejecutores y los dos drusos abatidos como comparsas o paisaje de fondo para la escena principal: la coincidencia extrema de los fusiles del primer término, dos paralelas mortales apuntando al pecho del tercer druso erguido, justo al corazón sobre el que se apoyaba la mano vendada en cabestrillo, una armonía casi circular de líneas curvas, radios rectos y sombras cuyo centro eran esa mano y ese corazón a punto de interrumpir sus latidos. La foto de Mogadiscio era lo contrario: película en color, imagen sin volumen, casi plana, con el fondo ocre de una pared de adobe donde se proyectaban las sombras de un grupo de curiosos fuera de cuadro, y en el centro de la escena, de pie, un miliciano somalí, con un pantalón corto que le daba un aire insólitamente juvenil, extendiendo el brazo que empuñaba un AK-47 para acercar la bocacha del cañón a la cabeza del hombre tendido en el suelo boca arriba. Los músculos y tendones del brazo negro, flaco, se veían crispados por la tensión del retroceso del arma, cuyas balas destrozaban la cara del caído que alzaba manos y rodillas, vivo aún, estremecido por los impactos, con la polvareda alrededor de su cabeza, la cara saltando en fragmentos rojos —*action painting* absolutamente puro, diría Olvido más tarde, pálida todavía—, y dos cartuchos vacíos, recién expulsados de la recámara del arma, atrapados por la foto, inmovilizados cuando daban vueltas en el aire, dorados y relucientes al sol. Aquella imagen no tenía profundidad, ni fondo, ni líneas lejanas, ni otra cosa que la pared con las sombras a modo de testigos anónimos y el triángulo cerrado, equilátero, geométricamente perfecto —como el triángulo simbólico que en los libros escolares de Faulques representaba a Dios—, formado por el hombre de pie, la víctima tendida en el suelo, y el arma como prolongación del brazo y de la voluntad racional que la ejecutaban. Lloran, suplican y se arrastran, había dicho Markovic. Con tal de sobrevivir. Ése no era el caso, pensó Faulques, de los tres drusos de la primera foto, que se dejaron matar sin decir esta boca es mía ni perder la compostura; pero sí del somalí de la segunda, que se había tirado a los pies del verdugo rogando por su vida mientras éste lo maltrataba a puntapiés entre el gozo de los chiquillos que contemplaban la escena —suyas eran las sombras proyectadas en la pared—; y así, de rodillas y agarrado a las piernas del miliciano, había recibido primero el culatazo que lo volvió de espaldas, y luego, suplicante y con las manos alzadas para protegerse el rostro, había gritado cuando vio cerca la boca del fusil, antes del estremecimiento de todo el cuerpo y los espasmos finales entre el golpeteo de las balas. Esa vez Faulques tiró con motor y arrastre automático entre foto y foto, clic, clic, clic, clic, clic, clic, clic, clic, ocho veces, una serie completa a 1/500 de velocidad de obturación y 8 de diafragma. La quinta fue la mejor: aquella donde el moribundo, con la cara apenas visible entre sus propios estallidos rojos, levantaba brazos y piernas. Después, al reparar en el fotógrafo —Faulques se había acercado con impecable sigilo táctico mientras Olvido susurraba no lo hagas, por favor, quédate aquí y ni te muevas—, el miliciano somalí hizo un gesto fanfarrón, el fusil empuñado con ambas manos, poniendo un pie sobre el pecho del cadáver a la manera del cazador que posara con su trofeo. *Meik mi uan foto.* Sonrisa y relax. Y Faulques, alzando otra vez la cámara, fingió tomar también esa imagen, aunque no lo hizo. Ya había conseguido una escena idéntica en Tessenei, Eritrea: dos guerrilleros del fle posando fusil en mano, uno de ellos con un pie sobre el cuello de un soldado etíope muerto. Y no era cosa de publicar dos veces la misma foto; resultaba absurdo plagiarse a sí mismo. En cuanto a todo aquello, el *meik mi uan foto* y todo lo demás, la más ajustada definición iba a correr a cargo de Olvido la noche misma de lo de Mogadiscio, mientras bebían a oscuras junto a la ventana, en el hotel. Me fascina África, dijo, porque parece una pista de pruebas del futuro. Supera el disparate dadaísta más extremo. Es como una película de dibujos animados de la tele donde los personajes enloquecieran, armados con machetes, fusiles y granadas.

—Con tal de sobrevivir —repitió Markovic.

Faulques, que regresaba despacio de sus recuerdos, torció el gesto.

—A muchos no les sirve de nada suplicar —murmuró—. Ni siquiera la vileza ante el verdugo garantiza nada.

El croata seguía pasando páginas del álbum. Al fin lo cerró.

—Lo intentan —dijo—. Casi todos, en realidad. Algunos lo consiguen.

Se quedó mirando, pensativo, la tapa del libro cerrado. Foto en blanco y negro, asfalto de la carretera del aeropuerto de Saigón: una mujer muerta en el suelo, con su bebé también muerto y abrazado. El marido un poco más allá, con otro niño cogido de la mano. Muertos también. Todos. Entre ellos, un sombrero de paja de forma cónica sobre un charco de sangre. No era la foto predilecta de Faulques, pero en su momento a él y a sus editores les había parecido una buena portada.

—Cuando me liberaron —prosiguió Markovic— iba con otros, en un camión... Apenas dijimos nada. Ni nos mirábamos siquiera. Avergonzados. Sabíamos cosas unos de otros, ¿comprende?... Cosas que queríamos olvidar.

Seguía de pie ante la mesa y el álbum de fotos, y ahora estuvo callado un rato. Faulques se acercó hasta la botella de coñac y la señaló, inquisitivo. El otro dijo no, gracias, sin volver la cabeza. El pintor se sirvió un poco en un vaso, mojó los labios y lo dejó sobre el álbum. Entonces Markovic levantó la vista.

—Había un chico jovencito. Guapo. Unos dieciséis o diecisiete. Bosnio. Un guardián serbio se encaprichó de él.

Sonreía un poco, el aire evocador. De no ser por la expresión de sus ojos, se habría dicho que era un recuerdo grato.

—Cuando algunas noches el guardián se lo llevaba —prosiguió— aquel chico siempre volvía con algo. Un poco de chocolate, un bote de leche condensada, tabaco... Nos lo daba todo. A veces hasta consiguió medicinas para los enfermos... Aun así, lo despreciábamos. ¿Qué le parece?... Sin embargo, tomábamos cuanto traía. Ávidos, se lo aseguro. Sí. Hasta el último cigarrillo.

El sol, que asomaba por una de las ventanas de la torre, iluminó el rostro del croata, y las pupilas se le aclararon más tras los cristales de las gafas. El apunte de sonrisa se esfumó de sus labios como borrado por la luz: los ojos imponían su dominio real, dando la impresión de que la sonrisa no había existido nunca. Faulques pensó que en otro tiempo se habría movido con cautela, alzando la cámara despacio para no alterar a la presa, a fin de capturar aquella mirada que no estaba al alcance de cualquiera. Era precisa determinada biografía para mirar así. Olvido la llamaba mirada de los cien pasos. Hay seres humanos, decía, que caminan cien pasos más allá que el resto, y ya nunca regresan. Luego entran en los bares y en los restaurantes y en los autobuses y casi nadie lo nota. Qué absurdo, ¿verdad? Todos deberíamos llevar nuestra biografía en la cara, como una hoja de servicios. Algunos la llevan, claro. Deja que te mire. La lleváis. Pero no siempre los otros saben leerla. La gente se cruza con ellos y no se da cuenta. Tal vez porque ahora nadie se mira de verdad. A los ojos.

—Una noche —seguía contando Markovic— varios de mis compañeros sodomizaron al chico. Si te dejas por el serbio, dijeron, te dejas por nosotros. Le habían metido un trapo en la boca para que no gritara. No hicimos nada por defenderlo.

Sobrevino un largo silencio. Faulques observó la pintura mural, allí donde el niño medio incorporado en la arena miraba a la mujer tendida boca arriba, los muslos desnudos y ensangrentados. El caudal de fugitivos procedente de la ciudad en llamas, vigilado por los esbirros armados, pasaba sin prestar atención. Sólo era una historia más, y cada uno tenía sus problemas.

—El chico se ahorcó al día siguiente. Lo encontramos detrás del barracón.

Markovic miraba ahora al pintor de batallas como si lo invitara a enjuiciar el asunto. Pero éste no dijo nada. Se limitó a asentir con la cabeza, sin apartar los ojos de la mujer violada y el niño pintados en la pared. El otro siguió la dirección de esa mirada.

—¿Alguna vez pudo impedir algo, señor Faulques? ¿Una paliza, una muerte?... ¿Alguna vez pudo impedirlo, y lo hizo? —dejó transcurrir una pausa deliberada—. ¿O lo intentó?

—Algunas.

—¿Muchas?

—Nunca llevé la cuenta.

El croata sonreía, malévolo.

—Bueno. Al menos sé que una vez sí quiso hacerlo.

Pareció decepcionado porque Faulques no hizo comentarios, los ojos fijos en el mural. Había dos figuras medio pintadas detrás del soldado del primer término que, en escorzo, vigilaba a los fugitivos: otro soldado de apariencia medieval y armas modernas, un espectro sin rostro bajo la visera del casco, que apuntaba con su fusil a un hombre del que sólo estaban concluidas la cabeza y los hombros. Algo en la expresión de la víctima no convencía del todo al pintor de batallas. Iba a ser asesinado un instante después, y Faulques lo sabía. El ejecutor también lo sabía. El problema estaba en los sentimientos del hombre a ejecutar. Su rostro, repasado con sombra tostada y azul prusia para acentuar los ángulos y escorzos, aparecía descompuesto por el miedo; pero no estaba vuelto hacia el verdugo sino hacia el observador, o el pintor, o cualquiera que presenciara la escena. Y era eso lo que no encajaba, comprendió Faulques. No era el terror lo que debía reflejar la cara de aquel hombre a punto de morir. Si no observaba a su verdugo sino al testigo, a la cámara transformada en pinceles y mirada del pintor, al ojo imaginario que con tanta impudicia se disponía a presenciar su muerte, la expresión del sentenciado no podía reflejar miedo, sino indignación. Una sorpresa indignada, era el matiz exacto. Naturalmente. Estaba en pijama, acababan de sacarlo de su casa, el pelo revuelto, legañas en los ojos, ante las miradas pasivas, cobardes, regocijadas o cómplices de los vecinos. Estaba exactamente igual que el hombre a quien Faulques había fotografiado en la Corniche de Beirut cuando lo empujaban a punta de fusil, descalzo y vestido con un ridículo pijama de rombos blancos y rojos, llevándolo hasta el lugar donde ya estaban en el suelo, asesinados, otros cuatro vecinos del inmueble. El hombre del pijama sabía lo que le esperaba, pero su expresión de miedo —llegaba desencajado, la piel de un amarillo ceniciento— se trocó en sorpresa e irritación cuando vio detrás de sus verdugos la cámara con la que Faulques, que una semana antes había cumplido veinticinco años, lo fotografiaba. Y éste oprimió el obturador en el momento preciso para captar esa mirada colérica de intimidad invadida, cuando el hombre del pijama advirtió que alguien lo fotografiaba a punto de morir de aquella manera inicua y con semejante aspecto. La foto fue oportuna, pues cuando Faulques volvió a oprimir el disparador, el hombre ya tenía balas en el cuerpo y se desplomaba sobre los otros cadáveres. Hubo una tercera foto posible, pero no la hizo. Al ver acercarse a uno de los ejecutores al cadáver e inclinarse sobre él, Faulques pasó el diafragma de 8 a 5.6 y se dispuso a disparar. Pero cuando a través del visor vio que el hombre sacaba del bolsillo unos alicates para arrancarle al muerto los dientes de oro, la náusea le impidió enfocar. Entonces dejó caer la cámara sobre el pecho, caminó sin apresurarse hasta el taxi destartalado que estaba lejos, el cartel *Press-Sahafi* pegado en el cristal, y ante la mirada risueña del chófer libanés a quien pagaba dos dólares de comisión por cada buena foto que le facilitaba, vomitó cuanto había desayunado esa mañana en el hotel Commodore.

—Un testigo indiferente e ideal —comentó Markovic—. ¿De eso se trata?... Pues nadie lo diría, viendo lo que pinta aquí. Tampoco me pareció indiferente el día que lo vi arrodillado en la cuneta de la carretera de Borovo Naselje... Al menos hasta que cogió la cámara y fotografió a la mujer.

Faulques no respondió. Había ido hasta la pared, e inclinándose un poco sobre la escena pintada la estudiaba de cerca. Era tan evidente que se maldijo por no haberlo advertido antes. Cogió estropajo verde de cocina y frotó con suavidad y mucho cuidado el rostro del hombre que iba a morir, difuminando ligeramente sus rasgos, sobre todo en la parte de la boca, hasta que algunas irregularidades arenosas de la imprimación blanca sobre el cemento de la pared asomaron debajo. Luego pasó un cepillo de panadero para limpiar la superficie raspada y volvió a la mesa, revolviendo los pinceles secos, agavillados en los botes de conserva y latas de café, hasta encontrar uno redondo del número 4. Sentía en su nuca los ojos de Markovic. El pintor de batallas nunca había trabajado delante de nadie, pero en ese momento le daba igual.

—Qué extraño —murmuró el croata—. Hay quien identifica el arte con algo culto, delicado. Yo mismo lo creía así.

Era difícil establecer si se refería a los dramáticos motivos del mural o al estropajo, pero Faulques no se entretuvo en averiguarlo. Destapó dos frascos de cristal con tapa hermética donde tenía mezclas de color —solía preparar las más usuales en cantidad suficiente para no perder tiempo en busca del matiz deseado—, e hizo una prueba con el pincel sobre la gran bandeja de horno que usaba como paleta. Las mezclas mantenían la textura adecuada. Enjuagó el pincel, lo secó con un trapo, chupó la punta, puso un poco de cada frasco sobre la bandeja y volvió junto a la pared. Markovic le fue detrás. Había cogido un pincel inglés plano, de pulgada y media, que estudiaba con curiosidad.

—¿Es pelo auténtico?... ¿De ardilla, marta, o material así?

Sintético, respondió Faulques. El roce de la pared desgastaba mucho los pinceles. El nailon era más resistente y barato. Después estuvo un momento observando la figura, los ojos pintados hacía una semana, el óvalo de la cara, los trazos violentos y bien conseguidos del pelo desgreñado —de cerca una simple maraña de colores superpuestos—, y al fin aplicó el color carne, amarillo de Nápoles con azul, rojo y una pizca de ocre, en firmes pinceladas verticales en torno a la boca raspada del hombre muerto casi treinta años atrás.

—Aquella conversación de ayer, sobre la tortura —dijo de pronto Markovic—... Hay algo que no le dije. Una vez torturé a un hombre.

Seguía junto a Faulques, viéndolo trabajar. Le daba vueltas al pincel entre los dedos, probando su suavidad en el dorso de una mano. El pintor se había agachado para enjuagar su pincel, y tras secarlo en el trapo aplicaba ahora la otra mezcla, sombra tostada con azul prusia, a fin de marcar la cara, las mejillas hundidas bajo los pómulos, el efecto de luz en la cabeza vuelta hacia el observador. Lo hizo arriesgándose un poco, húmedo sobre húmedo, dejando que las dos mezclas se fundieran a su vez en los contornos, antes del rápido secado de la pintura acrílica. Después se apartó de la pared para comprobar el resultado. Ahora la expresión del hombre que iba a morir era adecuada: asombro, indignación. Qué diablos miras, observas, fotografías, pintas. Faulques sabía que, en última instancia, todo dependería al final de su buena o mala mano al ejecutar la boca, aún raspada y borrosa; pero de eso se ocuparía más tarde, cuando el resto estuviera seco. Se agachó para dejar el pincel en la espiral del recipiente lleno de agua, observó desde abajo lo que había hecho, y al erguirse siguió trabajando en conformar los contornos, esta vez frotando directamente con los dedos pulgar y medio. Entonces volvió a prestar atención a lo que decía Markovic. Fue al principio de la guerra, contaba el croata. Me refiero a la mía, naturalmente. A mi guerra. Antes de Vukovar. Llevaba una semana movilizado cuando nos ordenaron limpiar de civiles serbios las afueras de Vinkovci. El sistema era el mismo que usaban ellos: llegabas a una casa, sacabas a todo el mundo, abrías la espita de la cocina de gas, tirabas una granada y pasabas a la siguiente casa. Poníamos aparte a los hombres en edad de combatir, de catorce a sesenta años más o menos. Nada que usted no sepa. Pero no violábamos a las mujeres, como hacían los otros. Al menos, no de forma organizada. No como parte de un programa deliberado de terror y limpieza étnica. A los hombres se los llevaban en camiones. No sé qué hacían con ellos. Ni me importaba, ni me importa.

El caso es que, al llegar a una casa, en Vinkovci, uno de mis camaradas dijo que conocía a esa familia; que eran campesinos ricos y tenían dinero escondido. Padre y madre mayores. Un hijo. Joven. Veintipocos años. Retrasado mental.

—Creo que no me interesa ese episodio —lo interrumpió Faulques, sin dejar de frotar la pintura con los dedos—. Es poco original y demasiado previsible.

Markovic se quedó callado un momento, considerando aquello.

—Se reía, ¿sabe? —prosiguió de pronto—. Aquel desgraciado se reía mientras le pegábamos delante de sus padres… Nos miraba con los ojos muy abiertos, tanto como la boca que le babeaba, y seguía riéndose… Como si quisiera congraciarse con nosotros.

—Y no había dinero escondido, naturalmente.

Markovic miró al pintor con respetuosa atención. Luego hizo un gesto leve con la cabeza.

—Nada. Ni un céntimo. Lo que pasa es que tardamos mucho en averiguarlo.

Dejó el pincel en su sitio y se quedó con las manos colgadas por los pulgares en los bolsillos del pantalón, viendo lo que hacía Faulques.

—Cuando salimos de allí también tardamos en mirarnos a la cara unos a otros.

El pintor dejó de frotar, retrocedió dos pasos y comprobó el resultado. A falta de concluir la boca del hombre sentenciado, el rostro había mejorado mucho. Indignación en lugar de miedo. Y aquellas sombras verticales, sucias, que resaltaban la expresión del rostro. Volumen y vida, a un paso de la muerte. Real como sus recuerdos,

142

o casi. Satisfecho, fue hasta la jofaina y se enjuagó las manos manchadas de pintura.

—¿Por qué participó?… Pudo limitarse a mirar. Tal vez hasta pudo impedirlo.

Markovic encogió los hombros.

—Eran camaradas, ¿comprende?… Hay rituales de grupo. Códigos.

—Claro —Faulques torció la boca, sarcástico—. ¿Y qué habría hecho, de tratarse de una violación? ¿Atenerse a qué códigos?

—Nunca violé a nadie —el croata se removía, molesto—. Tampoco vi hacerlo.

—Quizá no tuvo ocasión.

La mirada de Markovic era insólitamente aviesa.

—Usted también cometió vilezas, señor fotógrafo. Cuidado. Su cámara fue cómplice pasivo muchas veces… O activo. Recuerde su maldita mariposa. Recuerde por qué estoy aquí.

—La diferencia es que mis vilezas las cometí solo. Mis cámaras y yo. Punto.

—Decir eso es presuntuoso.

—¿De veras?

—Tuvo suerte.

—No —Faulques alzó un dedo—. Fue deliberado. Lo elegí así desde el principio.

—Quizá se equivoca. Puede que usted haya sido siempre como es, y la palabra elegir no tenga nada que ver. Eso lo explicaría todo, incluida su supervivencia.

Dicho eso, Markovic se indicó la cabeza, aclarando a qué supervivencia se refería. Luego señaló la pintura. También explica su trabajo en este lugar, prosiguió.

Confirma lo que siempre sospeché en sus fotos. Nada de lo que pinta es remordimiento ni expiación. Más bien una... En fin. No sé cómo expresarlo. Una fórmula. ¿No?... Un teorema.

—¿Una especie de conclusión científica?

Se iluminó el rostro del croata. Eso es, repuso. Acabo de comprender que no le dolió nunca. Ni tampoco ahora. Ver cuanto vio no lo hizo mejor ni más solidario. Lo que pasó fue que sus fotos ya no bastaban. Les ocurrió lo que a ciertas palabras: de tanto usarlas pierden el sentido. Quizá por eso ahora pinta. Pero pintura, fotos o palabras, con usted da lo mismo. Creo que siente la misma compasión que el investigador que observa, a través de un microscopio, la batalla en la infección de una herida. Microbios contra amebas.

—Leucocitos —le corrigió Faulques—. Los que se enfrentan a los microbios son leucocitos. Glóbulos blancos.

—De acuerdo. Leucocitos contra microbios. Usted mira y toma nota.

Faulques regresó junto a él, secándose las manos con el trapo. Los dos estuvieron un rato callados, mirando la pintura.

—Puede que tenga razón —dijo el pintor.

—Eso lo haría a usted peor de lo que soy yo.

A través de la ventana, un haz de luz recorría en el mural la fila de fugitivos. Había puntitos dorados, motas de polvo suspendidas en el aire que daban a éste una consistencia casi sólida. Parecía el foco de vigilancia de un campo de concentración.

—Una vez fotografié un combate en un manicomio —dijo Faulques.

10

Después de quedarse solo, trabajó toda la tarde y hasta muy entrada la noche en una zona de la parte baja del mural: los guerreros que, junto a la jamba izquierda de la puerta de la torre, aguardaban montados la ocasión de entrar en batalla, aunque uno se adelantaba al grupo, lanza en ristre, acometiendo solitario hacia un haz de lanzas pintado algo más a la izquierda, donde el enfoscado de la pared sólo mostraba el boceto a carboncillo, negro sobre blanco, de siluetas confusas que, cuando la pintura estuviese acabada, serían la vanguardia de un ejército. La forma de representar a ese caballero solitario —al principio iba a estar en actitud serena, al estilo de *El Caballero, la Muerte y el Diablo* de Durero— se la había sugerido a Faulques una escena del *Micheletto da Cotignola en combate*, una de las tres tablas del tríptico sobre la batalla de San Romano: la del Louvre. Allí, los estragos del tiempo habían difuminado contornos e impreso una insólita modernidad a la escena original, convirtiendo lo que inicialmente eran cinco caballeros montados y con cinco lanzas en ristre, en una secuencia dotada de movimiento extraordinario, cual si se tratara de un solo personaje cuyo avance hubiese sido descompuesto visualmente: anuncio asombroso de las distorsiones temporales de Duchamp y los futuristas, o de las crono-fotografías de Marey. En el cuadro de Uccello, sobre lo que a primera vista parecía un solo caballo, el grupo estaba formado por cinco jinetes casi superpuestos, de los que se advertían cuatro cabezas con tres penachos, uno de ellos suspendido en el aire. Un único guerrero parecía empuñar dos de las cinco lanzas dispuestas en abanico, de arriba abajo, como si se tratara de la misma en diversas fases de movimiento. Todo ello se fundía en una descomposición logradísima, dinámica, a la manera de una secuencia fílmica vista fotograma a fotograma; pero ni siquiera una fotografía moderna, deliberada, hecha con baja velocidad de obturación y larga exposición de la película, obtendría nunca el mismo efecto. El tiempo y el azar también pintaban, a su manera.

Faulques, depredador gráfico sin complejos, había ejecutado el jinete del mural teniendo presente todo eso; de ahí la apariencia de foto movida del personaje, los varios contornos que parecía dejar atrás como huellas fantasmales en el espacio. Había trabajado pulverizando agua para mantener frescas las primeras capas, húmedo sobre húmedo: colores diluidos y pinceladas rápidas debajo, densidad y trazo más firme encima. Ahora el pintor de batallas se incorporó sobre la colchoneta manchada de pintura donde había estado arrodillado mientras trabajaba, dejó el pincel en la espiral del recipiente con agua, se frotó los riñones y retrocedió unos pasos. Era correcto. No un Uccello consciente de sí, por supuesto, sino un humilde Faulques que ni siquiera estaría firmado cuando se concluyera. Pero tenía buen aspecto. El grupo de caballeros quedaba ahora completo, a falta de algunos retoques que serían aplicados más adelante. Sobre sus cabezas, en el punto de fuga previsto entre ellos y el jinete que cerraba solitario contra el bosque de lanzas enemigas, se alzaban —se alzarían cuando fuesen algo más que trazos esquemáticos a carboncillo— las torres de Manhattan, Hong Kong, Londres o Madrid; cualquier ciudad de las muchas que vivían confiadas en el poder de sus colosos arrogantes: un bosque de edificios modernos, inteligentes, habitados por seres ciertos de su juventud, belleza e inmortalidad, convencidos de que el dolor y la muerte podían mantenerse a raya con la tecla *intro* de un ordenador. Ignorantes, todos ellos, de que inventar un objeto técnico era inventar su accidente específico, del mismo modo que la creación del universo llevaba, desde el momento de la nucleosíntesis primordial, implícita la palabra catástrofe. Por eso la historia de la Humanidad estaba tan surtida de torres hechas para ser evacuadas en cuatro o cinco horas, pero que sólo resistían la acción de un incendio durante dos, y de Titanics impávidos, insumergibles, a la espera del témpano de hielo dispuesto por el Caos en el punto exacto de su carta náutica.

Tan seguro de ello como si lo estuviera viendo —en realidad lo había visto, y lo veía— Faulques movió la cabeza, complacido por aquellos trazos de la pared que ya tenían forma y colores en su imaginación o en su recuerdo. No era preciso inventar nada. Todo ese cristal y acero resultaba prolongación directa de aquellos jinetes empenachados y forrados de hierro, por los resquicios de cuya armadura cualquier humilde peón podía introducir, con un poco de desesperación y otro poco de audacia, la hoja afilada de una daga.

Ella lo había expuesto con mucha precisión en Venecia. Ya no hay bárbaros, Faulques. Están todos dentro. Y ni siquiera hay ruinas como las de antes, añadiría más tarde, en Osijek, mientras fotografiaba una casa cuya fachada había desaparecido bajo una bomba, y que tras los escombros amontonados en la calle mostraba, todavía en pie, la cuadrícula íntima de las habitaciones con muebles, enseres domésticos y fotos familiares colgadas en las paredes. En otro tiempo, dijo —se movía con precaución entre los trozos de hormigón y los hierros retorcidos, la cámara cerca de la cara, buscando el encuadre adecuado—, las ruinas eran indestructibles. ¿No crees? Se quedaban ahí siglos y siglos, aunque la gente usara las piedras para sus casas y los mármoles para sus palacios. Y luego venían Hubert Robert o Magnasco con su caballete, y las pintaban. Ahora no es así. Fíjate en esto. Nuestro mundo fabrica escombros en vez de ruinas, y en cuanto puede mete un bulldozer y lo hace desaparecer todo, dispuesto a olvidar. Las ruinas molestan, incomodan. Y claro. Sin libros de piedra para leer el futuro, de pronto nos vemos en la orilla, con un pie en la barca y sin moneda para Caronte en el bolsillo.

Faulques sonrió para sus adentros, los ojos absortos en el mural. El barquero del río de los muertos había llegado a convertirse en guiño cómplice entre Olvido y él desde que, en compañía de guerrilleros saharauis, habían tenido que cruzar bajo fuego marroquí el lecho de arena de un *uad*, cerca de Guelta Zemmur. Cuando esperaban el momento de abandonar el refugio de unas rocas y correr cincuenta metros al descubierto —¿Quién va primero?, había preguntado, inquieto, el guerrillero que iba a cubrirlos con el fuego de su Kalashnikov—, Olvido palpó el bolsillo de Faulques con una mueca burlona, mirándolo con mucha fijeza, los iris verdes dilatadísimos por el resplandor del sol en la arena y minúsculas gotitas de sudor en la frente y el labio superior. Espero que lleves moneda para Caronte, dijo, la respiración entrecortada por la avidez con que apuraba el momento. Después se tocó los lóbulos de las orejas, bajo las trenzas, donde relucían unos pequeños pendientes de oro en forma de bolitas —casi nunca usaba joyas; solía referirse a las damas venecianas que, para burlarse de las leyes contra la ostentación, paseaban seguidas por sirvientas que lucían sus alhajas—. A mí me bastará con esto, añadió. Y luego, tras incorporarse estirando sus largas piernas enfundadas en los tejanos sucios de tierra —reía en voz queda, y así la oyó Faulques alejarse—, se aseguró la bolsa de las cámaras fotográficas y echó a correr tras el saharaui que la precedía, mientras el otro guerrillero vaciaba medio cargador sobre las posiciones marroquíes y Faulques la fotografiaba con el motor a 3,4 fotogramas por segundo, avanzando esbelta y veloz sobre la arena, semejante a la gacela con cuyos movimientos la asociaba a cada instante. Y cuando al fin le llegó a él su momento de cruzar, ella lo esperaba al otro lado, a cubierto, aún palpitante de excitación, entreabierta la boca mientras recobraba el aliento. Con una sonrisa de felicidad salvaje. Al diablo Caronte, murmuró tocándole a Faulques la cara con los dedos. Y sonreía.

El dolor se insinuaba de nuevo, así que el pintor de batallas tragó dos comprimidos con un sorbo de agua y se agachó hasta quedar en cuclillas, la espalda contra la pared. Aguardó inmóvil, apretados los dientes, a que hicieran efecto. Cuando se levantó tenía la ropa empapada de sudor. Anduvo hasta el interruptor y apagó los dos potentes focos que iluminaban la pared. Luego se quitó la camisa y salió afuera, a lavarse la cara y las manos, y aún goteando se zambulló en el paisaje nocturno con pasos largos y lentos, las manos mojadas dentro de los bolsillos, mientras la brisa del mar le enfriaba la cara y el torso desnudo, y los grillos, ensordecedores, lo jaleaban desde los arbustos y el bosquecillo negros. El ruido de la resaca sonaba abajo, entre las piedras de la caleta invisible. Anduvo hasta el borde del acantilado —se detuvo un poco antes, cauto, cegado todavía por el resplandor de las bombillas halógenas— y se quedó allí hasta que su retina se acostumbró a la oscuridad, observando el lejano destello del faro, la luna y las estrellas. Pensaba ahora en Ivo Markovic. Parece —eso había dicho el croata por la mañana, cuando ambos miraban el mural— que estemos en un concurso de navajas rotas, señor Faulques. El pintor de batallas acababa de contar algo a su manera, con largas pausas; como repasando la memoria para sus adentros en vez de conversar con un desconocido que ya no lo era tanto. Un manicomio, estaba diciendo. Una vez había fotografiado un combate en un manicomio. Con locos de verdad. La línea del frente pasaba por el patio del edificio, un caserón viejo cerca de San Miguel, en El Salvador. Cuando llegó, guardianes y enfermeros habían huido. Los guerrilleros estaban dentro y los soldados fuera, al otro lado de la tapia y en la casa de enfrente, a unos veinte metros. Se estaban sacudiendo con todo, fusiles y granadas, mientras los locos iban y venían a su aire, de unas posiciones a otras, paseaban por el patio entre disparos o se quedaban de pie junto a los combatientes, mirándolos con fijeza, diciendo incoherencias, riéndose a carcajadas, chillando de terror cuando una bomba estallaba cerca. Murieron ocho o diez, pero aquel día las mejores fotos las hizo Faulques con los vivos: un anciano con chaqueta de pijama y desnudo de cintura para abajo que, de pie entre el tiroteo, observaba con interés y muy tranquilo, las manos cruzadas a la espalda, a dos guerrilleros que disparaban desde el suelo. También fotografió a una mujer de mediana edad, gorda, despeinada, con una bata manchada de sangre, que acunaba a un joven combatiente, herido en el cuello, como si fuera un bebé o un muñeco. Faulques se fue de allí cuando uno de los locos cogió el fusil del herido y se puso a pegar tiros en todas direcciones.

—Volví dos días después, a echar un vistazo… Había agujeros en las paredes y el suelo se encontraba lleno de casquillos de bala. Los soldados y los guerrilleros ya no estaban, y algunos locos seguían en el caserón. Había excrementos y sangre seca por todas partes. Uno se acercó con mucho misterio para mostrarme un frasco que me pareció de melocotón en almíbar… Luego vi que eran orejas cortadas.

Markovic se giró a medias hacia Faulques. Parecía realmente interesado.

—¿Hizo la foto?

—Nunca se habría publicado. Así que no la hice.

—Pero sí hizo, y fueron publicadas, aquellas de hombres con neumáticos ardiendo en torno al cuello… En Sudáfrica, me parece.

—No crea. Descartaron las más crudas. A los anunciantes de automóviles, perfumes y relojes caros no les gusta ver sus reclamos junto a esa clase de escenas.

El croata seguía mirando al pintor de batallas. Su sonrisa era plácida. Fue entonces cuando dijo:

—Parece que estemos en un concurso de navajas rotas, señor Faulques.

Después de aquello Markovic se había vuelto otra vez hacia el mural. Estuvo así un rato muy largo. Al cabo encogió levemente los hombros, como respuesta a reflexiones íntimas.

—¿Quién dijo: la guerra ha agotado las palabras?

—No lo sé. Me parece que es frase vieja.

—Y mentira, además. Quien dijo eso nunca estuvo en una.

—Así lo creo —Faulques sonreía a medias—. Puede que la guerra agote las palabras estúpidas, pero no las otras. Las que conocemos usted y yo.

Vuelto a medias, Markovic entornaba los párpados, cómplice.

—¿Se refiere a esas que apenas se pronuncian, o surgen sólo ante quien las conoce?

—A ésas.

El otro siguió contemplando el mural.

—¿Sabe, señor Faulques?… Cuando después del campo de prisioneros fui a un hospital de Zagreb, lo primero que hice al salir fue sentarme en un café de la plaza Jelacic. A mirar a la gente, a escuchar sus palabras. Y no daba crédito a lo que oía: la conversación, las preocupaciones, las prioridades… Oyéndolos, me preguntaba: ¿Es que no se dan cuenta? ¿Qué importa el abollado

del coche, la carrera en la media, la letra del televisor?…
¿Comprende a qué me refiero?

—Perfectamente.

—Eso me pasa todavía… ¿A usted no?… Entro en
un tren, en un bar, camino por la calle y los veo alrededor. ¿De dónde salen?, me pregunto. ¿Soy yo un extrate-
rrestre?… ¿De verdad no se dan cuenta de que el suyo
no es un estado normal?

—No. No se dan cuenta.

Markovic se había quitado las gafas y comprobaba
la limpieza de los cristales.

—¿Sabe lo que creo después de mucho mirar sus
fotos?… Que en la guerra, en vez de que la cámara sor-
prenda a gente normal haciendo cosas anormales, lo que
hace es lo contrario. ¿No le parece?… Fotografiar a gente anormal haciendo cosas normales.

—En realidad es algo más complejo. O más simple.
Gente normal haciendo cosas normales.

Markovic se quedó inmóvil. Luego asintió lentamente un par de veces y se puso las gafas.

—Bueno. Tampoco los culpo. Yo mismo no me en-
teraba antes —se volvió de pronto—. ¿Y usted?… ¿De
verdad fue siempre lo que sus fotos dicen que es?

El pintor de batallas le sostuvo la mirada sin abrir la
boca. Tras un momento, el otro encogió de nuevo los
hombros.

—Nunca fue un fotógrafo común, señor Faulques.

—No sé lo que era… Sé lo que no era. Empecé
como todos, me parece: testigo privilegiado de la Historia, peligro y aventura. Juventud. La diferencia es que
la mayor parte de los fotógrafos de guerra que conocí

descubrieron una ideología a posteriori… Con el tiempo se humanizaron, o fingieron hacerlo.

Markovic indicó el álbum sobre la mesa.

—Humanitario no es algo que yo diría de sus fotos.

—Es que la palabra humanitario estropea al fotógrafo. Lo vuelve consciente de sí mismo, y éste deja de ver el mundo exterior a través del objetivo. Termina fotografiándose él.

—Pero usted no se retiró por eso…

—En cierto modo, sí. Yo también me fotografiaba a mí mismo, al final.

—¿Y siempre sospechó del paisaje? ¿De la vida?

Faulques, que ordenaba unos pinceles con gesto distraído, reflexionó sobre aquello.

—No sé. Supongo que el día que me fui de casa con una mochila al hombro, todavía no. O tal vez sí. Puede que me hiciese fotógrafo para confirmar una sospecha precoz.

—Entiendo… Un viaje de estudios. Científico. Los leucocitos y todo lo demás.

—Sí. Los leucocitos.

Markovic dio unos pasos por el recinto, estudiándolo todo como si acabara de cobrar nuevo interés para él: la mesa llena de frascos de pintura, trapos y pinceles —el álbum de fotos seguía allí—, libros apilados en el suelo y en los peldaños de la escalera de caracol que conducía al piso superior de la torre.

—¿Siempre duerme arriba?

El pintor de batallas lo observó con recelo, sin responder, y el otro hizo una mueca burlona. Se trata de una pregunta inocente, dijo. Curiosidad por su forma de vida.

—Incluso iba a cometer —añadió Markovic— la impertinencia de preguntarle si siempre duerme solo.

«*Este lugar se llama cala del Arráez y fue refugio de corsarios berberiscos*»... La voz de mujer y la música ampliadas por la megafonía llegaron desde el acantilado, entre el rumor de los motores de la golondrina de turistas que pasaba, como cada día. Faulques volvió el rostro hacia la ventana por la que llegaba el sonido —«... *La torre está habitada ahora por un conocido pintor...*»— y estuvo así, inmóvil, hasta que éste se alejó, desvaneciéndose.

—Vaya —dijo el croata—. Es una celebridad local.

Se había acercado al pie de la escalera y estudiaba los títulos de los libros apilados allí. Cogió el volumen —subrayado casi en cada página— de los *Pensamientos* de Pascal y volvió a dejarlo donde estaba, sobre una *Ilíada*, el *Paolo Uccello* de Stefano Borsi, las *Vidas* de Vasari y el *Diccionario de la ciencia* de Sánchez Ron.

—Es un hombre culto, señor Faulques... Lee mucho.

El pintor de batallas señaló el mural. Únicamente lo que tiene que ver con esto, repuso. Markovic se lo quedó mirando. Al cabo su rostro se iluminó. Ya entiendo, dijo. Quiere decir que sólo le interesa aquello que puede ser útil para este cuadro enorme. Lo que le da buenas ideas.

—Algo así.

—A mí me pasó lo mismo. Ya le dije que nunca fui hombre de lecturas. Aunque por su causa lo intenté varias veces. He llegado a leer libros, se lo aseguro... Pero sólo cuando tenían que ver con usted. O cuando creí que me ayudarían a comprender. Muchos eran libros difíciles. Otros no pude acabarlos, por más que quise... Pero leí algunos. Y es cierto: aprendí cosas.

Mientras hablaba, recorría con la mirada las ventanas de la torre, la puerta, el piso superior. Faulques sintió un poco de aprensión. El croata parecía un fotógrafo estudiando la forma de entrar en terreno hostil y la forma de irse. También un asesino estudiando el futuro escenario del crimen.

—¿No hay ninguna mujer?

Faulques no tenía intención de responder. Sin embargo, lo hizo cinco segundos después. La acaba de oír, dijo, pasando por ahí abajo. Markovic, sorprendido, parecía considerar la posibilidad de que le estuviese tomando el pelo. Debió de concluir eso, pues sonrió un poco y movió la cabeza.

—Hablo en serio —insistió Faulques—. O casi.

El croata volvió a mirarlo. Su sonrisa era más amplia.

—Vaya —dijo—. ¿Qué aspecto tiene?

—No tengo la menor idea… Sólo conozco su voz. Cada día a la misma hora.

—¿No la ha visto en el puerto?

—Nunca.

—¿Y no siente curiosidad?

—Relativa.

Una pausa. Markovic ya no sonreía. Su mirada se había vuelto suspicaz. Inteligente.

—¿Por qué me cuenta eso?

—Porque me lo ha preguntado.

El otro se ajustó las gafas con un dedo y se quedó un rato callado, observándolo. Luego se sentó en un peldaño de la escalera, junto a los libros, y sin apartar los ojos del pintor de batallas hizo un ademán que abarcaba la torre.

—¿Cómo se le ocurrió esto?... ¿Hacer algo así, aquí?

Faulques se lo contó. Historia vieja. Había estado en un molino antiguo y en ruinas, cerca de Valencia, en cuyas paredes un autor anónimo del XVII, sin duda un soldado de paso por allí, pintó en grisalla escenas del asedio del castillo de Salses, en Francia. Eso dejó en su cabeza ciertas ideas que fraguaron más tarde, entre una visita a la sala de batallas de El Escorial y cierto cuadro visto en un museo de Florencia. Era todo.

—No creo que sea todo —discrepó Markovic—. Están esas fotos suyas... Qué extraordinario. Nunca pensé que fuera un hombre insatisfecho con su trabajo. Tal vez horrorizado, me dije. Pero no insatisfecho. Aunque en esta pintura lo que menos parece es horrorizado. Quizá porque los cuadros no se pintan con sentimientos. ¿No?... O sí. Tal vez lo que no puede pintarse con sentimientos sea un cuadro como éste.

—Fotografiar un incendio no implica sentirse bombero.

Y sin embargo, pensó el pintor de batallas aunque no lo dijo, Markovic tenía razón. O la tenía en cierto modo. Un cuadro como aquél no podía pintarse con sentimientos, ni tampoco ignorándolos. Primero era necesario tenerlos, y luego verse despojado de ellos. O liberado. A él era Olvido quien lo había cambiado de verdad, por dos veces y en dos direcciones. También le había enseñado a mirar. Y, en cierto modo, a pintar. Fue una suerte. Cuando ella murió y la lente de la cámara se volvió borrosa, eso fue su salvación. Pintaba con la mirada que ella le dejó impresa.

—Dígame una cosa, señor Faulques... ¿Sentir el horror desenfoca la cámara?

Ahora el pintor de batallas no pudo menos que reír. Aquel individuo había hecho un buen trabajo de rastreo e interpretación, aunque no del todo. A menudo rozaba la verdad sin tocarla, pero algunas de sus toscas aproximaciones eran correctas. Tenía, resolvió admirado, buena intuición. Cierto estilo.

—Ésa —admitió— es una buena apreciación.

—Respóndame, por favor. Estoy hablando de piedad, no de técnica.

Faulques guardó silencio. Su incomodidad se acentuaba. Todo iba demasiado lejos. Pero había un placer siniestro en aquello, decidió. Como el marido que sospecha de su esposa y rebusca hasta alzarse, triunfante, con la certeza. Pasar un dedo, suavemente, por el borde afilado de una navaja rota.

Markovic seguía sentado en la escalera. Movió la cabeza despacio, afirmativo, cual si acabara de escuchar una respuesta que nadie había dado. Supuse que se trataba de algo así, dijo.

—¿De verdad no hay ninguna mujer real? —inquirió de pronto.

Faulques no respondió. Había cogido algunos pinceles y los lavaba con jabón bajo la espita del bidón de agua. Después de sacudirlos con cuidado, chupó la punta de los más finos y los dejó todos en su sitio. Luego se dispuso a limpiar la bandeja de horno que usaba como paleta.

—Disculpe mi insistencia —prosiguió el croata—, pero es importante. Forma parte de lo que me trajo aquí. En cuanto a la mujer de la carretera de Borovo Naselje...

Se interrumpió en ese punto, sin dejar de observar al pintor. Faulques seguía limpiando la bandeja, impasible.

—Antes —prosiguió Markovic— hablábamos de horror y desenfoques de cámara. ¿Y sabe lo que creo?... Que era usted un buen fotógrafo porque fotografiar es encuadrar, y encuadrar es elegir y excluir. Salvar unas cosas y condenar otras... No todo el mundo puede hacer eso: erigirse en juez de cuanto pasa alrededor. ¿Comprende a qué me refiero?... Nadie que ame de verdad puede dictar esa clase de sentencias. Puesto a elegir entre salvar a mi mujer o a mi hijo, yo no habría podido... No. Creo que no.

—¿Y qué habría elegido entre salvar a su mujer, a su hijo o salvarse usted?

—Sé lo que insinúa. Hay gente que...

Se interrumpió de nuevo, contemplando el suelo entre sus pies. Tiene razón, dijo entonces Faulques. La fotografía es un sistema de selección visual. Uno encuadra parte de su ángulo de visión. Se trata de estar en el lugar adecuado en el momento oportuno. De ver la jugada, como en el ajedrez.

Markovic seguía mirando el suelo.

—Ajedrez, dice.

—No sé si es un buen ejemplo. El fútbol también puede valer.

El otro alzó la cabeza, sonrió de modo extraño, casi provocador, e hizo un ademán hacia la pintura mural.

—¿Y dónde está ella?... ¿Le reserva un lugar especial en el tablero, o forma parte de toda esa masa de gente?

Faulques dejó la bandeja. No le gustaba aquella repentina sonrisa insolente. Y, para su íntima sorpresa, por un instante se vio calculando las posibilidades que tenía de golpear a Markovic. El croata era fuerte, decidió. Más bajo que él, pero también más joven y fornido. Tendría que pegarle antes de que tuviese tiempo de reaccionar. Cogiéndolo de improviso. Miró alrededor: necesitaba un objeto contundente. La escopeta estaba en el piso de arriba. Demasiado lejos.

—No es asunto suyo —dijo.

El otro frunció los labios de modo desagradable.

—Estoy en desacuerdo con eso. Todo lo que a usted se refiere es asunto mío. Incluyo ese ajedrez del que habla con tanta sangre fría… Y a la mujer que fotografió muerta.

Había un tubo de andamio en el suelo, junto a la puerta, a unos tres metros de donde Markovic estaba sentado. Un tubo de aluminio grueso, de tres palmos de longitud. Con el viejo instinto del espacio y el movimiento, como si de tomar una foto se tratara, Faulques calculó los pasos necesarios para hacerse con el tubo y llegar hasta el croata. Cinco hacia la puerta, cuatro hacia el objetivo. Markovic no iba a levantarse hasta que lo viera empuñarlo. En dos pasos rápidos podía llegar cerca de él antes de que terminara de incorporarse. Uno más para golpear. En la cabeza, naturalmente. No podía darle oportunidad de rehacerse. Quizá un par de golpes bastarían. O uno solo, con suerte. No tenía intención de matarlo, ni de avisar luego a la policía. En realidad no tenía intención de nada. Sólo estaba irritado y deseaba hacerle daño.

—Cuentan que era fotógrafa de modas y de arte —dijo Markovic—. Que usted la apartó de su mundo y se la llevó consigo. Que se hicieron compañeros y… ¿Cuál es la palabra?… ¿Marido y mujer?… ¿Amantes?

Faulques se secó las manos con un trapo. Quién cuenta eso, preguntó. Luego fue despacio hacia la puerta, el aire casual. Primero sólo un paso. Por el rabillo del ojo miraba el tubo en el suelo. Cogió el recipiente lleno de agua sucia de los pinceles y se dispuso a vaciarlo afuera, para justificar el movimiento. Me lo contó, estaba diciendo Markovic, gente que la conoció a ella y lo conoció a usted. Le aseguro que hablé con muchas personas antes de llegar aquí. Hice trabajos incómodos en varios países, señor Faulques. Viajar cuesta dinero. Pero tenía una poderosa razón. Ahora sé que mereció la pena.

—Yo pienso mucho en la mía, ¿sabe? —añadió tras quedarse callado un momento—. En mi mujer. Era rubia, dulce. Tenía los ojos castaños, como mi hijo… Y fíjese: en el niño no soporto pensar. Me viene una desesperación negra, ganas de gritar hasta romperme la garganta. Una vez lo hice, grité, y casi me la rompo de verdad. Sucedió en una pensión, y la dueña creyó que estaba loco. Dos días sin poder hablar, figúrese… En ella sí pienso. Es distinto. He ido con otras mujeres, después. Soy un hombre, al fin y al cabo. Pero hay noches que me revuelvo en la cama, recordando. Tenía la piel muy blanca, y la carne… Tenía…

Faulques estaba en la puerta. Arrojó el agua sucia y se inclinó para dejar la lata en el suelo, junto al tubo de andamio. Casi lo rozaba cuando comprobó que su cólera se había desvanecido. Se irguió despacio, las manos vacías. Markovic lo estudiaba ahora con curiosidad, atento a su cara. Por un momento los ojos del croata se posaron en el tubo de andamio.

—¿Ese barco de turistas pasa a la misma hora, con la misma mujer, y no piensa ir al puerto y ver cómo es ella?

—Quizá lo haga un día.

Markovic sonrió apenas, el aire distraído.

—Un día.

—Sí.

Puede verse desilusionado, lo previno el otro. La voz parece joven y bonita, pero ella tal vez no lo sea. Dijo eso mientras se apartaba, dejando sitio para que Faulques subiese al piso superior, abriese el frigorífico apagado y sacara dos cervezas.

—¿Ha estado con mujeres desde lo de Borovo Naselje, señor Faulques?... Supongo que sí. Pero es curioso, ¿verdad? Al principio, con la juventud, crees imposible pasarte sin ellas. Luego, cuando las circunstancias o la edad obligan, uno se acostumbra. Se resigna, tal vez. Pero creo que no; que la palabra adecuada es ésa: costumbre.

Cogió la lata que Faulques le ofrecía y se la quedó mirando sin abrirla. El pintor abrió la suya tirando de la lengüeta. Estaba tibia, y un borbotón de espuma se derramó entre sus dedos.

—Vive solo, entonces —murmuró Markovic, pensativo.

Faulques bebía a sorbos cortos, observándolo. Sin decir palabra, se secó la boca con el dorso de la mano. El otro movía la cabeza con leve gesto afirmativo. Parecía confirmar algo. Al fin abrió su cerveza, bebió un poco, la puso en el suelo y encendió un cigarrillo.

—¿Quiere que hablemos de la mujer muerta en la carretera?

—No.

—Yo he hablado de la mía.

Se miraron los dos en silencio, un rato largo. Tres chupadas al cigarrillo de Markovic, dos sorbos a la cerveza de Faulques. Fue el croata quien habló de nuevo.

—¿Cree que mi mujer intentó congraciarse con los hombres que la violaban, para salvarse?... ¿O para salvar a nuestro hijo?... ¿Cree que consintió por miedo, o por resignación, antes de que mataran al niño y la mutilaran y degollaran a ella?

Se llevó el cigarrillo a la boca. La brasa se avivó entre sus dedos, y una bocanada de humo veló un instante los ojos claros tras los cristales de las gafas. Faulques no dijo nada. Miraba una mosca que, tras revolotear entre ambos, había ido a posarse sobre el brazo izquierdo del croata. Éste la observaba muy quieto. Impasible. Sin moverse ni espantarla.

11

La brisa iba de la tierra al mar y la noche era calurosa. A pesar del resplandor de la luna, podía verse casi toda la constelación de Pegaso. Faulques seguía afuera, las manos en los bolsillos, entre el chirriar de los grillos y el revoloteo de luciérnagas bajo los pinos que se recortaban, negros, en cada destello del faro lejano. Seguía pensando en Ivo Markovic: en sus palabras, en sus silencios y en la mujer a la que el croata se había referido antes de irse. Qué hubo entre ella y usted, señor Faulques, había dicho puesto ya en pie y camino de la puerta, la lata de cerveza vacía en la mano y mirando alrededor en busca de un lugar adecuado para dejarla. Qué hubo de verdad en esa última foto, quiero decir. Lo expuso de ese modo casual, en mitad de un gesto intrascendente, seguro de no obtener respuesta. Después, tras arrugar la lata entre los dedos y depositarla en una caja de cartón con desperdicios, había encogido los hombros. La foto de la cuneta, repitió alejándose. Aquella extraña foto que no se publicó nunca.

Faulques regresó despacio a la torre, cuya mole sombría se destacaba sobre el acantilado. De nada servía recordar, pensó. Pero era inevitable. Entre los dos puntos determinados por el azar y el tiempo, el museo mejicano y la cuneta de la carretera de Borovo Naselje, Olvido Ferrara lo había amado, sin duda. Lo había hecho a su manera deliberada y vital, egoísta, con un poso de tristeza inteligente en las pausas. En torno a aquella sutil melancolía, latente en el fondo de su mirada y sus palabras, él se movió siempre con suma precaución, igual que un merodeador prudente, procurando no dar ocasión a que se hiciera explícita. Las flores siguen creciendo impasibles y seguras de sí, dijo ella una vez. Los frágiles somos nosotros. A Faulques le preocupaba la eventualidad de afrontar en voz alta las causas de la resignación desesperada que a ella le corría por las venas, tan precisa como el bombeo sano y exacto de su corazón, y que podía advertirse, cual si se tratara de una enfermedad incurable, en el pulso de sus muñecas, en su cuello, en sus abrazos. En sus impulsos y en aquella extrañísima alegría —era capaz de reír como un muchacho feliz, a carcajadas— tras la que se escudaba como otros seres humanos suelen hacerlo con un libro, un vaso de vino o una palabra. Respecto a Faulques, la cautela de Olvido era semejante. Durante el tiempo que estuvieron juntos, ella lo observó siempre de lejos, o más bien desde fuera, quizá recelando de penetrar en él y descubrir que era como otros hombres a los que había conocido. Nunca hizo preguntas sobre mujeres, sobre años pasados, sobre nada. Tampoco sobre el desarraigo nómada que él utilizaba como defensa en un territorio que, desde muy joven, había decidido considerar hostil. Y a veces, cuando en momentos de intimidad o ternura él estaba a punto de confiar un recuerdo o un sentimiento, ella le ponía sus dedos sobre la boca. No, mi amor. Calla y mírame. Calla y bésame. Calla y ven exactamente aquí. Olvido deseaba creer que era distinto y que por eso lo había elegido, menos como compañero de un futuro improbable —Faulques advertía, impotente, los signos de esa improbabilidad— que como camino hacia el lugar ineludible donde su propia desesperanza la guiaba. Y quizá fuera, en cierto modo, distinto. Una vez ella se lo dijo. Subían por la escalera de un hotel, en Atenas, casi de madrugada, Faulques con la americana sobre los hombros, Olvido con un vestido blanco, ceñido, que se cerraba con una cremallera desde la cintura a la espalda. Él, un peldaño detrás de ella, pensó de pronto: un día ya no estaremos aquí. Y le bajó despacio el cierre del vestido mientras subían. Olvido siguió por la escalera sin inmutarse, una mano en la barandilla de latón dorado, el vestido abierto hasta las caderas sobre su espalda espléndida, los hombros desnudos, elegante como una gacela imperturbable —habría permanecido igual aunque se hubieran cruzado con un cliente o un empleado del hotel—. Al fin llegó al rellano y se detuvo, volviéndose a mirarlo. Te amo, dijo serena, porque tus ojos no te engañan. Nunca lo permites. Y eso le da un silencioso peso a tu equipaje.

Entró en la torre, buscó a tientas una caja de fósforos y encendió el farol de gas. Por efecto de la penumbra, las imágenes pintadas en la pared parecían envolverlo como fantasmas. O tal vez no fuese la penumbra, se dijo mientras dirigía una lenta mirada circular al paisaje que esa noche, como otras muchas, lo hacía asomarse a la orilla del río de los muertos: un lugar de aguas oscuras y tranquilas, en cuya orilla opuesta se congregaban, mirándolo, sombras ensangrentadas que sólo respondían con palabras tristes. Faulques buscó la botella de coñac y se puso tres dedos en un vaso. Vuela la noche, murmuró después del primer sorbo. Y se nos pierde en llantos.

Nadie que ame de verdad, había dicho Markovic aquella tarde. ¿Fue siempre lo que sus fotos dicen que es?... Y sin embargo, el pintor de batallas sabía que sólo de ese modo era posible pasar por todo ello y mantener enfocada la lente. A diferencia del propio Markovic y hasta de Olvido, a quienes la guerra señaló voluntaria o involuntariamente, cambiando sus vidas o destruyéndolas, en treinta años de recorrer el mundo escudado tras una cámara, Faulques había aprendido mucho de la Humanidad, observándola; mas nada había cambiado en él. Al menos, nada que alterase la visión precoz del problema. El croata tenía razón en cierto modo. Aquel mural que lo rodeaba con sus sombras y espectros era la exposición científica de esa mirada, no un remordimiento ni una expiación. Pero había una grieta en el muro, en la pintura circular, que en esencia era confirmación de lo que en otro tiempo Faulques había intuido y ahora sabía. Pese a su arrogancia técnica, el científico que estudiaba al hombre desde la helada soledad de su observación no se hallaba fuera del mundo, aunque le gustara pensarlo. Nadie era por completo indiferente, por más que lo pretendiese. Ojalá fuera posible, se dijo apurando el vaso y sirviéndose más coñac. En lo que a él se refería, Olvido lo había hecho salir de sí mismo. Después, su muerte cerró la tregua. Aquellos pasos ejecutados con precisión geométrica en la carretera de Borovo Naselje —casi el movimiento elegante de un caballo en el ajedrez del caos— que habían devuelto a Faulques a la soledad, resultaban en cierto modo tranquilizadores: ponían las cosas en su sitio. El pintor de batallas bebió otro trago después de hacer un brindis silencioso en dirección a la pared, casi en redondo, a la manera de un torero que saludara desde el centro de la arena. Ahora ella estaba en la orilla oscura, donde las sombras hablaban con ladridos de canes y gemidos de lobos. *Gemitusque luporum*. En cuanto a Faulques, los últimos pasos de Olvido lo habían devuelto para siempre a la compañía de las sombras que poblaban la torre: un hombre de pie junto al río negro, contemplado desde el otro lado por los espectros melancólicos de aquellos a quienes conoció con vida.

Olvido y él, recordó, habían estado mirando desde la misma orilla un río pintado en un cuadro de los Uffizi: la *Tebaida*, de Gherardo Starnina, que algunos atribuían a Paolo Uccello o a la juventud de Fra Angélico. Pese a su aspecto amable y costumbrista —escenas de la vida eremita con algún toque picaresco, alegórico o fabuloso—, una observación detenida de la tabla revelaba un segundo nivel más allá de la primera apariencia, donde por debajo de la síntesis gótica asomaban extrañas líneas geométricas e inquietante contenido. Olvido y Faulques se habían quedado inmóviles ante la pintura, subyugados por las actitudes de los monjes y el resto de los personajes del cuadro, por la intensidad alegórica de las escenas dispersas. Parece uno de esos nacimientos que se hacen con figuritas por Navidad, apuntó Faulques, dispuesto a seguir adelante. Pero Olvido lo retuvo por el brazo, mientras sus ojos permanecían clavados en el cuadro. Fíjate, dijo. Hay algo oscuro que intranquiliza. Mira el asno que cruza el puente, las escenas perdidas al fondo, la mujer que parece huir furtiva a la derecha, el monje que está detrás, asomado desde una gruta sobre la peña. A fuerza de observarlas, algunas de estas figuras se vuelven siniestras, ¿verdad? Da miedo no saber lo que hacen. Lo que traman. Lo que piensan. Y mira el río, Faulques. Pocas veces he visto uno tan raro. Tan equívocamente apacible y tan oscuro. Menudo cuadro, ¿verdad? No hay nada ingenuo pintado ahí. Sea de Starnina, de Uccello o de quien lo pintara —supongo que al museo le conviene que haya sido Uccello, eso lo revaloriza—, empiezas mirándolo divertido, y poco a poco se te hiela la sonrisa.

Habían seguido hablando del cuadro toda la tarde; primero junto al río y el puente viejo, bajo la estatua, en la fachada de Vasari, de Giovanni delle Bande Nere; y luego cenando temprano en la terraza de un restaurante del otro lado, desde donde veían el puente y los Uffizi iluminados por la penúltima luz del día. Olvido continuaba fascinada con el cuadro, que ya conocía pero que nunca, hasta entonces con Faulques, llegó a ver de ese modo. Es el orden abstracto hecho realidad, decía. Y tan denso como la *Alegoría sacra* de Bellini, ¿no te parece? Tan surreal. Los enigmas hablan entre sí, y nos dejan fuera de su conversación. Y estamos en el siglo XV, nada menos. Aquellos maestros antiguos sabían, como nadie, hacer visible lo invisible. ¿Te has fijado en las montañas y rocas del fondo? Hacen pensar en los paisajes geometrizantes de finales del XIX, en Friedrich, en Schiele, en Klee. Y me pregunto cómo podríamos llamar a ese cuadro hoy en día. *La orilla ambigua*, quizás. O mejor: *Teología pictórica sobre una topografía geológica rigurosa*. Algo así. Dios mío, Faulques. Qué equivocados estamos. Ante un cuadro como ése, la fotografía no sirve para nada. Sólo la pintura puede. Todo buen cuadro aspiró siempre a ser paisaje de otro paisaje no pintado; pero cuando la verdad social coincidía con la del artista, no había doblez. Lo magnífico era cuando se separaban, y el pintor debía elegir entre sumisión o engaño, recurriendo a su talento para hacer que el uno pareciera la otra. Por eso la *Tebaida* tiene lo que tienen las obras maestras: alegorías de certezas que sólo serán ciertas al cabo de mucho tiempo. Y ahora, por favor, sírveme un poco más de ese vino. Decía todo aquello mientras enrollaba pasta en el tenedor con una soltura envidiable, se enjugaba los labios con la servilleta o miraba a los ojos de Faulques con toda la luz del Renacimiento reflejada en ellos. Dentro de cinco minutos, añadió de pronto bajando la voz —se había inclinado un poco hacia él, los codos sobre la mesa y los dedos entrelazados, mirándolo con desenvoltura—, quiero que vayamos al hotel y me hagas el amor y me llames puta. ¿Capisci? Estoy aquí contigo, comiendo espaguetis exactamente a ochenta y cinco kilómetros del lugar donde nací. Y gracias a Starnina, o a Uccello, o a quien de verdad pintara ese cuadro, necesito con toda urgencia que me abraces con violencia razonable pero contundente, y dejes en blanco el cuentakilómetros de mi cerebro. O que lo rompas. Tengo el gusto de comunicarte que eres muy guapo, Faulques. Y me encuentro en ese punto exacto en el que una francesa te tutearía, una suiza intentaría averiguar cuántas tarjetas de crédito llevas en la cartera, y una norteamericana preguntaría si tienes un condón. Así que —miró el reloj— vamos al hotel, si no tienes inconveniente.

Aquella tarde regresaron con la última luz, caminando despacio por la orilla del Arno, envueltos en una melancólica puesta de sol de otoño toscano que parecía copiada de un cuadro de Claudio de Lorena. Y luego, en la habitación, abiertas las ventanas sobre la ciudad y el río inmediato del que subía el rumor de la corriente al rebasar los diques, hicieron el amor prolongada y metódicamente, sin prisas, con pausas mínimas para descansar unos minutos y empezar de nuevo, acometiéndose en la penumbra sin otra iluminación que la del exterior, suficiente para que Olvido los contemplase a ambos, de soslayo, vuelto el rostro hacia la pared donde se proyectaban sus sombras. Una vez ella se levantó para acercarse a la ventana, y mirando la fachada desguarnecida y oscura de San Frediano in Cestello pronunció las únicas diez palabras seguidas que Faulques oyó aquella noche: ya no hay mujeres como la que yo quería ser. Después se movió despacio por la habitación, sin objeto aparente, bellísima, impúdica. Tenía inclinación natural al desnudo, a moverse de esa manera, indolente, con la elegancia de su fina casta y de la modelo que durante un corto tiempo había sido. Y aquella noche, cuando observaba desde la cama sus movimientos de animal delicado y perfecto, Faulques pensó que ella no necesitaba que la iluminaran. De día y de noche, desnuda o vestida, llevaba la luz como un foco móvil apuntado sobre su cuerpo, siguiéndola a todas partes. Todavía pensaba en eso por la mañana, mirándola dormir, su boca entreabierta y la frente ligeramente fruncida con un pliegue de dolor semejante al de algunas imágenes de vírgenes sevillanas. En Florencia, influido sin duda por el lugar y porque ella se hallase tan cerca de la propia cuna, Faulques descubrió con tranquilo desconcierto que su amor por Olvido Ferrara no era sólo intensamente físico, ni intelectual. También era un sentimiento estético, fascinado por las líneas suaves, los ángulos y campos de visión posibles de su cuerpo, el movimiento sereno tan vinculado a su naturaleza. Esa mañana, contemplándola dormida entre las sábanas arrugadas de la cama del hotel, Faulques sintió el desgarro de celos futuros superpuesto al de celos retrospectivos: desde los hombres que un día la verían moverse por museos y calles de ciudades y habitaciones sobre viejos ríos, a los que la habían visto así en el pasado. Sabía, porque ella se lo contó, que un fotógrafo de modas y un modisto bisexual fueron sus primeros amantes. Estaba al tanto de eso muy a su pesar, pues Olvido lo mencionó en una ocasión, sin que viniera a cuento ni él preguntara nada. Casual o deliberadamente, lo dijo y se quedó mirándolo atenta, al acecho, hasta que él, tras una breve pausa silenciosa, habló de otro asunto. Y sin embargo, la idea había despertado en Faulques —le ocurría aún— una fría cólera interior, irracional e inexplicable. Nunca mencionó en voz alta lo que ella le había confiado, ni habló de sus propias experiencias, excepto a modo de broma o comentario casual; como cuando, al comprobar que en algunos de los mejores hoteles y restaurantes europeos y neoyorkinos ella era cliente conocida, Faulques apuntó, burlón, que también en los mejores burdeles de Asia, África y Latinoamérica lo conocían a él. Entonces —ésa fue la respuesta de Olvido—, procura que yo me beneficie de ello. Era en extremo perspicaz: sabía mirar los cuadros y a los hombres. Y capaz, sobre todo, de escuchar cada silencio con mucha atención; como si fuese una alumna aplicada ante un problema que el profesor acabara de exponer en la pizarra. Desmontaba cualquier silencio pieza a pieza, igual que un relojero desmonta relojes. Por eso adivinaba con facilidad la desazón de Faulques en la rigidez repentina de sus músculos, en la expresión de sus ojos, en la forma de besarla o de no hacerlo. Todos los hombres sois considerablemente estúpidos, decía interpretando lo que él nunca dijo. Hasta los más listos lo sois. Y no soporto eso. Detesto que se acuesten conmigo pensando en quién se acostó antes, o quién se acostará después.

Faulques subió a la planta de arriba con el vaso de coñac en una mano y el farol de gas en la otra. El licor le volvía los dedos torpes al revolver dentro del cajón que estaba a modo de mesa junto al catre militar donde dormía. Fue apartando papeles diversos, documentos, cuadernos de notas, hasta dar con la foto que buscaba: la única que conservaba de él mismo, y hacía mucho tiempo que no contemplaba. En realidad era una foto de los dos, pues también Olvido aparecía en ella: una casa destrozada después de un bombardeo, con Faulques —esta vez era él— dormido en el suelo, la boca entreabierta, el mentón sin afeitar, la cabeza apoyada en la mochila, botas y pantalones manchados de barro, las dos Nikon y la Leica sobre el pecho y un sombrero de lona cubriéndole los ojos. Y Olvido en el momento de apretar el obturador, el rostro medio oculto por la cámara, parcialmente reflejada en el espejo roto de la pared. Ella la había tomado en

Jarayeb, sur del Líbano, después de un bombardeo israelí; pero Faulques no lo supo hasta mucho más tarde, una vez acabó todo, cuando ordenaba sus pertenencias para enviarlas a la familia. Se trataba de una foto en blanco y negro, con un hermoso contraluz de amanecer que alargaba las sombras a un lado de la imagen, encuadraba a Faulques e iluminaba en el otro lado la figura de Olvido, fragmentándola tres veces en el espejo roto. Uno de los reflejos mostraba el rostro detrás de la cámara, las trenzas, el torso vestido con una camiseta oscura, los tejanos amoldados a la cintura; otro, la cámara, el lado derecho del cuerpo, un brazo y una cadera; el tercero, sólo la cámara. Y en cada fragmento de aquella imagen incompleta, Olvido parecía desvanecerse en su propio reflejo, descompuesto cada instante de esa fuga y fijado en el tiempo, en la emulsión de la película fotográfica, como el guerrero de Paolo Uccello y el que Faulques pintaba en su mural.

12

Se había ido con él, sin más. Muy pronto. Quiero acompañarte, dijo. Necesito un Virgilio silencioso, y tú eres bueno en eso. Quiero un guía de agradable aspecto, callado y duro como en las películas de safaris de los años cincuenta. Olvido se lo había dicho un atardecer de invierno frente a una mina abandonada de Portmán, cerca de Cartagena, junto al Mediterráneo. Llevaba un gorro de lana, tenía la nariz roja de frío y los dedos asomaban por las mangas demasiado largas de un jersey rojo y grueso. Habló muy seria, mirándole los ojos, y luego vino la sonrisa. Estoy harta de hacer lo que hago, así que me pego a ti. Decidido. Oh muerte, zarpemos. Etcétera. Mis propias fotos me aburren. Es mentira que la fotografía sea la única de las artes donde la formación no es decisiva. Ahora todas son así. Cualquier aficionado con una Polaroid se codea con Man Ray o Brassaï, ¿comprendes? Pero también con Picasso o con Frank Lloyd Wright. Sobre las palabras arte y artista pesan siglos de trampas acumuladas. Lo que tú haces no sé muy bien qué es; pero me atrae. Te veo tomar todo el tiempo fotos mentales, concentrado como si practicaras una disciplina bushido extraña, con una cámara en lugar de un sable samurái. Sospecho que el único arte actual vivo y posible es el de tus despiadadas cacerías. Y no te rías, tonto. Hablo en serio. Empecé a comprenderlo anoche, cuando me abrazabas como si estuviéramos a punto de morir. O como si alguien fuera a matarnos a los dos de un momento a otro.

Ella era inteligente. Mucho. Había advertido que él nunca se propuso explicar, resolver, cambiar nada. Que sólo buscaba ver el mundo en su dimensión real, sin el barniz de la falsa normalidad; poniendo los dedos donde latía el pulso terrible de la vida, aunque los retirase manchados de sangre. Olvido, por su parte, era consciente de haber vivido en un mundo ficticio desde niña, como aquel Buda joven al que, contaba, su familia ocultó durante treinta años la existencia de la muerte. La cámara, decía, tú mismo, Faulques, sois mi pasaporte a lo real: allí donde las cosas no pueden ser embellecidas con estupidez, retórica o dinero. Quiero violar mi vieja ingenuidad. Mi maltrecha inocencia, tan sobrevalorada. Quizás por eso, cuando hacía el amor susurraba densas procacidades o hacía que él la tratara, a veces, casi con violencia. Detesto, dijo en cierta ocasión —ahora estaban en la National Gallery de Washington, ante el *Retrato de señora* de Van der Weyden—, ese talante hipócrita, casto, difícil, de las mujeres pintadas por esos tipos del norte. ¿Comprendes, Faulques? Por el contrario, las madonnas italianas o las santas españolas tienen todo el aire, en caso de que escape de sus labios una obscenidad, de saber perfectamente lo que dicen. Como yo.

A partir de aquel tiempo, Olvido ya nunca produjo obra alguna desde la estética y el glamour en los que había sido educada y vivido, sino que les volvió la espalda deliberadamente. Todas sus nuevas fotos habrían de ser una reacción contra eso. Ya nunca hubo en ellas personas, ni belleza; sólo cosas acumuladas como en una tienda de ropavejero, restos de vidas ausentes que el tiempo arrojaba a sus pies: ruinas, escombros, esqueletos de edificios ennegrecidos que se recortaban en cielos sombríos, cortinas rasgadas, loza rota, armarios vacíos, muebles quemados, casquillos de bala, huellas de metralla en los muros. Ése fue durante tres años el resultado de su trabajo, siempre en blanco y negro, antítesis de las escenas de arte o de moda que había protagonizado o fotografiado antes; del color, la luz y el enfoque perfectos que hacían el mundo más bello que en la vida real. Mira qué guapa era yo en las fotos, dijo en cierta ocasión, mostrándole a Faulques la portada de una revista —Olvido maquillada, impecable, posando en el puente de Brooklyn reluciente de lluvia—. Qué increíblemente guapa; y repara, si eres tan amable, en el adverbio. Así que dame, por favor, lo que a ese viejo mundo mío le falta. Dame la crueldad de una cámara no cómplice. La fotografía como arte es un terreno peligroso: nuestra época prefiere la imagen a la cosa, la copia al original, la representación a la realidad, la apariencia al ser; prefiere que yo, vestida por los mejores modistos, le robe las frases a Sasha Stone o a Feuerbach. Por eso te amo, de momento. Eres mi forma de decir: al diablo las revistas de modas, al diablo la colección de primavera en Milán, al diablo Giorgio Morandi, que pasó media vida haciendo naturalezas muertas con botellas, al diablo Warhol y sus latas de sopa, al diablo la mierda de artista que se vende enlatada en las subastas millonarias de Claymore. Pronto no te necesitaré, Faulques; pero estaré siempre agradecida a tus guerras. Liberan mis ojos de todo eso. Es una licencia ideal para ir a donde quiero ir: acción, adrenalina, arte efímero. Me libra de responsabilidades y me hace turista de élite. Puedo mirar, al fin. Con mis ojos. Contemplar el mundo mediante los dos únicos sistemas posibles: la lógica y la guerra. En eso tampoco hay tanta diferencia entre tú y yo. Ninguno de los dos hacemos fotoperiodismo ético. ¿Quién lo hace?

La decisión de acompañarlo la tomó Olvido mientras contemplaban el devastado paisaje de Portmán. O al menos fue entonces cuando lo dijo. Sé de un sitio, había sugerido Faulques, idéntico a un cuadro del doctor Atl, pero sin fuego ni lava. Ahora que conozco esos cuadros y te conozco a ti, me gustaría volver allí y fotografiarlo. Ella lo miró, sorprendida, por encima de su taza de café —desayunaban en la casa de Faulques en Barcelona, cuando a él se le ocurrió la idea— y dijo eso no es una guerra, y yo creía que sólo fotografiabas guerras. En cierto modo, respondió él, ahora esos cuadros y ese lugar también forman parte de la guerra. Así que alquilaron un automóvil y viajaron hacia el sur, hasta un atardecer de invierno en el silencio de sinuosas carreteras de tierra asomadas a barrancos y montañas de escoria de mineral, arruinadas torres y casas derribadas, muros sin techos, antiguas minas a cielo abierto que mostraban las entrañas pardas, rojas y negruzcas de la tierra, vetas de óxido ocre, filones agotados, enormes lavaderos cuyo fango agrietado y gris, tras escapar por los taludes rotos, tapizaba el fondo de las ramblas, entre chumberas muertas

180

y troncos secos de higueras, como lenguas de lava solidi-
ficada y vieja. Parece un volcán frío, murmuró Olvido,
admirada, cuando Faulques detuvo el coche, cogió la
bolsa de las cámaras y caminaron por aquel paisaje de
belleza sombría, escuchando el crujido de las piedras bajo sus pasos en el silencio absoluto de la inmensidad desierta, abandonada por las manos del hombre desde hacía
casi un siglo, pero que el viento y la lluvia habían seguido erosionando con formas caprichosas, torrenteras,
surcos entrelazados, derrumbes. Se diría que una mano
gigantesca y caótica, manejando herramientas podero-
sas, hubiera removido la tierra hasta arrancarle sus vísceras de mineral y piedra, y después hubiese dejado al
tiempo trabajar en todo aquello como el artista en un taller desaforado. Entonces, el sol, que estaba a punto de
ponerse entre las escombreras que se extendían hasta el
mar cercano, asomó un instante bajo la capa de nubes
plomizas, y un resplandor rojo estalló en el agua para de-
rramarse como una erupción de lava incandescente por
el paisaje atormentado, sobre las crestas rotas de los lavaderos, los barrancos de escoria y las arruinadas torres
mineras recortadas en la distancia. Y mientras Faulques
se llevaba la cámara a la cara para fotografiar aquello,
Olvido dejó de frotarse las manos para aliviar el frío,
abrió mucho los ojos bajo el gorro de lana, se dio una
palmada en la frente y dijo: por supuesto, Dios mío, es
exactamente lo que ocurre. No es la pirámide de Gizeh,
o la esfinge, sino lo que de ellas queda cuando el tiempo,
el viento, la lluvia, las tormentas de arena han hecho su
trabajo. No será la verdadera torre Eiffel hasta que la estructura de hierro, al fin rota y oxidada, vigile una ciudad

muerta a la manera de un espectro en su atalaya. Nada será en realidad lo que es hasta que el Universo, que no tiene sentimientos, despierte como un animal dormido, estire las patas desperezando la osamenta de la Tierra, bostece y dé unos cuantos zarpazos al azar. ¿Te das cuenta? Sí, claro que te la das. Ahora comprendo. Es cuestión de amoralidad geológica. Se trata de fotografiar la útil certeza de nuestra fragilidad. Estar al acecho de la ruleta cósmica el día exacto que, de nuevo, no funcione el ratón del ordenador, Arquímedes triunfe sobre Shakespeare y la Humanidad se palpe desconcertada los bolsillos, comprobando que no lleva moneda suelta para el barquero. Fotografiar no al hombre, sino su rastro. Al hombre desnudo bajando una escalera. Pero yo nunca lo había visto así antes. Sólo era un cuadro en un museo. Dios mío, Faulques. Dios mío —la luz rojiza le iluminaba el rostro como las llamas de un volcán colgado en la pared—. Un museo es sólo cuestión de perspectiva. Gracias por traerme aquí.

Desde aquel día, ella lo acompañó siempre. Cazaba a su manera, concentrada en su visión del mundo, que no era idéntica a la de Faulques pero se alimentaba con la misma desolación. El primer lugar fue el Líbano. La llevó allí porque era territorio familiar, donde él había pasado mucho tiempo durante la contienda civil. Conocía carreteras, pueblos, ciudades, conservaba en todos los bandos amigos y contactos que permitirían mantener, hasta cierto punto, la situación bajo control. La guerra se había replegado al sur del Litani, a las incursiones y bombardeos de guerrilleros islámicos contra la frontera norte del estado hebreo, y a las represalias israelíes.

Viajaron en taxi a lo largo de la costa, de Beirut a Sidón y de allí a Tiro, donde llegaron un día mediterráneo luminoso y azul, con el sol cegador dorando las piedras del puerto viejo. Aún vivía el septuagenario padre Georges, amigo de Faulques, que seducido de inmediato por Olvido le mostró la cripta de su iglesia medieval, donde se encontraban las estatuas yacentes —sus facciones de piedra desfiguradas a martillazos cuando la ciudad cayó en manos turcas— de los caballeros cruzados. Al día siguiente, ella tuvo su bautismo de fuego en la carretera de Nabatie: un ataque de helicópteros artillados israelíes, un misil contra un coche con jefes de Hezbolá, un hombre sin piernas saliendo a rastras del amasijo de chapa humeante como si saliera de un bricolaje antifuturista de Rauschenberg. Por el rabillo del ojo Faulques la veía trabajar, pálida, ávida, con intensas miradas en torno entre foto y foto, sin abrir la boca. Ni un lamento ni un comentario; dispuesta y sufrida como una alumna voluntariosa. Haz lo que haga yo, había dicho él. Muévete igual. Hazte invisible. No uses prendas militares ni llamativas, no pises fuera de carreteras asfaltadas, no toques objetos abandonados, no te recortes inmóvil en puertas ni ventanas, nunca levantes una cámara al sol cuando haya aviones o helicópteros volando cerca; y recuerda que si puedes ver a un hombre con un fusil, también él puede verte a ti. Nunca aproximes demasiado la cámara a la gente, a los que lloran, sufren o pueden matarte. La única presencia tuya, la primera que deben advertir, es el ruido del obturador de tu cámara. Calcula distancias, foco, luz y encuadre antes de acercarte, hazlo con sigilo, trabaja en silencio y desaparece con discreción. Antes de entrar en zona de riesgo, averigua cómo vas a salir, observa el terreno, busca puntos protegidos, dirígete de uno a otro por etapas o saltos. Recuerda que cada calle, trinchera, colina, árbol, tiene un lado bueno y un lado malo; no te equivoques al identificarlo. No compliques tu vida sin necesidad. Y sobre todo no me la compliques a mí.

A Olvido le gustaba estar con Faulques, y se lo decía. Me gusta ver cómo te mueves con esa cautela de zorro, preenfocando, preparando mentalmente la foto que vas a hacer, antes de intentar hacerla. Me gusta ver tus tejanos gastados en las rodillas y tus camisas remangadas sobre tu cuerpo flaco y duro, y verte cambiar los objetivos o la película recostado contra una tapia, mientras nos disparan, con los mismos gestos de concentración que un soldado usa para cambiar el cargador de su rifle. Me gusta verte en habitaciones de hotel con un ojo pegado al cuentahílos, marcando las mejores imágenes de tus negativos apoyados al trasluz en el cristal de la ventana, o verte pasar horas sobre las copias con regla y rotulador, seleccionando el encuadre, anotando instrucciones mientras calculas por dónde doblará el editor la página. Me gusta que seas tan bueno en tu trabajo y que una lágrima nunca te haya hecho perder el foco de la cámara. O que lo parezca.

También ella era razonablemente buena trabajando, comprobó Faulques en carreteras peligrosas y controles hostiles bajo la lluvia, en pueblos desiertos, amenazadores en su silencio, donde sólo escuchaban el crujido de los propios pasos sobre cristales rotos. Olvido no era una fotógrafa brillante, pero sí concienzuda y original en su concepción de la imagen. Pronto empezó a revelar dotes adecuadas, instinto y una frialdad técnica utilísima en situaciones extremas. Poseía, además, el don de hacerse adoptar por la gente peligrosa, imprescindible para deambular por las guerras con una cámara. Era capaz de convencer sin palabras a cualquiera, con sólo una de sus elegantes sonrisas, de que era bueno para todos que la dejaran estar allí, a modo de testigo necesario. Que era más útil viva que muerta, o violada. Pero en seguida dejó de fotografiar a personas, o casi. No le interesaban. Sin embargo, podía pasar un día entero deambulando por el interior de una casa abandonada o un pueblo en ruinas. Pese a su afición a hacerse con objetos en la vida de retaguardia —esos objetos falsos o banales que coleccionaba con frívola pasión y luego regalaba o abandonaba por todas partes—, allí nunca cogía nada, ni un libro, ni una porcelana, ni un casquillo de bala; sólo tomaba carretes y carretes, fotografiándolo todo. La guerra, decía, está llena de objetos *trouvés*. Pone el surrealismo en su sitio. Es como el encuentro, sobre una mesa de disección, de un ser humano sin paraguas y una máquina de picar carne.

Faulques, que hasta entonces había trabajado casi siempre solo y nunca con mujeres —opinaba que en la guerra traían problemas; entre otros que te mataran para conseguirlas—, averiguó que la compañía de Olvido tenía ventajas profesionales: cerraba algunas puertas, pero abría otras con su talento especial para despertar el instinto de protección, la admiración y la vanidad de los hombres. Y lo aprovechaba. Como en Jafji, durante la primera guerra del Golfo, cuando un coqueto coronel saudí no sólo les permitió merodear por allí —habían llegado sin permiso desde Dahran, camuflados en un vehículo con marcas militares aliadas— sino que les ofreció café en mitad del combate y luego le preguntó a Olvido dónde quería que acertara su artillería para hacer mejores fotos. Ella dio las gracias con mucha distinción y una sonrisa radiante, señaló un sitio al azar —la altísima Water Tower, ocupada por los iraquíes—, dispuso la cámara con un objetivo de 90, el amable coronel hizo que trajeran una silla para que estuviera cómoda, y tuvo tiempo de ordenar el disparo de cuatro cañonazos y un misil Tow contra el lugar elegido antes de que un destacamento de marines norteamericanos llegase a toda prisa, abroncara al coronel y los expulsara a todos de allí. Quiero un hijo, le dijo a Faulques aquella noche mientras bebían zumos de frutas en el abstemio bar del hotel Meridien, riendo a carcajadas al recordar. Quiero uno para mí sola, llevarlo a cuestas en una mochila y criarlo en aeropuertos, hoteles y trincheras. ¿Qué haré, si no, cuando termine nuestra dulce camaradería? Esa noche hicieron el amor hasta el alba, en silencio, sin interrumpirse ni durante una alarma de misiles Scud iraquíes, ni abrir la boca más que para besar, morder o chupar. Y luego, exhaustos, ella estuvo lamiendo el cuerpo de Faulques hasta que se quedó dormida.

En cuanto a lo de fotografiar cosas y no personas, él apenas la vio enfocar nada vivo. La verdad está en las cosas y no en nosotros, decía. Pero nos necesita para manifestarse. Era paciente. Aguardaba a que la luz natural fuese la que deseaba, la adecuada. Y con el tiempo desarrolló su propio estilo. Después, en Barcelona —se mudó muy pronto al piso de techos altos que él tenía junto a la Boquería—, al salir del cuarto de revelar iba a tumbarse en la alfombra, rodeada de todas aquellas imágenes en blanco y negro, y pasaba horas marcando detalles con rotulador, agrupando las imágenes según códigos que sólo ella conocía y en los que Faulques nunca logró penetrar del todo. Luego volvía a las cubetas y al proyector, y trabajaba en los sectores de las fotos que había marcado antes, ampliándolos una y otra vez en nuevos encuadres hasta quedar satisfecha. Las cosas, le oyó Faulques murmurar una vez, sangran como las personas. Una de sus obsesiones eran las fotos encontradas en casas devastadas. Las fotografiaba tal y como estaban, sin tocarlas ni componerlas nunca: pisoteadas, chamuscadas por los incendios, colgadas y torcidas en la pared con cristales o marcos rotos, álbumes familiares abiertos y deshechos. Las fotos abandonadas, afirmaba, son como las manchas claras en un cuadro tenebrista: no iluminan, sino que oscurecen las sombras. La primera y única vez que Faulques la vio llorar en la guerra fue ante un álbum, en Petrinja, Croacia, veintidós días antes de la cuneta de la carretera de Borovo Naselje. Lo encontraron en el suelo, sucio de yeso y mojado por la lluvia que goteaba del techo roto, abierto por dos páginas donde estaban pegadas fotos de una familia en Navidad, matrimonio, abuelos, cuatro hijos pequeños y un perro, fotos felices en torno a un abeto decorado y una mesa bien provista: la misma familia, abuelos y perro que Faulques y ella acababan de ver fuera de la casa, en un charco del jardín, revoltijo de ropas mojadas y carne rota, acribillada a tiros y rematada con una granada de fragmentación. Olvido no hizo ninguna foto allí; se quedó mirando los cadáveres, con las cámaras protegidas bajo el chubasquero, y sólo al entrar en la casa y ver el álbum en el suelo empezó a trabajar. Era un día muy húmedo y tormentoso, y ella tenía el cabello y la cara cubiertos de gotas de lluvia; así que Faulques tardó un poco en darse cuenta de que lloraba, y sólo lo advirtió al verla retirar la cámara de los ojos y frotárselos para secar lágrimas que le impedían enfocar. Nunca habló de eso, ni él tampoco. Más tarde, de regreso a Barcelona, cuando todo había terminado y Faulques vio los contactos que Olvido no tuvo tiempo de positivar, comprobó que, por una de las singulares simetrías en que tan pródigos eran el caos y sus reglas, había hecho exactamente veintidós encuadres de las fotos pegadas en el álbum; tantos como días le quedaban de vida. Lo comprobó con un calendario en una mano y los contactos en la otra, recordando. No había estado tan asombrado desde que, al regreso de un viaje a África —Somalia, el hambre y las matanzas fueron una experiencia intensa—, ella pasó una semana en un matadero industrial, fotografiando herramientas afiladas y enormes pedazos de carne de res colgados en sus ganchos, envueltos en plásticos, estampillados con los sellos de sanidad. Todo en blanco y negro, como de costumbre. Olvido positivó aquel extraño trabajo y lo guardó en una carpeta en cuya cubierta había escrito: *Der müde Tod*. La Muerte cansada. En esas imágenes, como en sus despobladas fotos de guerra —a lo sumo, un pie muerto con la suela de un zapato agujereada, una mano muerta con anillo de casado—, la sangre se asemejaba a aquellas lenguas de fango gris oscuro que había visto entre los lavaderos de mineral derruidos de Portmán. La lava de un volcán frío.

El silencio en la torre era absoluto. Ni siquiera se oía el mar. Faulques guardó la foto en la que aparecían ambos —él y el fantasma de ella en el espejo roto—, y cerró la tapa del cajón. Después apuró el vaso y bajó por la escalera de caracol en busca de más bebida, sintiendo que los peldaños se retiraban bajo sus pies. Espero, pensó fugazmente, que a Ivo Markovic no se le ocurra hacerme una visita ahora. La botella seguía entre los frascos y los pinceles, sin hacer preguntas ni aportar otra cosa que lo que Faulques llevaba consigo. Eso está bien, se dijo. Es lo adecuado, sin duda. Lo perfecto. Puso más coñac en el vaso, lo vació de golpe, y al sentir el trago abrasar su garganta pronunció en voz alta el nombre de Olvido. Singular nombre, meditó. Incierta palabra. Cogió de nuevo la botella, aturdido, asomado al río de los muertos, vislumbrando al otro lado sombras que se movían despacio, cercadas de tinieblas y negro rastro. El pintor de batallas observó el mural en penumbra mientras consideraba la paradoja: algunas palabras cometían suicidio semántico, negándose a sí mismas. Olvido era una de ésas. Desde la orilla oscura de su recuerdo, ella lo miraba beber coñac.

13

Ivo Markovic volvió al día siguiente, a media mañana. Cuando Faulques salió a buscar agua del depósito, lo encontró sentado bajo los pinos del acantilado, mirando el mar. Sin dirigirle la palabra, el pintor volvió a la torre y siguió trabajando, algo más de una hora, en los últimos retoques a los guerreros montados a caballo hasta que consideró acabada aquella parte del mural. Después salió de nuevo afuera, entornando los ojos bajo la fuerte luz cenital que lo inundaba todo, se lavó las manos y los brazos, y tras pensarlo un momento caminó hasta donde el croata seguía sentado e inmóvil, a la sombra. Entre sus botas había colillas apagadas y una bolsa de plástico con hielo y cuatro latas de cerveza.

—Bonita vista —dijo Markovic.

Se quedaron los dos observando la extensión azul que, desde el pie del acantilado, se abría en abanico hacia el horizonte: las bocas de Poniente al norte, con la isla de los Ahorcados y la línea oscura, difuminada en gris, del Cabo Malo adentrándose en el mar hacia el sudoeste. Parecía, pensó Faulques y no por primera vez, una acuarela veneciana. El efecto de luces y bruma se hacía más evidente a partir de media tarde, cuando el sol empezaba a descender y dejaba en contraluz, escalonadas en diferentes planos y tonos que iban del gris negruzco al gris claro, las sucesivas irregularidades de la costa a medida que éstas retrocedían planos en el espacio.

—¿Cuánto puede pesar la luz? —preguntó de pronto el croata.

Faulques lo meditó un poco. Luego encogió los hombros.

—Lo que la oscuridad, más o menos. Casi tres kilos por centímetro cuadrado.

Markovic frunció el ceño un instante.

—Habla del aire.

—Claro.

El croata parecía reflexionar sobre eso. Al fin hizo un ademán abarcando el paisaje, cual si hubiera relación entre una cosa y otra.

—He estado pensando en lo que hablamos estos días —dijo—. En mi foto, su cuadro enorme y todo lo demás. Y puede que tenga sentido. Que usted no vaya descaminado al hablar de reglas y simetrías.

Tras decir aquello se quedó callado y luego se golpeó suavemente la sien con un dedo. No soy muy rápido de esto, añadió. Necesito mi tiempo para darle vueltas a las cosas. ¿Comprende?

—Provengo de una familia de campesinos. Gente que nunca tomaba decisiones a la ligera. Estudiaban el cielo, las nubes, el color de la tierra… De eso dependían luego la abundancia de una cosecha, los estragos del mal tiempo, del granizo o las heladas.

Enmudeció de nuevo, aún mirando el mar y la quebrada línea costera. Al cabo se quitó las gafas y se puso a limpiarlas con el faldón de la camisa, pensativo.

—El azar como nombre que ponemos a nuestra ignorancia... ¿Es eso?

No se trataba de una pregunta. El pintor de batallas se sentó a su lado, observando las manos del croata: anchas, cortas, de uñas romas. La cicatriz de la mano derecha. Tras observar los cristales al trasluz, Markovic se había puesto las gafas y miraba de nuevo el paisaje.

—Una vista bonita de verdad —insistió—. Me recuerda la costa de mi país... La conoce, claro.

Asintió Faulques. Conocía bien los quinientos cincuenta y siete kilómetros de sinuosa carretera entre Rijeka y Dubrovnik, el litoral de caletas escarpadas e innumerables islas, verdes de cipreses y blancas de piedra dálmata, salpicando un Adriático de aguas cerradas, quietas y azules, cada una con su pueblecito, su muralla veneciana o turca, su aguzado campanario de iglesia. También había visto demoler una parte de ese paisaje a cañonazos durante la semana que Olvido Ferrara y él pasaron en un hotel de Cavtat, presenciando el espectáculo de Dubrovnik bajo las bombas serbias. Algunos afirmaban que la fotografía de guerra era la única que no removía nostalgias, pero Faulques no estaba seguro de eso. Durante aquellos días, cada noche después de la cena se quedaban en la terraza de su habitación, una copa en la mano, viendo arder la ciudad a lo lejos, las llamas de los incendios reflejadas en las aguas negras de la bahía mientras fogonazos y explosiones daban a la escena una apariencia muda, irreal y distante; como el último término, rojo entre siluetas y sombras, de una pesadilla silenciosa de Brueghel o El Bosco —conozco restaurantes en París o Nueva York, comentó Olvido, donde la gente pagaría un dineral por cenar frente a un panorama como éste—. Se quedaban allí los dos, quietos, fascinados por el espectáculo, y a veces el único sonido era el del hielo al tintinear en los vasos cuando bebían un sorbo, distraídos, con gestos que la situación, la extraña luz rojiza, hacían desmesuradamente lentos, casi artificiales. A ratos soplaba brisa del noroeste, un terral suave que traía olor intenso de materia quemada y también un sordo retumbar sincopado semejante a batir de timbales o trueno que se prolongase, monótono. Y al amanecer, después de haber hecho el amor en silencio y dormirse acompañados del rumor del bombardeo en la distancia, Faulques y Olvido desayunaban café y tostadas observando las columnas de humo negro que ascendían verticales desde la antigua Ragusa. Él despertó una noche sin encontrarla a su lado, y al levantarse la vio de pie en la terraza, desnuda, el espléndido cuerpo iluminado en escorzo, teñido de rojo por los incendios lejanos como si por su piel se deslizasen los pinceles del doctor Atl o la guerra distante la envolviera con extrema delicadeza. Me doy un baño de fuego, dijo cuando él la abrazó por detrás preguntándole qué hacía allí a las tres de la madrugada, e inclinó a un lado la cabeza para apoyarla en su hombro sin dejar de mirar Dubrovnik ardiendo en la distancia. Hay quien toma baños de sol o baños de luna, como en aquella canción italiana de la chica en el tejado. Yo tomo un baño de noche y de llamas de incendios. Y cuando él acarició su piel erizada, teñida de aquella claridad rojiza que no calentaba porque era lejana y fría como la de un volcán en la pared de un museo y como el paisaje torturado de Portmán, Olvido se agitó débilmente en sus brazos, y él estuvo un rato cavilando sobre las diferencias entre las palabras estremecimiento y presentimiento.

Ivo Markovic seguía mirando el mar. Creo que tiene usted razón, señor Faulques, dijo. La tiene en eso de las reglas y las rayas del tigre y las simetrías ocultas que de pronto se manifiestan, y uno descubre que tal vez siempre hayan estado ahí, dispuestas a sorprendernos. Y es verdad que cualquier detalle puede cambiar la vida: un camino que no se toma, por ejemplo, o que se tarda en tomar a causa de una conversación, de un cigarrillo, de un recuerdo.

—En la guerra, claro, todo eso importa. Una mina que no se pisa por centímetros... O que se pisa.

Alzó el rostro, y Faulques lo imitó. Muy alto, casi invisible a seis o siete mil metros de altura, se divisaba el minúsculo reflejo metálico de un avión dejando una estela de condensación larga y recta, de este a oeste. Lo estuvieron siguiendo con la mirada hasta que el trazo, blanco sobre azul, quedó oculto por las ramas de los pinos. Hay quien lo llama azar, prosiguió entonces Markovic. Pero usted no cree realmente que lo sea. Después de oírle hablar, basta recordar sus fotos. Observar esta pintura. Ya dije que llevo tiempo resoplando tras su pista, como un perro de caza.

—Y creo —concluyó— que estoy de acuerdo. Si dejamos aparte los desastres naturales donde no interviene el hombre... O al menos no intervenía; porque ahora, con la capa de ozono y todo eso... Si los dejamos aparte, quiero decir, resulta que la guerra es la mejor expresión del asunto... ¿Lo he comprendido bien?

Se lo quedó mirando con fijeza, muy atento, como si acabara de formular una pregunta decisiva. Faulques encogió los hombros. Todavía no había abierto la boca. El otro aguardó un momento, y al no obtener respuesta encogió los hombros también, imitando el gesto. Supongo que sí, dijo. La guerra como sublimación del caos. Un orden con sus leyes disfrazadas de casualidad.

—¿Y de verdad cree eso? —insistió.

El pintor de batallas habló al fin. Sonreía esquinado, con nula simpatía.

—Claro… Es casi una ciencia exacta. Como la meteorología.

El croata enarcó las cejas.

—¿La meteorología?

Podía preverse un huracán, explicó Faulques, pero no el punto exacto. Una décima de segundo, una gota más de humedad aquí o allá, y todo ocurriría a mil kilómetros de distancia. Causas mínimas, inapreciables a simple vista, daban paso a espantosos desastres. Hasta se afirmaba que el invento de un insecticida había modificado la mortalidad en África, varió su demografía, presionó sobre los imperios coloniales y cambió la situación de Europa y del mundo. O el virus del sida. O un chip cuya invención podía alterar las formas tradicionales de trabajo, causar revueltas sociales, revoluciones y cambios en la hegemonía mundial. Hasta el chófer del principal accionista de una empresa, saltándose un semáforo en rojo y matando a su jefe en el accidente, podía desencadenar una crisis que hiciera desplomarse las bolsas de todo el mundo.

—En las guerras resulta más evidente. Después de todo, no son sino la vida llevada a extremos dramáticos… Nada que la paz no contenga ya en menores dosis.

Markovic lo observaba ahora con renovado respeto. Al cabo asintió despacio con la cabeza, el aire convencido. Comprendo, dijo. Lo comprendo muy bien. Y fíjese qué coincidencia. Cuando era pequeño, mi madre me cantaba una canción. Algo relacionado con esas leyes o cadenas ligadas al azar. Por culpa de un descuido se perdió un clavo, por culpa del clavo una herradura, por ésta un caballo, por él un caballero. Y al final, por culpa de todo eso, cayó un reino.

Faulques se levantó, sacudiéndose los pantalones.

—Siempre fue así, pero se olvida. El mundo nunca supo tanto de sí mismo y de su naturaleza como ahora, pero no le sirve de nada. Siempre hubo maremotos, fíjese. Lo que pasa es que antes no pretendíamos tener hoteles de lujo en primera línea de playa… El hombre crea eufemismos y cortinas de humo para negar las leyes naturales. También para negar la infame condición que le es propia. Y cada despertar le cuesta los doscientos muertos de un avión que se cae, los doscientos mil de un tsunami o el millón de una guerra civil.

Markovic estuvo un rato callado.

—Infame condición, dice —murmuró al fin.

—Exacto.

—Usa bien las palabras.

—Tampoco usted se maneja mal.

Markovic cogió la bolsa con las cervezas, se puso en pie y asintió de nuevo. Miraba el mar, reflexivo.

—Infamia, clavos perdidos, descuidos, simetrías y azares… Estamos todo el tiempo hablando de lo mismo, ¿verdad?

—De qué, si no.

—También de navajas rotas y de fotos que matan.

De eso también, respondió el pintor de batallas, y se quedó mirándolo. Con aquella luz veía en el rostro del croata cosas en las que no había reparado.

—Nada es inocente, entonces, señor Faulques. Ni nadie.

Sin responder, el pintor de batallas dio media vuelta y se encaminó a la torre, y el otro lo siguió con toda naturalidad. Sus sombras, que caminaban juntas, parecían las de dos amigos bajo el sol del mediodía.

—Puede que lo del azar sea equívoco, en efecto —comentó Markovic con tono desenvuelto—. ¿Es el azar el que deja las huellas de los animales en la nieve?... ¿Fue eso lo que me puso delante de su cámara, o yo mismo anduve hasta ella, por causas inconscientes que no alcanzo a explicarme?... Lo mismo podría decirse de usted. ¿Qué lo hizo elegirme a mí, y no a otro?... En cualquier caso, una vez iniciado el proceso, la conjunción de azares y de circunstancias inevitables se hace demasiado compleja. ¿No cree?... Todo esto me parece nuevo, y extraño.

—Elegir, ha dicho.

—Sí.

—Le contaré lo que es elegir.

Entonces Faulques habló durante un rato —a su manera, entre prolongadas pausas y silencios— de elecciones y de azares. Lo hizo refiriéndose al francotirador junto al que había pasado cuatro horas tumbado en el piso de la terraza de un edificio de seis plantas desde el que se dominaba una amplia vista de Sarajevo. El francotirador era un serbio bosnio de unos cuarenta años, flaco y de ojos tranquilos, que había cobrado a Faulques doscientos marcos por permitirle estar a su lado cuando le disparaba a la gente que corría a pie o pasaba a toda velocidad en automóvil por la avenida Radomira Putnika, con la condición de que lo fotografiase a él y no la calle, para evitar que localizaran su posición por el encuadre. Habían conversado en alemán durante el acecho, mientras Faulques jugueteaba con las cámaras para acostumbrar al otro a ellas, y su interlocutor fumaba un cigarrillo tras otro, inclinándose de vez en cuando a echar un vistazo atento a lo largo del cañón de un rifle SVD Dragunov, que tenía adosada una potente mira telescópica y apuntaba a la calle, encajado entre dos sacos terreros, por una estrecha tronera abierta en el muro. Sin complejos, el serbio había admitido que disparaba igual contra hombres que contra mujeres y niños, y Faulques no le hizo preguntas de índole moral, entre otras cosas porque no estaba allí para eso, y también porque conocía de sobra —no era su primer francotirador— los motivos simples por los que un hombre con las dosis adecuadas de fanatismo, rencor o ánimo de lucro mercenario podía matar indiscriminadamente. Hizo preguntas técnicas, de profesional a profesional, sobre distancia, campo de visión, influencia del viento y de la temperatura en la trayectoria de las balas. Explosivas, había precisado el otro en tono objetivo. Capaces de hacer estallar una cabeza como un melón bajo un martillo, o de reventar las entrañas con absoluta eficacia. Y cómo eliges, preguntó Faulques. Me refiero a si disparas al azar o seleccionas los blancos. Entonces el serbio expuso algo interesante. No hay azar en esto, explicó. O había muy poco: el justo para que alguien decidiera cruzar por allí en el momento adecuado. El resto era cosa suya. A unos los mataba y a otros no. Así de fácil. Dependía de la forma de caminar, de correr, de pararse. Del color de pelo, de los gestos, de la actitud. De las cosas con las que los asociaba al mirarlos. El día anterior había estado apuntando a una jovencita a lo largo de quince o veinte metros, y de pronto un gesto casual de ésta lo hizo pensar en su sobrina pequeña —en ese punto, el francotirador abrió la cartera y le enseñó a Faulques una foto familiar—. Así que a ésa no le disparó, y eligió en cambio a una mujer que estaba cerca, asomada a una ventana y, quién sabe, quizá esperando ver cómo mataban a la chica que caminaba distraída y al descubierto. Por eso decía que lo del azar era relativo. Siempre había algo que lo decidía por éste o por aquél, dificultades operativas aparte, claro. A los niños, por ejemplo, era más difícil acertarles, porque nunca se estaban quietos. Pasaba como con los conductores de automóviles en marcha: a veces se movían demasiado rápidos. De pronto, a media explicación, el francotirador se había puesto tenso, sus facciones parecieron enflaquecer y las pupilas se contrajeron mientras se inclinaba sobre el rifle, ajustaba la culata en el hombro, pegaba el ojo derecho al visor y situaba con suavidad el dedo en el gatillo. *Jagerei*, había susurrado en su mal alemán, entre dientes, como si desde abajo pudieran oírlo. Caza a la vista. Transcurrieron unos segundos mientras el rifle describía un lento movimiento circular hacia la izquierda. Después, con un solo estampido, la culata golpeó su hombro, y Faulques pudo fotografiar el primer plano de aquella cara flaca y tensa, un ojo entornado y el otro abierto, la piel sin afeitar, los labios prietos como una línea implacable: un hombre cualquiera, con sus criterios selectivos, sus recuerdos, antipatías y aficiones, fotografiado en el momento exacto de matar. Aún tomó una segunda exposición cuando el francotirador apartó la mejilla de la culata del rifle, miró al objetivo de la Leica con ojos helados, y tras besarse juntos tres dedos de la mano con la que había disparado, pulgar, índice y medio, hizo con ellos el saludo serbio de la victoria. ¿Quieres que te diga a quién le acerté?, preguntó. ¿Por qué elegí ese blanco y no otro? Faulques, que comprobaba la luz con el fotómetro, no quiso saberlo. Mi cámara no fotografió eso, dijo, luego no existe. Entonces el otro lo miró un rato en silencio, sonrió apenas, después se puso serio y le preguntó si dos días atrás había pasado junto al puente Masarikov al volante de un Volkswagen blanco con un cristal roto y las palabras *Press-Novinar* compuestas con cinta adhesiva roja sobre el capó. Faulques se quedó inmóvil un instante, terminó de guardar el fotómetro en su bolsa de lona y contestó con otra pregunta cuya respuesta intuía. Entonces el serbio palmeó con suavidad la Zeiss telescópica de su rifle. Porque te tuve, respondió, en esta mira durante quince segundos. Me quedaban sólo dos balas, y tras pensarlo me dije: hoy no voy a matar a este *glupan*. A este gilipollas.

14

Cuando el pintor de batallas terminó de contar la historia del francotirador, Ivo Markovic se quedó un rato pensativo, sin decir nada. Estaban sentados en el interior de la torre, bebiéndose la cerveza del croata. Markovic en los peldaños bajos de la escalera de caracol y Faulques en una silla, junto a la mesa de las pinturas.

—Como ve —dijo éste—, la incertidumbre corresponde al jugador, no a las reglas... De las infinitas trayectorias posibles de una bala, sólo una ocurre en la realidad.

El croata asintió entre dos sorbos. Se miraba la cicatriz de la mano.

—¿Leyes ocultas y terribles?

—Eso es. Incluido el origen microscópico de la irreversibilidad.

—Me asombra que pretenda conocer eso.

Faulques se encogió de hombros.

—Conocer no es una palabra apropiada. Imagine a un tipo que no sepa nada de ajedrez, pero que acuda cada tarde al café a ver jugar partidas...

—Ya. Tarde o temprano acabará aprendiendo las reglas.

—O por lo menos, averiguando que existen. Lo que nunca será capaz de saber por sí solo, aunque mire toda su vida, es el número de partidas posibles: uno seguido de ciento veinte ceros.

—Comprendo. Habla de un juego donde las reglas no sean la línea de salida, sino el punto de llegada... ¿No?

—Diablos. Esa definición es francamente buena.

Markovic dejó la lata en el suelo y sacó un cigarrillo. Se palpaba los bolsillos en busca de fuego, y Faulques le arrojó un encendedor de plástico que había en la mesa. Quédeselo, dijo. El otro lo atrapó al vuelo.

—Bien —concluyó entre una bocanada de humo—. Creo que ya sé lo que hace aquí. En realidad sospechaba algo así, pero no que fuera capaz de ir tan lejos. Aunque al ver esto —se guardó el encendedor e hizo un ademán abarcando la pintura mural— debí prever sus últimas consecuencias.

Faulques tenía hambre. De no estar allí su extraño visitante, se habría hecho un poco de pasta en la cocina de gas que tenía en la planta superior de la torre. Subió, pasando entre Markovic y los libros que ocupaban los peldaños, para mirar en el baúl donde guardaba ropa, latas de conserva y la escopeta de postas. No quedaba gran cosa. Tendría que ir pronto al pueblo en busca de provisiones.

—¿Y cree que no hay escapatoria? —preguntó el croata desde abajo—. ¿Que nos gobiernan esas leyes inevitables? ¿Esas reglas ocultas del universo?

—Suena excesivo, dicho así. Pero es lo que creo.

—¿Incluidas las huellas que sirven de rastro al cazador?

—Seguramente.

Inclinado sobre la barandilla, Faulques le mostró a Markovic una lata de sardinas y un paquete de pan de molde, y el otro asintió con la cabeza. Tras coger otra lata, dos platos y cubiertos, el pintor de batallas bajó y lo dispuso todo sobre servilletas de papel en un ángulo libre de la mesa. Los dos hombres comieron en silencio, de pie, acompañando las sardinas con las otras dos cervezas traídas por el croata, que aún estaban frías.

—Respecto a huellas y cazadores —apuntó Markovic entre dos bocados—, tal vez, a su manera, ese francotirador también era un artista.

Faulques se echó a reír.

—¿Por qué no?... En cuestiones de arte, el trabajo original del yo tiene más importancia social que la filantropía. O eso dicen.

—¿Puede repetirlo?

El pintor de batallas dijo claro que puedo, y lo repitió. El otro lo estuvo analizando un rato y asintió con la boca llena, casi regocijado por la idea. Un artista, repitió pensativo. Adecuado a los tiempos que corren. La verdad es que nunca se me había ocurrido considerarlo de esa manera, señor Faulques.

—También —admitió éste— yo he tardado unos años en verlo así.

A media lata de sardinas, el pintor de batallas sintió el aviso de una punzada de dolor. Buscó sin apresurarse la caja de comprimidos, tragó dos con un sorbo de cerveza, se disculpó con Markovic y salió afuera, al sol, apoyándose en el muro de la torre mientras esperaba a que cesara el dolor. Cuando regresó, el croata lo observaba con curiosidad.

—¿Molestias?

—A veces.

Se miraron sin más comentarios. Después, al terminar de comer, Faulques subió a preparar café y bajó con una taza humeante en cada mano. El visitante había encendido otro cigarrillo y observaba la pintura mural, allí donde la columna de fugitivos abandonaba la ciudad en llamas bajo las armas de los sicarios revestidos de hierro, con su apariencia a medio camino entre guerreros medievales y soldados futuristas.

—Hay una grieta en la pared, ahí encima —dijo Markovic.

—Ya lo sé.

—Qué lástima —el croata movía la cabeza, apesadumbrado—. Estropeada antes de terminarse. Aunque de todas formas...

Se calló, y Faulques miró su perfil interesado en lo que contemplaba, el rostro vuelto hacia arriba, el mentón sin afeitar, el cigarrillo colgado de los labios, los ojos grises y atentos que recorrían las imágenes de la pared deteniéndose en la playa donde las naves se alejaban bajo la lluvia y donde, en primer término, el niño contemplaba a su madre tendida boca arriba y con los muslos manchados de sangre. Aparte de los recuerdos profesionales del pintor de batallas, aquella mujer debía mucho, compositivamente, a un cuadro de Bonnard: *La indolente*. Aunque para la mujer pintada en la pared, indolente no fuese expresión acertada.

Markovic seguía estudiando aquella figura.

—¿Me permite una pregunta profana?

—Claro.

—¿Por qué es todo tan geométrico y con tantas diagonales?

Faulques le entregó una taza de café y bebió un sorbo de la otra.

—Creo que las diagonales ordenan mejor. Cada estructura tiene su propio código de la circulación. Sus señales de tráfico.

—¿Incluso la guerra?

—Sí. Pintando esto es como lo veo. Se trata de la forma, de la regla o como queramos llamarla, frente a la desintegración en puntos y comas, en manchas… Frente al desorden del color y de la vida. Un tipo llamado Cézanne fue el primero que vio eso.

—No conozco a ese Cézanne.

—Da igual. Hablo de pintores. Gente a la que yo antes ignoraba, o despreciaba, y a la que con el tiempo acabé por comprender.

—¿Pintores famosos?

—Maestros antiguos y modernos. Se llamaban Piero della Francesca, Paolo Uccello, y también Picasso, Braque, Gris, Boccioni, Chagall, Léger…

—Ah, claro… Picasso.

Markovic se acercó un poco más a la pintura, inclinándose para observar los detalles, cigarrillo en una mano y taza de café en la otra. Me parece, dijo, que Picasso también pintó un cuadro de guerra. El *Guernica*, se llama. Aunque en realidad no se diría un cuadro de guerra. Al menos, no como éste. ¿Verdad?

—Picasso no vio una guerra en su vida.

El croata miró al pintor de batallas y asintió, grave. Podía comprender eso. Con una intuición que sorprendió a Faulques, se volvió hacia los hombres ahorcados de los árboles, en la parte dibujada a carboncillo sobre el blanco de la pared.

—¿Y aquel otro compatriota suyo, Goya?

—Ése sí. La vio y la sufrió.

Asintió de nuevo Markovic, estudiando atento los esbozos. Se detuvo mucho rato en el niño muerto junto a la columna de fugitivos.

—Goya dibujó buenas estampas sobre la guerra, me parece.

—Hizo los mejores grabados que se han hecho nunca. Nadie vio la guerra como él, ni se acercó tanto a la mala índole humana... Cuando al fin perdió el respeto a todos los hombres y a todas las normas académicas, ni la más cruda fotografía llegó tan lejos.

—¿Por qué este cuadro tan grande, entonces? —Markovic aún contemplaba el niño muerto—. ¿Por qué pintar algo que otro hizo mejor, antes?

—Cada uno debe pintar su parte. Lo que vio. Lo que ve.

—¿Antes de morir?

—Claro. Antes de morir. Nadie debería irse sin dejar una Troya ardiendo a sus espaldas.

—Una Troya, dice.

Markovic, que ahora se movía despacio a lo largo del muro, sonrió pensativo.

—¿Sabe, señor Faulques?... Gracias a usted ya no puedo creer en las certidumbres de los que tienen una casa, una familia y unos amigos.

La sonrisa le descubría el hueco de la dentadura cuando se detuvo junto al grupo de guerreros que esperaban entrar en combate, en los que Faulques había estado trabajando el día anterior. La luz del sol, que empezaba a declinar y resplandecía en la ventana, daba a la escena una claridad extraordinaria, haciendo relucir las armaduras como si fueran de metal verdadero; aunque todo se debía al efecto pictórico de líneas finas de blanco de titanio sobre gris neutro y a la repetición, en suaves toques algo más claros, de los tonos que aquel metal bruñido tenía alrededor.

—Dicen que antes de morir —comentó el croata— se debe plantar un árbol, escribir un libro y tener un hijo. Una vez tuve un hijo, pero ya no lo tengo. También quemaron los árboles que planté… Quizá deba pintar un cuadro, señor Faulques. ¿Cree que yo sería capaz de pintar uno?

—No veo por qué no. Cada uno se las arregla como puede.

—¿Y de colaborar en éste?

—Puede hacerlo, si gusta.

El croata se ajustó mejor las gafas, acercando el rostro a la pintura. Estudiaba las armaduras, los detalles de las celadas y los guanteletes. Al cabo dio un paso atrás, dirigió una mirada circular a la pared, miró al pintor de batallas e hizo un gesto tímido hacia la mesa donde estaban los pinceles, los tubos y los frascos.

—¿Me permite?

Sonrió un poco Faulques, asintiendo.

—Sírvase usted mismo.

Dudó Markovic, dejó taza y cigarrillo, y por fin señaló a los dos hombres que se acuchillaban en el suelo buscándose los resquicios de las armaduras que, erizadas de tornillos y tuercas, los hacían semejantes a robots. Entonces Faulques fue hasta la mesa, abrió uno de los botes herméticos donde guardaba pequeñas cantidades de pintura mezclada, y puso un poco de blanco suavemente azulado en un pincel del número 6.

—Hagamos brillar uno de esos cuchillos —sugirió—. Bastará una línea fina por el filo. Puede apoyarse en la pared porque la pintura está seca.

Indicó el lugar, entregó el pincel a Markovic, y éste, de rodillas en el suelo, tras estudiar el efecto de los brillos en lo que ya estaba pintado, trazó una línea retocando el borde de la hoja que uno de los contendientes sostenía en alto. Lo hizo despacio y con suma atención, aplicándose cuanto pudo. Al rato se levantó, devolviendo el pincel a Faulques.

—¿Qué tal? —preguntó.

—No está mal. Si se sitúa aquí, verá que ahora ese filo parece más peligroso.

—Tiene razón.

—¿Quiere pintar algo más?

—No, gracias. Es suficiente.

Faulques lavó el pincel y lo puso a secar. El croata seguía observando la pared.

—Sus soldados parecen máquinas, ¿no cree?... Con tanto tornillo y tanto metal encima —se volvió hacia el pintor de batallas como si acabaran de hacerle a él una pregunta y buscara la respuesta adecuada—. ¿Máquinas de matar?

—Ya ve que no es tan difícil. Basta con fijarse un poco —Faulques señaló el mural—. Mi estructura es compatible con el sentido común.

Se iluminó el rostro de Markovic.

—Así que era eso.

—Claro.

—Su pintura está llena de adivinanzas, me parece. De enigmas.

—Todas las buenas lo están. De lo contrario sólo son brochazos sobre un lienzo o una pared.

—¿Usted cree que su pintura es buena?

—No. Es mediocre. Pero intento que se parezca a las que lo son.

El croata cogió su taza de café, bebió un sorbo y observó a Faulques, interesado.

—¿Me está diciendo que todos los cuadros cuentan historias? ¿Hasta los que llaman abstractos, los cuadros modernos y todos esos?

—Los que a mí me interesan sí las cuentan. Mire.

Fue hasta las pilas de libros que había en la escalera, cogió tres de ellos, los llevó hasta la mesa y pasó las páginas hasta dar con lo que buscaba. Una ilustración representaba un cuadro de Aniello Falcone, un pintor de batallas clásico del XVII: *Escena de saqueo después de la batalla*.

—¿Qué ve en este cuadro?

Markovic se acercó, rascándose la sien. Puso la taza de café sobre la mesa y encendió otro cigarrillo. No sé, dijo echando el humo. Ha habido un combate duro, y ahora los soldados victoriosos roban la ropa y las joyas de los muertos. El jinete de la armadura es el jefe, y parece despiadado. También parece reclamar para sí a la mujer a la que van a violar. En ese punto, el croata miró a Faulques. Veo una historia, dijo. Tiene usted razón.

—Mire este otro cuadro —sugirió Faulques.

—¿Cómo se llama el autor?

—Chagall. Dígame lo que ve.

—Pues veo… Eh… Un cuadro un poco abstracto, ¿no?

—No es abstracto. Hay cosas concretas, figuras humanas, objetos. Pero es igual. Siga.

—Bueno, pues es… No sé. Geométrico como su pintura de la pared, aunque usted no exagere tanto los ángulos ni descomponga la apariencia de las personas y las cosas. Un hombre, un samovar y una pareja diminuta que baila… ¿También eso cuenta una historia?

—También.

—¿Cómo se llama el cuadro?

—Lo pone debajo, en letra pequeña: *El soldado bebedor*. Ese soldado es ruso. Viene de la guerra, o va camino de ella, y está tan borracho que ya no distingue el vodka del té. La gorra se le vuela de la cabeza, sorprendido al ver bailar sobre la mesa a una campesina a la que conoce. Y ella baila, quizá, con el mismo hombre que pintó el cuadro.

Markovic volvió a rascarse la sien, confuso.

—Una historia extraña, de cualquier modo.

—Cada cual cuenta a su manera. Además, ya he dicho que el soldado está como una cuba. Mire ahora este otro cuadro… ¿Qué le parece?

Markovic prestó atención. Parecía un tipo bien dispuesto, pensó Faulques. Un alumno interesado y prudente.

—Pues más extraño todavía. Es igual que esas pintadas que hay en las paredes de ciertos barrios. *In Italian*, dice al pie… ¿De quién es?

—De Jean-Michel Basquiat, un negro hispano-haitiano. Lo pintó en los años ochenta.

—No parece relacionado con la guerra.

—Pues lo está. No con cargas de caballería, ni con soldados ebrios, claro. Habla de otra guerra distinta de aquella en la que pensamos usted y yo al oír la palabra. Aunque no sea tan distinta, en realidad... ¿Ve esas inscripciones y el círculo de la izquierda? Dinero, *blood*, sangre, *In God we Trust*. La Libertad como marca registrada. Ese cuadro también habla de guerra, a su manera. Los esclavos revueltos contra Roma. Bárbaros pintando con aerosol en las paredes del Capitolio.

—Eso no lo entiendo muy bien.

—Es igual. No importa.

El recuerdo cruzaba, doloroso y fugaz. El último trabajo de Olvido antes de irse con él a la guerra había sido fotografiar a Basquiat para la revista *One+Uno*, a pocos meses de que el pintor grafitero reventase del todo, entre sobredosis de heroína y casetes de Charlie Parker. Dejando el libro abierto por la página del cuadro, el pintor de batallas apuró su café. Estaba frío.

—Aunque en realidad —comentó de pronto Markovic— quizá sí comprendo lo que quiere decir.

Se había vuelto y lo miraba, fumando pensativo. Y hay algo, añadió, que me gustaría que usted también comprendiera, señor Faulques. Con sus propios argumentos. Hablo de la historia de mi cuadro particular. En lo que a mí se refiere, usted participó en un proceso que no inició, pero en el que influyó con su foto famosa y premiada. Una foto que me destrozó la vida. Ahora estoy de acuerdo en que no fue un completo azar, pues hay circunstancias que nos llevaron a usted y a mí a ese momento exacto de ese día. Y como consecuencia del proceso iniciado por usted, por mí, por quien sea, yo estoy aquí ahora. Para matarlo, no lo olvide.

Faulques le sostenía la mirada.

—No lo olvido —dijo—. En ningún momento.

El caso, prosiguió en el mismo tono el croata, es que no puede guardarme rencor por ello. ¿Se da cuenta? Como yo tampoco se lo guardo a usted. Al contrario. Le estoy agradecido por ayudarme a entender las cosas. Según su punto de vista, los dos somos azares y determinaciones de esas leyes que intenta reflejar en esta torre tras haber intentado, sin éxito, descifrarlas con sus fotografías. En realidad el odio y el encarnizamiento deberían estar fuera de lugar en el mundo. Son inadecuados. Los hombres se destrozan entre sí porque la ley de su naturaleza, una ley objetiva y serena, así lo demanda. ¿No es cierto?… En su opinión, la gente inteligente debería matarse cuando corresponde, como el verdugo que ejecuta una sentencia que ni le va ni le viene… ¿Es eso?

—Más o menos.

Los ojos de Markovic parecían agua helada.

—Pues me alegro de haberlo comprendido bien y de que estemos de acuerdo, porque es así como lo voy a matar. Sin que haya, realmente, nada personal en ello.

El pintor de batallas reflexionó sobre lo que acababa de escuchar. Lo hizo de modo ecuánime, cual si estuvieran tratando sobre la suerte de una tercera persona. Para su sorpresa, sentía una calma perfecta. El hombre que tenía delante estaba en lo cierto: todo era como debía ser. Ajustado a las normas, o a la única norma. Miró la pared pintada y luego volvió a fijarse en su interlocutor. Markovic estaba muy serio, pero nada en él revelaba amenaza u hostilidad. Sólo parecía aguardar una respuesta o una reacción. Expectante, tranquilo. Cortés.

—¿Lo entiende como yo, señor Faulques?

—Absolutamente.

Por supuesto, comentó entonces el croata, era más divertido, o emocionante, matar por un buen y sólido odio. Más satisfactorio y común. Con la sangre caliente, aullando de júbilo mientras se desollaba a la víctima.

—Es como el alcohol o el sexo —añadió—. Calman mucho, alivian. Pero a los hombres que, como nosotros, han pasado mucho tiempo mirando el mismo paisaje, ese alivio nos queda lejos. Una navaja rota entre los escombros de una casa, una montaña desnuda tras las alambradas, el fondo de un cuadro al que se viaja durante toda una vida... Lugares, recuerde, de los que ya no se puede volver nunca.

Miró alrededor, como para comprobar si olvidaba algo. Luego giró sobre sus talones y salió afuera. Faulques fue detrás.

—Una de estas visitas puede ser diferente —dijo Markovic.

—Lo supongo.

El croata tiró la colilla al suelo y la aplastó concienzudamente con la puntera de una bota. Luego miró al pintor de batallas cara a cara, sin pestañear, y por primera vez le tendió la mano derecha. Éste dudó un momento y al fin la estrechó con la suya. Un contacto áspero, fuerte. Manos de campesino, confirmó. Duras y peligrosas. Markovic hizo ademán de dar media vuelta e irse, pero se demoró un momento. Debería usted bajar al pueblo, dijo de pronto, el aire pensativo. Y conocer a esa mujer del barco. No queda mucho tiempo.

Faulques sonrió levemente. Una sonrisa suave y triste.

—¿Y qué pasa con el cuadro?... ¿Quién lo terminará?

El otro dejó entrever el hueco del diente. Su sonrisa, casi tímida, parecía una disculpa.

—Quedará inacabado, me temo. Pero lo importante lo ha pintado ya. El resto lo acabaremos juntos, usted y yo. De otra manera.

15

Al día siguiente, Faulques bajó al pueblo. Aparcó la moto en una calle estrecha, sin sombra, entornando los ojos ante la perspectiva cegadora de las fachadas blancas que se escalonaban cuesta abajo, hacia la masa ocre de la muralla antigua del puerto. Luego entró en la oficina bancaria a sacar dinero de su cuenta, fue a la ferretería donde encargaba las pinturas y pagó la última factura pendiente. Después anduvo despacio hasta la dársena pesquera y estuvo un rato inmóvil, mirando los barcos amarrados junto a las redes apiladas en el muelle. Cuando a su espalda el reloj del ayuntamiento dio doce campanadas, fue a sentarse bajo el toldo del bar restaurante más próximo; el que ofrecía mejor vista de la bocana del puerto y la extensión de agua, rizada por el viento de levante, que llegaba hasta la línea gris de Cabo Malo. Pidió una cerveza y estuvo allí inmóvil, frente al mar y al espigón vacío donde solía atracar la golondrina de turistas, pensando en Ivo Markovic y en él mismo. En las últimas palabras pronunciadas el día anterior por el croata, antes de marcharse. Debería usted bajar al pueblo. Conocer a esa mujer. No queda mucho tiempo.

Conocer a esa mujer. Sin apenas darse cuenta de ello, Faulques torció la boca en una sonrisa. Ya no había mujeres que pintar en el gran fresco circular de la torre. Todas estaban allí: la violada con los muslos llenos de sangre, las que se agrupaban como un rebaño asustado bajo los fusiles de los verdugos, la de rasgos africanos que miraba moribunda al espectador, la que en primerísimo plano abría la boca para emitir un silencioso alarido de horror. Y también Olvido Ferrara, en todos los rincones y en todos los trazos del vasto paisaje que habría sido imposible advertir, componer, sin su presencia. Como en aquel volcán rojo, negro y pardo que constituía el vértice del mural, el punto donde convergían todas las líneas, todas las perspectivas, toda la compleja y despiadada trama de la vida y su azar regido por normas rigurosas, rectas igual que la trayectoria de las flechas siniestras del carcaj de Apolo. El que, frente a Troya, al moverse tensando el arco asesino —también letal combinación de curvas, ángulos y rectas, como de costumbre— iba semejante a la noche. Obediente al tejer inevitable de las Parcas.

Ya entiendo lo que buscas, había comentado Olvido en cierta ocasión. Estaban en Kuwait, recién abandonado por las tropas iraquíes. Habían entrado el día anterior con una unidad mecanizada norteamericana y se encontraban en el quinto piso del Hilton, sin electricidad, sin cristales en las ventanas —cogieron una llave al azar tras el mostrador desierto de la conserjería—, con el agua de las cañerías reventadas corriendo por el suelo, escaleras abajo. Quitaron la colcha cubierta de hollín de petróleo incendiado para dormir toda la noche, exhaustos, con el panorama de los pozos en llamas y el estampido de los últimos cañonazos. Lo entiendo al fin, insistió Olvido —se asomaba a la ventana con una camisa de Faulques puesta y una cámara en las manos, observando la ciudad—, y me ha llevado tiempo, besos, miradas, averiguarlo. Estudiarte moviéndote por las catástrofes con tu cautela de cazador, tan fiable, tan seguro de lo que haces y no haces, tan poco charlatán como un soldado viejo. Preparando cada foto con los ojos antes de hacer un movimiento, evaluando en décimas de segundo si merece la pena o no. No te rías, porque es así. Te lo juro. Y también sé lo que sé de tanto sentirte estallar dentro de mi vientre mientras me abrazas, y tenerte ahí, bien adentro, relajado al fin, en el único momento de tu existencia en que bajas la guardia. Veo lo que ves. Te observo pensar antes y después, pero nunca mientras haces una fotografía, porque sabes que entonces no la harías nunca. Mi única duda es si esa horrible comprensión mía se debe a un contagio, como si se tratara de un virus o una enfermedad secreta e incurable. Si estoy cogiendo la guerra, o si ya estaba en mí y sólo has ejercido de agente provocador, o de testigo. El asunto es algo parecido a lo que mi abuela, mientras alineaba coliflores y lechugas en su jardín —qué bien os entendisteis vosotros dos, la chica Bauhaus y el arquero zen—, llamaba *gestalt*: una estructura compleja que sólo puede ser descrita en su conjunto, siendo indescriptibles sus partes. ¿Verdad? Pero tienes un problema, Faulques. Un problema serio. Ninguna fotografía puede conseguirlo. Yo soy más práctica, y me limito a coleccionar eslabones rotos: esas ruinas con antecedentes clásicos, hallazgo de los imbéciles literatos románticos y revisitadas por artistas más imbéciles todavía. Pero no es el aroma del pasado lo que busco. No deseo aprender, ni recordar, sino largar amarras. Dicho en tu jerga psicópata, esos lugares desiertos, mecanismos y objetos rotos son las fórmulas matemáticas que señalan el camino. El mío. Un poco de fósforo fugaz en las meninges del mundo. No pretendo resolver el problema, entenderlo o asumirlo. Sólo es parte del viaje hacia donde voy: un lugar que reconoceré cuando llegue a él. Tu caso es distinto: estás en ese lugar toda tu vida, y naciste sospechándolo. Pero dudo que lo confirmes así. ¿Cuántas veces han calificado los críticos y el público esas fotos de bellas? Recuerda al Che Guevara muerto, bello como un cristo en la foto que le hizo Freddy Alborta. O la belleza de los parias de Salgado, la belleza de los niños mutilados de Gerva Sánchez, la belleza de aquella mujer africana a la que fotografiaste agonizando, la belleza de las fotos que Roman Vishniac hizo en los guetos de Polonia, la belleza de las seis mil fotografías hechas por Nhem Ein a cada preso, niños incluidos, que iba a ser ejecutado por los jemeres rojos. La belleza de toda esa bella gente que sabemos iba a morir. No, querido. ¿Conoces aquel viejo anuncio de la Kodak? Usted aprieta el botón, nosotros hacemos el resto. En un mundo donde el horror se vende como arte, donde el arte nace ya con la pretensión de ser fotografiado, donde convivir con las imágenes del sufrimiento no tiene relación con la conciencia ni la compasión, las fotos de guerra no sirven para nada. El mundo hace el resto: se las apropia apenas suena el obturador de la cámara. Clic, alehop, gracias, ciao. Al menos, la foto es más efectiva que la imagen pasajera de la tele. No fluye indiscriminadamente. Pero ni aun así. Para lo que tú querrías hacer, puede que sólo la pintura tuviera alguna oportunidad; pero lejos del público y sus interpretaciones. Ella posee su propio foco, encuadre y perspectiva, imposibles a través de la lente de una cámara. Aunque dudo que ningún pintor lo haya logrado nunca. ¿Goya? Puede ser. No es lo mismo trasladar de la realidad al lienzo que de la retina al lienzo. ¿Comprendes? Una cosa es reproducir el aspecto de la vida, imitándola o interpretándola: placer, belleza, horror, dolor y cosas así. Es sólo cuestión de buen ojo, de técnica y de talento. Otra cosa sería guiarse con la fatalidad de la retina. Pintar el horror con líneas frías —seguía en la ventana, desnuda bajo la camisa de hombre, observando la sombrilla de humo negro que cubría la ciudad, y de vez en cuando alzaba a medias la cámara como para hacer una foto, pero la bajaba en seguida—. Un paisaje homicida donde engendrar verdugos no fuese ninguna virtud. Pero a ver quién es el guapo que ve eso, y lo pinta.

Faulques apagó el recuerdo con un sorbo de la cerveza que acababa de traerle la camarera. Luego miró hacia levante, donde el espigón ocultaba el mar. Un ruido distante de motores se acercaba desde el otro lado del rompeolas, y al momento una chimenea blanca y roja se movió a lo largo de éste, hacia la farola de entrada al puerto. Un poco después la golondrina de turistas cruzaba la bocana e iba a atracarse al muelle, cerca de la terraza. Tras una maniobra rápida y precisa, un marinero saltó a tierra para hacer firmes las amarras en los norays y tender la pasarela, y una veintena de pasajeros abandonó la embarcación. El pintor de batallas observó con curiosidad, intentando identificar a la mujer de la megafonía mientras los turistas se dispersaban. Al fin quedó un grupo más pequeño, y de él se destacó una mujer aún joven, rubia, alta y fuerte, de rostro agradable, que caminó en dirección a la oficina de turismo. Llevaba un vestido de lino blanco que resaltaba su bronceado, sandalias de cuero y un bolso grande en bandolera. Parecía cansada. Faulques la vio abrir la oficina y entrar. Siguió sentado, mirando a los turistas que se alejaban por el muelle haciéndose las últimas fotos o tomas de vídeo entre las redes de pescadores y junto a los barcos, con el fondo del puerto y el mar abierto más allá de la bocana.

Turistas. Público. Y de nuevo los recuerdos. Nosotros hacemos el resto, decía el anuncio de la Kodak al que había hecho referencia Olvido. La asociación hizo sonreír a Faulques. Durante algún tiempo aún lo había intentado con la fotografía, o casi. Como objeto último habría resultado una fórmula mixta e insatisfactoria; pero se trataba de una preparación, un calentamiento previo, una forma de adiestrarse para el proyecto que iba fraguando en su cabeza. Un modo de afinar los ojos, obligándose a mirar fotografía y pintura de un modo diferente. Después del sesgo que la cuneta de la carretera de Borovo Naselje impuso a su vida —los efectos secundarios los mantuvo a raya con dos años de intenso trabajo que incluyeron Bosnia, Ruanda y Sierra Leona—, Faulques había dejado el fotoperiodismo bélico. La decisión fraguó tras un largo proceso acumulativo: la tierra desgarrada de Portmán, la nube negra sobre Kuwait, Dubrovnik ardiendo en la distancia y el cuerpo de Olvido tiñéndose de luz roja, las noches frías y solitarias, más tarde, en una habitación sin cristales del Holiday Inn de Sarajevo, ante la panorámica de la geometría urbana recortada por las explosiones y los incendios, habían ido encaminando a Faulques, con la inevitabilidad de sus líneas rectas y convergentes, hasta la sala del tribunal donde una mañana de invierno, hacia la mitad de esa guerra, un serbio bosnio llamado Borislav Herak, antiguo miembro de la brigada de exterminio étnico Boica, había relatado con minuciosa frialdad, ejecuciones masivas aparte, sus treinta y dos asesinatos personales —antes se había entrenado degollando cerdos en una carnicería—, incluidos los de dieciséis mujeres, estudiantes y amas de casa, a las que, como sus camaradas a otros cientos de ellas, violó y mató tras sacarlas del hotel-prisión Sanjak, convertido en burdel para las tropas serbias. Y cuando, ante el tribunal y los periodistas, Herak contó, con la mímica oportuna, el asesinato de una joven de veinte años —«le ordené que se desnudara y gritó, pero le pegué otra vez y se quitó la ropa, así que la violé y se la entregué a mis compañeros, y después de violarla todos la llevamos en coche al monte Zuc, donde le disparé un tiro en la cabeza y la echamos entre unos matorrales»—, Faulques, que encuadraba el rostro de Herak en el visor de su cámara —un rostro insignificante, vulgar, que en tiempo de paz se habría considerado propio de un pobre hombre—, bajó ésta despacio, sin apretar el obturador, con la certeza de que ninguna fotografía del mundo, ni siquiera la imagen y el sonido que en ese instante grababan las cámaras de televisión, podría reflejar aquello ni interpretarlo —amoralidad geológica, había dicho Olvido una vez hablando de otra cosa, aunque quizá era de lo mismo; imposible fotografiar el bostezo indolente del Universo—. Y de ese modo llegó el final de treinta años de fotografía de guerra por parte de Faulques. La inercia de aquellas tres décadas todavía lo llevó a otros escenarios bélicos durante cierto tiempo; pero entonces ya había perdido los restos de fe en lo que el objetivo mostraba, la antigua esperanza que animaba sus dedos sobre el obturador y los anillos de foco y diafragma. Después —Olvido nunca llegó a saber cuánto había tenido que ver ella con todo— Faulques pasó mucho tiempo recorriendo museos para una colección sobre cuadros de batallas con público incluido; una extraña serie cuya intención él mismo iría descubriendo poco a poco. Tras un trabajo exhaustivo de investigación y documentación, provisto de los permisos adecuados y de una Leica sin flash ni trípode, objetivo de 35 milímetros y película en color idónea para tirar con luz natural y a bajas velocidades, el antiguo fotógrafo de guerra se situaba durante varios días frente a cada uno de los sesenta y dos cuadros de batallas que había seleccionado de una amplia lista que comprendía diecinueve museos de Europa y América, y fotografiaba el cuadro y a la gente que se encontraba ante él, los visitantes aislados o en grupo, los estudiantes y los guías artísticos, los momentos en que la sala estaba vacía, o cuando era tan numeroso el público que el cuadro apenas podía verse. Trabajó así durante cuatro años, seleccionando, descartando, hasta que reunió una serie última de veintitrés fotografías, que incluía desde los ojos enloquecidos del hombre que apuñalaba a un mameluco en *El 2 de mayo de 1808 en Madrid*, apenas entrevistos entre las cabezas de la gente que abarrotaba la sala goyesca del museo del Prado, hasta el *Mad Meg* de Brueghel en penumbra, con el guerrero saqueador y su espada a un lado, y al otro el perfil de un escolar contemplándolo en una saia casi vacía del museo Mayer van den Bergh de Amberes. El resultado final de todo aquello fue el álbum *Morituri*: su último trabajo publicado. El camino más corto entre dos puntos: del hombre al horror. Un mundo donde la única sonrisa lógica era la de las calaveras pintadas por los viejos maestros en los lienzos y en las tablas. Y cuando las veintitrés fotografías estuvieron listas, comprendió que él también lo estaba. Entonces dejó las cámaras para siempre, puso al día cuanto de pintura había aprendido en su juventud, y buscó el lugar apropiado.

La mujer del barco de turistas salió de la oficina y se dirigió hacia las terrazas, camino del aparcamiento. Faulques observó que se detenía a hablar con el vigilante del puerto y que saludaba a los camareros. Parecía locuaz, tenía bonita sonrisa. El pelo, muy rubio y largo, estaba recogido en una cola de caballo. Atractiva a pesar de su corpulencia y algún kilo de más. Cuando pasó frente a la mesa donde estaba sentado, el pintor de batallas la miró a los ojos. Azules. Risueños.

—Buenos días —dijo.

La mujer lo estudió, sorprendida al principio, curiosa luego. Unos treinta años, calculó Faulques. Respondió buenos días, hizo ademán de seguir adelante, pero se detuvo, indecisa.

—¿Nos conocemos? —preguntó.

—Yo a usted sí —Faulques se había puesto en pie—. Al menos conozco su voz. La oigo cada día a la una en punto.

Lo miró con atención, confusa. Era casi tan alta como él. Faulques señaló la golondrina y la costa en dirección a la cala del Arráez. Tras un instante, ella ensanchó la sonrisa.

—Claro —dijo—. El pintor de la torre.

—*El conocido pintor que decora su interior con un gran mural*... Quería agradecerle, sobre todo, las palabras *conocido* y *decora*. En cualquier caso, tiene usted una voz agradable.

La mujer se echó a reír. Olía ligeramente a sudor, advirtió Faulques. Un sudor limpio, de mar y sol. Parte de su trabajo, supuso, bregando con turistas desde las diez de la mañana.

—Espero no haberle causado problemas —dijo ella—. Lamentaría que hayan ido a molestarlo... Pero no tenemos muchas celebridades locales de las que presumir ante los visitantes.

—No se preocupe. El camino es largo, incómodo y cuesta arriba. Apenas sube nadie allí.

La invitó a sentarse, y ella lo hizo. Pidió una cocacola al camarero, encendió un cigarrillo, le contó a Faulques algunos pormenores de su trabajo. Era de una ciudad del interior y atendía la oficina de Puerto Umbría durante la temporada turística. En invierno trabajaba como intérprete y traductora para consulados, embajadas, juzgados y oficinas de inmigración. Estaba divorciada, tenía una niña de cinco años. Y se llamaba Carmen Elsken.

—¿Origen alemán?

—Holandés. Vivo en España desde niña.

Charlaron durante quince o veinte minutos. Una conversación intrascendente, cortés, sin demasiado interés para Faulques, salvo el hecho de que a aquella mujer pertenecía la voz que durante mucho tiempo había estado oyendo cada mañana. Así que la dejó hablar, manteniéndose en un relativo silencio del que sólo salía para las preguntas adecuadas. De cualquier modo, era inevitable que la charla acabara recayendo en él y en su trabajo de la torre. Se dice en el pueblo que es original, comentó Carmen Elsken. Muy interesante. Una pintura enorme que cubre toda la pared interior, en la que lleva trabajando casi un año. Es una lástima que no pueda visitarse, pero comprendo que prefiera que lo dejen tranquilo. Aun así —añadió observándolo con renovada curiosidad— me gustaría ver esa pintura algún día.

Faulques dudó un instante. Por qué no, se dijo. Ella era agradable. Su compatriota Rembrandt no habría vacilado en pintarla como una burguesa de carne cálida y escote propicio. El pelo recogido estaba tenso y liso en su frente y sus sienes, en bonito contraste con la piel. El pintor de batallas casi había olvidado lo que se sentía con una mujer cerca. La imagen de Ivo Markovic pasó fugazmente por su imaginación. No queda mucho tiempo, había dicho el croata. Debería usted bajar al pueblo. Una pausa para reflexionar. Tregua antes de la conversación final. El pintor de batallas estudió los ojos azules que tenía ante sí. Estaba acostumbrado a observar, y advirtió en ellos un destello de interés. Puso la mano derecha sobre la mesa y comprobó que ella la miraba, siguiendo el movimiento.

—Tengo cosas que hacer a partir de mañana, pero esta tarde quizá sea posible… Si quiere subir allá arriba, verá la torre. Pero un coche sólo puede llegar hasta medio camino. El resto tendrá que hacerlo a pie.

Carmen Elsken tardó cuatro segundos en responder. Sí, subiría con mucho gusto. ¿A partir de las cinco estaba bien? A esa hora cerraba la oficina de turismo.

—Las cinco es una hora perfecta —respondió Faulques.

La mujer se levantó y él también lo hizo, estrechando la mano que le tendía. Un apretón cálido y franco. Observó que el destello de interés seguía presente en los ojos azules.

—A las cinco —repitió ella.

La estudió mientras se alejaba, el pelo rubio, la falda blanca del vestido balanceándose sobre las caderas anchas y las piernas bronceadas. Luego volvió a sentarse, pidió otra cerveza y miró en torno con suspicacia, temiendo ver a Ivo Markovic apostado por allí cerca y con una sonrisa de oreja a oreja.

Siguió observando el mar y la lejana línea de la costa hacia Cabo Malo, mientras Carmen Elsken se difuminaba despacio en sus pensamientos. El sol empezaba a declinar, y la luz intensa daba a los objetos una claridad precisa, de especial belleza, como veladuras que en vez de espesar aclarasen los tonos de color en una inmensa transparencia. Belleza, se dijo volviendo a sus recuerdos, era una de las palabras posibles; pero sólo una de ellas. También había reflexionado sobre eso un par de veces junto a Olvido, en otro tiempo. Paisajes bellos no siempre significaban luz y vida, ni futuro más allá de las cinco de la tarde o de cualquier otra hora que los seres humanos estableciesen con inexplicable optimismo —Faulques pensó de nuevo en Ivo Markovic y curvó los labios en una mueca breve y cruel—. Olvido y él habían hablado de eso ante unas acuarelas de Turner, en la Tate Gallery de Londres: Venecia al alba hacia San Pietro di Castello o desde el hotel Europa podía ser un idílico paisaje visto con los ojos de un pintor inglés de mediados del XIX, pero también la frontera difusa —la acuarela y sus ambiguos matices eran perfectos para eso— entre la belleza de un amanecer y la representación plástica que la variada paleta del Universo, el fascinante espectro cromático del horror, ponía a disposición de cualquier observador situado en el punto propicio. Trazos de nubes podían extenderse sobre el mar, en el horizonte oriental de la mañana, como el anuncio de un nuevo día perfecto de luz y formas; pero también como el humo que, llevado por la brisa de tierra, arrastraba el olor a muerte de una ciudad devastada —*smell of war*, solía decir Olvido tocándose la ropa con una sonrisa horrorizada: este olor morirá conmigo—. Del mismo modo, la llamarada roja, naranja y amarilla recortando el campanile de San Marcos sobre el primer estallido del día resultaba, para una retina previamente impresionada con otras y semejantes llamaradas, más próxima al resplandor fugaz de un cañonazo que a la lenta, deliciosa afirmación —no siempre exacta, en la experiencia del ahora pintor de batallas— de que a la noche suceden el día y la belleza. Había noches sin alba, sombras últimas que eran el final de todo, y días pintados con paleta de sombras.

Faulques bebió otro sorbo de cerveza, observando la delgada línea gris que se adentraba en el mar, a lo lejos. Aquellas acuarelas venecianas también se relacionaban en su memoria con circunstancias distintas. Entre otras, con la luz fría y difusa de un amanecer de otoño en las afueras de Dubica, antigua Yugoslavia, esperando el momento de acompañar a un grupo de soldados en el cruce del río Sava. Olvido y él habían pasado la noche tiritando de frío en la nave de una fábrica abandonada, entre ciento noventa y cuatro croatas que iban a combatir cuando amaneciera. Al principio Olvido fue acogida con las deferencias masculinas usuales —en aquel tiempo todavía lo eran— hacia una mujer que se encontraba en la guerra por voluntad propia. A la luz de sus linternas, los soldados la observaron con curiosidad. Qué hace aquí, podía leerse en sus sonrisas asombradas, en sus comentarios en voz baja. Le habían buscado un sitio razonablemente cómodo donde instalarse, y unos jóvenes le dieron, de sus provisiones, una lata de piña en almíbar. Luego, según pasaba el tiempo, los soldados fueron retornando a su aislamiento personal, al silencio ensimismado de quien está cerca de un encuentro crucial con la suerte y el destino. Unos treinta de ellos eran casi niños: tenían de quince a diecisiete años y se agrupaban en torno a un maestro de su colegio con el que habían sido alistados en bloque. El maestro era un joven de veintiocho años promovido a oficial, que pese a los cascos de acero, las armas y las cinchas militares atiborradas de munición y granadas, se movía entre ellos con los gestos del profesor que hasta sólo semanas antes había sido, y a quien los padres de aquellos chicos rogaron que los cuidara como en la escuela. Iba de unos a otros hablando en voz baja y tranquila, comprobando sus equipos, dándoles cigarrillos y sorbos de una botella de *rakia* a los mayores o pintándoles con rotulador el grupo sanguíneo, a quienes lo sabían, en la camisa, los cascos o el dorso de las manos. Faulques y Olvido pasaron la noche tumbados muy juntos para darse calor, sin despegar los labios pese a que el frío impedía dormir, sintiendo sobre los párpados cerrados el haz de alguna linterna alumbrándolos un instante. La primera claridad del alba llegó al fin por los agujeros del techo y las ventanas de cristales rotos de la nave; y en aquella penumbra fantasmal los soldados empezaron a ponerse en pie y a salir al exterior, bajo la luz sucia que recortaba siluetas como en las acuarelas venecianas, docenas de hombres y muchachos mirando alrededor como perros que olfatearan el aire antes de dirigirse hacia una línea horizontal de niebla, un gris algo más claro que parecía flotar a ras del suelo: la humedad que subía del río cercano y difuminaba, en la indecisión del amanecer, una mancha más oscura, sombría, irregular; un conjunto de rectas, de superficies quebradas en ángulos extraños: el destruido puente sobre el Sava que los soldados debían cruzar, aprovechando sus ruinas, antes de remontar una larga cuesta entre dos lomas y atacar Dubica, invisible al otro lado. Frotándose los miembros entumecidos por el frío, Faulques y Olvido se dirigieron al río con los otros, las cámaras dentro de las bolsas pues no había luz suficiente para hacer fotos. Parece una de aquellas cosas de Turner, dijo ella entonces. ¿Recuerdas? Sombras en la luz del alba. Pero al maldito inglés se le olvidó pintar el frío. Luego se había cerrado el cuello del chaquetón, y tras colgarse la bolsa de las cámaras fotográficas a la espalda, le sonrió a Faulques. Nunca habrá, dijo de pronto en mitad de la extraña sonrisa —y lo dijo con melancolía—, otra guerra como ésta. Lo besó en la mejilla, repitió la palabra nunca en voz más baja, y echó a andar tras los soldados mientras, entre todas aquellas siluetas que parecían suspendidas sobre el manto de niebla que cubría la orilla, empezaban a sonar, primero uno aislado, luego dos o tres, y al fin multiplicándose alrededor, los cerrojazos de las armas al amartillarse. Había una insinuación de tonos naranjas y dorados en el cielo, hacia el este, cuando se metieron hasta la cintura en el agua, cruzando sobre los escombros del puente gracias a cuerdas tendidas durante la noche. Y al otro lado, cuando empezaban a remontar la cuesta entre las dos lomas, mojados de cintura para abajo y los pies chapoteando dentro de las botas, la luz grisazulada empezaba a ser suficiente para que Faulques, con el diafragma de una cámara abierto al máximo —1.4 de exposición y 1/60 de velocidad en el obturador—, fotografiase a los soldados que se dividían en grupos y subían detrás de sus oficiales hacia la loma de la derecha o la de la izquierda: expresiones obstinadas, vacías, valerosas, tensas, impasibles, suspicaces, desencajadas, cautas, aterrorizadas, inquietas, serenas, indiferentes. Toda, en suma, la variedad posible entre hombres enfrentados a idéntica prueba, en aquella luz que un pintor de acuarelas habría calificado de extraordinariamente bella, y que envolvía como un sudario anticipado, en tonos sutiles y delicadísimos, a los que estaban a punto de morir. Faulques miró a Olvido y la vio caminar cuatro o cinco metros a su izquierda, entre los soldados, con los tejanos mojados pegados a las piernas, el tres cuartos negro de corte militar abrochado hasta el cuello, las trenzas rematadas con cintas elásticas en los extremos, las cámaras todavía dentro de la bolsa que cargaba a la espalda, como si hacer fotografías fuera la última cosa que le pasara por la cabeza, el pretexto que no necesitaba en aquel amanecer de belleza equívoca y terrible. Y cuando arriba y al otro lado de las lomas empezó el retumbar de disparos y estampidos, y los soldados que caminaban alrededor apretaron los dientes y las armas que sostenían, agachándose cada vez más a medida que se aproximaban a la cima, ella empezó a mirar en torno, a observar los rostros cercanos con una curiosidad intensa, despiadada; cual si buscara respuestas silenciosas a preguntas que sólo podían resolverse en un alba incierta como aquélla, entre las aguadas de una acuarela cósmica en la que cada silueta, incluida la propia, era miserable trazo. Entonces las granadas de mortero empezaron a estallar justo detrás de la cima de la colina, y un oficial —último reflejo del macho que protege a la hembra antes de volver la espalda y cruzar su propia línea de sombra— se volvió hacia Olvido y le dijo stop, stop, indicándole con gestos enérgicos que permaneciera donde se encontraba. Ella obedeció sin protestar, arrodillándose con las cámaras dentro de la bolsa, la mirada fija en los soldados que seguían adelante, en el maestro de escuela que se alejaba cuesta arriba con sus chicos que agachaban la cabeza y tenían los rostros blancos y desencajados en aquella luz ambigua de la mañana; y se quedó allí, de rodillas, mientras Faulques, que también se había detenido, iba cambiando la velocidad de obturación y el diafragma a medida que la luz se asentaba sobre las lomas, a las que el humo de las explosiones rodeaba ahora con un halo polvoriento y dorado, y empezaba a fotografiar también a los primeros hombres que regresaban de la cima o eran bajados por sus camaradas dejando en el suelo prolongados rastros rojos, cojeando, sujetándose apósitos y vendajes sobre las heridas, salpicados de barro y de sangre, alcanzados por esquirlas, ciegos horrorizados que se llevaban las manos a la cara tropezando cuesta abajo. Y aún seguía Olvido así, arrodillada, cuando Faulques se incorporó y corrió un poco ladera arriba, se agachó y volvió a correr otro trecho, a fin de acercarse y tomar foco en el perfil del maestro de escuela al que dos chicos traían sosteniéndolo por las axilas, los pies dejando dos surcos en la hierba húmeda y media mandíbula arrancada por un fragmento de metralla. Y detrás de ellos bajaban más chicos llorando, gritando o en silencio, heridos o ilesos, que venían solos, sin armas, o traían a otros cubiertos de sangre, más trazos escarlata que se entrecruzaban en aquella acuarela que algún paisajista minucioso componía con esmero desde su olímpico caballete. Y cuando, mientras rebobinaba la tercera película fotográfica, Faulques miró de nuevo hacia Olvido, vio que ésta había sacado al fin su cámara y, vuelta de espaldas a esa escena, fotografiaba el puente desierto y destruido en el lecho del río color de plomo: el camino inseguro que habían dejado atrás entre ambas orillas, como si fuera allí, y no en los hombres destrozados que se retiraban de las lomas, donde estuviera la imagen clave, la explicación de lo que había ido a buscar. Así supo Faulques que ella estaba cerca de conseguirlo, y que no se iba a quedar a su lado mucho tiempo más, porque también el tiempo tenía sus viejas reglas. *Aritmós kinesios*. Aritmética del movimiento según el antes y el después. Especialmente el después. Y un fotógrafo —a ella le gustaba repetir esa frase, que había oído en boca de Faulques— nunca pertenece al grupo al que parece pertenecer. Hasta entonces, pese a todo, él había tenido la absurda esperanza de que el tiempo la hiciera más suya: unos ojos soñolientos vistos cada mañana, un cuerpo marchitándose cerca, entre sus manos, día a día. Una vejez serena, recordando. Pero esa mañana, cuando la vio volver la cara salpicada de barro hacia el puente y alzar despacio la cámara, buscando la imagen del camino azaroso que habían dejado atrás —la fotografía del antes de aquella aritmética del movimiento que los llevaba a la orilla donde los hombres morían—, Faulques miró a su vez hacia el después y sólo vio su propio pasado. De ese modo supo que no envejecerían juntos, y que ella viajaría hasta otros lugares y otros brazos. El hombre, recordaba haberle oído decir más de una vez, cree ser el amante de una mujer, cuando en realidad sólo es su testigo. *Aritmós kinesios*. Entonces Faulques tuvo miedo de regresar a la soledad que acechaba en las palabras antes y después, pero tuvo más miedo de que Olvido sobreviviera a esa última guerra.

16

No vio a Ivo Markovic en el pueblo, ni tampoco en el camino de vuelta a la torre. Dejó la moto junto al cobertizo y observó los alrededores, suspicaz: el bosquecillo de pinos, el borde del acantilado, las rocas sueltas en la pendiente que bajaba hasta la caleta y la playa de guijarros. Ni rastro del croata. El sol, ya en declive con las primeras horas de la tarde, proyectaba en el suelo la sombra inmóvil del pintor de batallas, que no se decidía a entrar en la torre. Algo en su viejo instinto profesional, adiestrado en moverse por territorio hostil, le decía que cuidase dónde ponía los pies. Miró otra vez en torno, atento a indicios de peligro. Estaba cerca —el mismo Markovic se lo había advertido el día anterior— de la línea oscura.

Dentro de la torre olía a tabaco. A colillas apagadas. Era extraño, pues las ventanas estaban abiertas y Faulques había vaciado, antes de salir, el tarro de mostaza que su visitante usaba como cenicero. De eso estaba seguro, decidió perplejo, mirando los restos de tres cigarrillos dentro. Acercó la nariz y frunció el ceño. Colillas recientes. La señal de alarma se intensificó en su cerebro. Fue moviéndose con cautela, despacio, como si Markovic pudiera estar allí escondido. No era razonable, pensó mientras ascendía alerta por la escalera de caracol. No era su estilo. Sin embargo, hasta que llegó arriba y pudo comprobar que estaba solo en la torre, el pintor de batallas no se quedó tranquilo. Sentado sobre el catre buscó más huellas del croata. Había estado allí, sin duda, mientras él se hallaba en el pueblo. Un pensamiento repentino le hizo incorporarse y abrir el baúl en cuyo fondo guardaba la escopeta de caza. No estaba allí, ni tampoco las cajas de cartuchos. Además de husmear a sus anchas, Markovic había tomado precauciones. Y ni siquiera se molestaba en disimularlas.

El dolor llegó todavía leve, sin traiciones esta vez. Se afirmó poco a poco, leal hasta cierto punto, avisándolo con tiempo del pinchazo que vendría después. Y junto al dolor, o su preludio, vino también la dosis adecuada de indiferencia. Al diablo, concluyó mientras bajaba por la escalera. Todo tenía su lado bueno y su lado malo: una calle, una trinchera, un dolor. Aquél, en concreto, lo condenaba a ciertas cosas y lo ponía al resguardo de otras. Markovic se convertía así en sólo un elemento más del paisaje. Cuestión de prioridades. De tiempos y de plazos. Y cuando el verdadero dolor, el intenso, llegó al fin con un espasmo que le envaró la cintura, el pintor de batallas había sacado ya dos comprimidos de la caja, tragándoselos con un vaso de agua. Sólo restaba esperar. De modo que se puso en cuclillas, la espalda contra la pared —el perro que mordisqueaba un cadáver, dibujado a carboncillo y sin pintar todavía, quedaba justo detrás de su cabeza—, apretó los dientes y aguardó, paciente, mientras las punzadas alcanzaban su clímax y luego se espaciaban y debilitaban hasta desaparecer. Y entre tanto, con la mirada absorta en la parte del mural que tenía enfrente —Héctor despidiéndose de Andrómaca antes del combate, pintados junto al lado izquierdo de la puerta—, recordó algo que había oído decir a Olvido, en Roma: *Taci e riposa: qui si spegne il canto*.

Movió con lentitud la cabeza mientras repetía aquello en voz baja, entre los dientes apretados, sin apartar los ojos del mural. Calla y reposa: aquí se acaba el canto. Era el primer verso de un poema de Alberto de Chirico que a Olvido le gustaba mucho. Ella lo había mencionado por primera vez en el lugar idóneo, pues Alberto era hermano de Giorgio de Chirico, y en ese momento Olvido y Faulques visitaban la casa del pintor, en Roma. Paseaban por la plaza de España, a pocos pasos de la escalera de la Trinità dei Monti; y ante el número 31 —un antiguo palacio convertido en viviendas particulares— ella se detuvo, miró las ventanas del cuarto y quinto piso y dijo: aquí me traía mi padre de pequeña, a visitar al viejo don Giorgio y a Isabella. Subamos. La casa, tutelada por una fundación, aún no se había convertido en museo; pero el portero se mostró accesible a la sonrisa de Olvido y a una propina, y durante media hora pudieron pasear bajo los altos techos con manchas de humedad, con el parquet crujiendo bajo los pies, el carrito con polvorientas botellas de grappa y chianti, el comedor con naturalezas muertas en las paredes —*stilleben*, murmuró Olvido: vidas silenciosas—, el televisor ante el que Chirico se sentaba durante horas a mirar imágenes sin sonido. Junto a los cuadros del período neoclásico, inquietantes maniquíes sin rostro alargaban sus sombras entre colores melancólicos verdes, ocres y grises, espacios vacíos que poco a poco se habían ido reduciendo como si, con el tiempo, el pintor hubiese empezado a temer el escalofrío del absurdo y de la nada que él mismo evocaba. Y ante un lienzo de 1958 que reproducía el mismo guante rojo pintado cuarenta y cuatro años antes en *El enigma de la fatalidad* —aunque el tiempo era sospechoso en un artista que a veces falsificaba la fecha de sus propias obras—, Olvido, contemplando pensativa la pintura, murmuró en italiano lo de calla y reposa, aquí se apaga el canto. De tu vida. Del antiguo llanto. Luego miró a Faulques con ojos extremadamente tristes, y entre aquella luz romana blanca y fantasmal que iluminaba la casa, contó que antes no era así, que en el salón había también otros muebles y cuadros antiguos; y arriba, en el estudio, una especie de autómata o maniquí enorme, siniestro, como los que el artista pintó en sus primeros tiempos, que de pequeña le daba miedo. Lo dijo moviendo afirmativamente la cabeza, y añadió: en serio, Faulques. Cuando mi padre me traía aquí, después, por la noche, ahí cerca —solíamos alojarnos en el Hassler— no podía dormir. Cada vez que cerraba los ojos veía esos *manichini* como quien descubre una sonrisa cruel en el rostro de un muñeco de madera. Quizá por eso nunca me gustó Pinocho. Tras decir aquello, Olvido se apartó del lienzo y se detuvo mirando alrededor, ensimismada. Hay dos cuadros de Chirico, comentó de pronto. Especiales. Sin duda los conoces, o deberías, porque uno se parece a tus fotos: está lleno de reglas, escuadras e instrumentos: se llama *Melancolía de la partida*. ¿Sabes a cuál me refiero? Claro que lo sabes. El de la Tate Modern de

240

Londres. El otro es *Enigma de la llegada*. Interesantes, ¿verdad? Dijo eso muy seria, alzó una mano para acariciar con afecto el rostro de Faulques y no añadió nada más. Después se internó sola por las habitaciones, y él caminó detrás, observándola, espiando la imagen de una niña que se había movido por aquella casa de la mano de su padre, ante un extraño anciano inmóvil frente a un televisor encendido y sin sonido.

Alejado el dolor, el calmante dejaba, como siempre, un poso de suave lucidez. Faulques se puso en pie, los ojos fijos todavía en Héctor y Andrómaca. Estuvo así unos instantes y luego se acercó a la mesa, preparó pinceles y pinturas y se puso a trabajar en aquella parte del mural. Fue de lo oscuro a lo claro, resaltando la luz natural que procedía de la puerta abierta —el sol entraba ahora por ella, iluminando el interior de la torre desde el intenso rectángulo dorado que reptaba despacio por el suelo— sobre la luz pictórica, rojiza, lejana, del volcán en erupción situado más a la izquierda, al otro lado y sobre el campo de batalla donde los caballeros se acometían con sus lanzas o esperaban el momento de entrar en combate. Entre esas dos luces, al fondo y arriba, enfriados los colores con capas de azul y gris y veladuras blanquecinas que acentuaban el efecto de distancia, despuntaban las torres de cristal y acero de la ciudad moderna, la nueva Troya ante la que, en primer plano, con imágenes de tamaño real, se despedían el hijo de Príamo y su esposa. Y a ti, bañada en lágrimas —el pintor de batallas lo murmuraba entre dientes—, te llevará con él algún aqueo de broncínea loriga. Para la escena, Faulques había estudiado hasta la obsesión, primero directamente en la iglesia de San Francisco de Arezzo y luego en cuantos libros pudo encontrar, las figuras de dos jóvenes situados a un lado de *La muerte de Adán* pintada por Piero della Francesca en la parte superior derecha de la capilla principal. Como los cuadros de Paolo Uccello, aquellos frescos del siglo XV tenían mucho que ver con su trabajo en la torre; en especial *El sueño de Constantino* —las armas de Héctor se inspiraban vagamente en uno de los centinelas—, la *Batalla de Heraclio* y la *Victoria de Constantino sobre Majencio*. Faulques había obtenido de la joven pintada por Piero della Francesca el aspecto de su Andrómaca —un hombro y un seno desnudos, las ropas en geométrico desorden como recién levantada del lecho, el niño en brazos— y sobre todo la mirada triste, perdida más allá del hombro del guerrero. Esa mirada parecía recorrer la extensión circular del campo de batalla hasta el torrente de fugitivos que abandonaba la ciudad en llamas, como si la mujer pudiera reconocerse de antemano en las otras mujeres, botín del vencedor. Y ante ella, temible con fusil y mezcla de armas y arreos antiguos y modernos, casco de acero, angulosa armadura gris entre medieval y futurista —donde las dan las toman: de nuevo Orozco y Diego Rivera saqueados sin piedad—, Héctor alzaba un guantelete metálico hacia el niño que, asustado, se revolvía en brazos de su madre. Y en el suelo, la mezcla de tres sombras imperfectas formaba una sola sombra oscura como un presagio.

Dio Faulques unos pasos atrás con el pincel entre los dientes, observando el resultado. Funcionaba, se dijo satisfecho. Y la luz de aquella hora de la tarde ponía el resto. Lavó el pincel, lo puso a secar, eligió otro más ancho, y mezclando directamente sobre la pared repasó el rostro de Héctor, aplicando blanco y azul sobre siena para intensificar el escorzo en la parte inferior, oscurecida la sombra del casco sobre el cuello y la nuca. Quedaba reforzado así el aire de dureza estoica del guerrero, sus tonos fríos frente a los cálidos armónicamente graduados del cuerpo y el rostro de la mujer, el gesto resignado, rígido casi en caricatura militar, del hombre sometido a las reglas. Pues digo que ningún varón existe, volvió a susurrar el pintor de batallas, que su propio destino haya esquivado. El mismo Faulques lo sabía mejor que nadie. Una de sus tempranas imágenes de guerra estaba, además, relacionada con aquélla: el hijo de Príamo y su esposa trascendían las traducciones escolares de griego clásico; tenían rostros, voz, lágrimas auténticas, y con exacta simetría —eran azares imposibles—, también hablaban la lengua de Homero. La primera vez que Faulques había oído el llanto real de Andrómaca fue a los veintitrés años, en Nicosia. Ese día, inicio de una guerra, bajo un cielo cubierto de paracaidistas turcos que descendían sobre la ciudad mientras la radio llamaba a presentarse en los cuarteles, Faulques fotografió a centenares de hombres despidiéndose de sus mujeres antes de correr a los centros de reclutamiento. Una de aquellas fotos fue portada en medio mundo: con tonos en violento contraste bajo la luz horizontal de la mañana, un griego de rostro crispado, sin afeitar, la camisa mal metida a toda prisa por el pantalón, abrazaba a su mujer e hijos mientras otro de rasgos parecidos, quizá su hermano, le tiraba del brazo urgiéndolo a apresurarse. En segundo término había un coche con las puertas abiertas, una columna de humo a lo lejos y un anciano de grandes mostachos blancos que apuntaba al cielo con un fusil de caza, disparando inútiles escopetazos contra los cazabombarderos turcos.

Carmen Elsken se presentó a las cinco y cuarto. Faulques la oyó llegar. Se lavó las manos, se puso una camisa y salió a su encuentro. Ella estaba admirando el paisaje, asomada a la cortadura sobre la cala para ver desde arriba el lugar por donde pasaba cada día el barco de turistas. Llevaba el pelo suelto, un vestido ibicenco de tirantes largo hasta los tobillos, y las mismas sandalias que por la mañana. Bonito sitio, dijo. Tranquilo y muy bonito. Después sonrió. Creo que lo envidio a usted, añadió. Un poco, al menos. Vivir aquí es tan singular. El pintor de batallas consideró los alcances de la palabra. Sí, respondió al fin. Puede que sea eso. Miró el mar, la miró a ella de nuevo, y comprobó que lo estudiaba con la misma curiosidad que en la terraza del bar. También observó que se había maquillado discretamente los ojos y la boca. Dirigió la vista hacia el bosquecillo de pinos, pensativo, preguntándose dónde estaría Ivo Markovic. Luego condujo a Carmen Elsken al interior de la torre, ante el gran mural, donde, deslumbrada al principio por la claridad exterior, se quedó inmóvil. Sobrecogida.

—No esperaba esto.

Faulques no le preguntó qué esperaba. Se limitó a aguardar, paciente. La mujer cruzaba los brazos desnudos frotándoselos un poco, como si el lugar, o la pintura, le produjeran frío. No entiendo demasiado, dijo tras un momento. Pero me parece extraordinaria. Impresiona, se lo aseguro. Mucho. ¿Tiene nombre?

—No.

El pintor de batallas no hizo más comentarios. Ella siguió en silencio, y al cabo se movió a lo largo de la pared circular, observando cada detalle. Se detuvo un buen rato ante la mujer de muslos ensangrentados y frente a los hombres que se apuñalaban en el suelo. También la ciudad en llamas atrajo su atención, pues la estuvo contemplando largo rato antes de volverse hacia Faulques. Parecía desconcertada.

—¿Usted lo ve así?

—¿A qué se refiere?

—No sé. A lo que sea... A lo que pinta.

—Sólo es un mural. Un viejo edificio decorado con historias.

—No es sólo una escena histórica, me parece. Es antiguo y moderno a la vez. Es...

Se interrumpió, buscando la palabra adecuada. Faulques esperó, mirando el holgado escote de la mujer. Senos abundantes, bronceados. Libres. Los tirantes en los hombros desnudos parecían una sujeción frágil para aquel vestido.

—Terrible —concluyó ella al fin.

Faulques sonrió con suavidad.

—No es terrible —dijo—. Es la vida, nada más. Una parte de ella.

Los iris azules parecían ahora muy atentos. Carmen Elsken le estudiaba los ojos y la boca, buscando allí la explicación de las imágenes pintadas en la pared.

—Ha debido de tener —dijo de pronto— una vida extraña.

Sonrió de nuevo el pintor de batallas, esta vez para sus adentros. Así era, entonces. Los Ivo Markovic y los

Faulques, las retinas impresionadas, no contaban para ese punto de vista. Así era como iban a verlo quienes no habían estado allí. O mejor dicho —rectificó mirando las torres de cemento y cristal a medio pintar en la pared—, los que pensaban, erróneamente, que no estaban allí.

—No más extraña que la suya, o la de cualquiera.

Ella reflexionó sobre aquello, sorprendida, y movió la cabeza. Parecía rechazar una proposición intolerable.

—Yo nunca vi eso.

—Que no lo vea no significa que no esté.

La mujer tenía la boca entreabierta, los ojos aún risueños y un poco desconcertados. El vestido amplio de algodón, observó Faulques, favorecía sus caderas demasiado anchas.

—¿Siempre fue pintor?

—No siempre.

—¿Y qué hacía antes?

—Fotografías.

Carmen Elsken preguntó qué clase de fotografías, y él señaló *The Eye of War*, que seguía sobre la mesa, entre los utensilios de pintura. Ella pasó algunas páginas y alzó la vista, sorprendida.

—¿Son suyas?

—Sí.

La mujer siguió hojeando el libro. Al fin lo cerró despacio y permaneció con la cabeza baja, cavilando. Ahora comprendo, dijo. Luego hizo un gesto abarcando el mural y se quedó mirando a Faulques, inquisitiva.

—Pinto —dijo éste— la foto que no pude hacer.

Ella se había movido hacia la pared. Estaba junto a la mujer que, en primer término de la fila de fugitivos,

246

abría la boca para gritar, desencajado el rostro, bajo la mirada gélida del soldado.

—¿Sabe una cosa?... Hay algo en usted que no me gusta.

Sonrió Faulques, prudente.

—Creo saber a qué se refiere.

—Eso es lo que no me gusta. Que sabe a qué me refiero.

Lo observaba fijamente, sin parpadear, y sus ojos ya no parecían risueños. Al poco rato se volvió otra vez hacia la pintura.

—Hay algo maligno aquí.

Observaba la escena del niño llorando junto a la madre violada. Una Piedad invertida, pensó de pronto Faulques. Nunca había caído en eso antes, ni siquiera cuando lo pintaba. Quizá había sido necesaria la presencia de una mujer —real, de carne y hueso— para que la imagen cobrase todo su sentido. Como aquella vez que, a su lado, un visitante tuvo un ataque al corazón en el museo del Prado, delante del *Descendimiento* de Van der Weyden; y entre el público arremolinado, el médico y los sanitarios que acudieron para llevarse el cadáver, la camilla, el aparato de oxígeno, el cuadro y la sala cobraron de improviso un sentido diferente, como si se tratara de un *happening* de Wolf Vostell.

—Entiéndalo, no es que usted me desagrade —estaba diciendo Carmen Elsken—. Todo lo contrario. Es un hombre interesante. Un hombre guapo, además, si permite que se lo diga... ¿Qué edad tiene?... ¿Cincuenta?

Faulques no respondió. Las imágenes pintadas en la pared absorbían su atención. Simetrías intuidas que de pronto adquirían consistencia. Una retícula precisa sobre la que se situaba cada trazo de pincel, cada momento de su memoria, cada ángulo de la existencia. El niño apuntaba los rasgos del soldado-verdugo que vigilaba a los fugitivos. La madre yacente estaba repetida en la fila hasta el infinito. Maldito sea el fruto de tu vientre. Y Carmen Elsken tenía razón. La maldad como paisaje. Quien lo llamaba Horror con mayúscula —demasiada literatura al respecto— no hacía sino intelectualizar la simpleza de lo obvio.

—¿Por qué se dirigió a mí en el puerto?

Faulques regresó con dificultad. Ante él estaba la mujer. Sus hombros desnudos bajo los delgados tirantes del vestido. Olía peculiar, descubrió de pronto. Un olor próximo, casi olvidado. A hembra fuerte y sana.

—Ya se lo dije: oigo su voz cada día, a la misma hora. Además, es una mujer guapa. Si permite que se lo diga.

Hubo un silencio y ella apartó los ojos. De nuevo miraba el mural, pero esta vez sus pensamientos parecían hallarse en otra parte. Después observó las manos del pintor de batallas con aire indeciso, como esperando alguna palabra o actitud; pero Faulques permaneció callado e inmóvil. La mujer se removió un poco. Parecía incómoda.

—Le agradezco que me haya mostrado su trabajo.

—Soy yo quien agradece la visita.

—¿Puedo volver alguna vez?

—Claro.

Carmen Elsken anduvo hacia la puerta, se detuvo en el umbral y miró alrededor. Es todo tan extraño, dijo. Como usted mismo. Entonces se encaró de nuevo con él, recortada en la claridad de afuera, los ojos color azul prusia rebajado con blanco clavados en los suyos. Y Faulques supo que si daba un paso adelante, alzaba una mano y deslizaba aquellos tirantes de los hombros bronceados, el vestido caería a sus pies, sin resistencia, y la luz exterior doraría el cuerpo desnudo. Sintió un estremecimiento leve. Fugaz. Hay un tiempo para cada cosa, se dijo. Y aquél no lo era. No podía serlo. Apartó la vista, miró el suelo y encogió un poco los hombros. Realmente, pensó con íntimo asombro, no costaba ningún esfuerzo dejar las cosas como estaban. Ya no. De modo que pasó junto a la mujer —intuyó su desconcierto al rozarla—, salió de la torre y aguardó a que se reuniese con él. Ella vino despacio, estudiándolo pensativa, y al llegar a su lado sonrió, la boca entreabierta a punto de pronunciar palabras que no llegaron a salir de sus labios. Entonces Faulques la acompañó hasta el arranque del sendero, estrechó la mano que le tendía y se quedó viéndola alejarse. Antes de desaparecer cuesta abajo, entre los pinos, Carmen Elsken se volvió dos veces a mirar atrás.

Cuando Faulques regresó a la torre, el sol estaba más bajo en su lento descenso sobre Cabo Malo, y la luz que entraba por la puerta daba tonos amarillentos a la imprimación blanca de la pared opuesta, donde, dibujadas a carboncillo bajo la ventana de levante, figuras de aire entre bruegheliano y goyesco —la frontera de la atrocidad vista con ojos modernos— se escalonaban al pie del volcán en llamas: el hombre que remataba al herido a golpes de arcabuz, el que despojaba a los muertos, el perro que devoraba cadáveres, las ejecuciones, la rueda del tormento, el árbol con cuerpos colgados como racimos.

La maldad fuera del control de la razón y como instinto natural del hombre. El pintor de batallas se quedó parado ante la escena, observándola. Maligno, había dicho Carmen Elsken con extraordinaria lucidez, o intuición. La palabra era exactamente ésa, y ahora culebreaba por cada circunvolución de la memoria de Faulques cuando cogió los pinceles y se puso a trabajar en aquella zona del mural, espiando de reojo el Mal encarnado en la mirada del soldado, en la del niño sentado en el suelo junto a la madre. Aquel rostro infantil e inquietante no era fruto de su imaginación. Tenía una localización exacta en el espacio y el tiempo, además de constancia gráfica: página cuarenta y dos del álbum que estaba sobre la mesa. Era una de las fotografías más simples y más terribles de Faulques. Un niño sonriendo, un estadio de fútbol vacío. Pero nunca hubo desastre de la guerra tan siniestro como ése.

Había ocurrido en la confusa línea de demarcación serbocroata, poco antes de Vukovar. El pueblo se llamaba Dragovac: una iglesia ortodoxa, otra católica, un ayuntamiento, un polideportivo. Un lugar campesino, tranquilo. El conflicto de los Balcanes había pasado por allí sin ruido aparente; la única huella visible era un solar arrasado donde antes se levantaba la iglesia católica. Por lo demás no había ninguna casa incendiada, en ruinas o con huellas de combates ni disparos. Los habitantes se dedicaban a sus tareas y apenas se veían soldados. Todo habría sido casi bucólico de no mediar un detalle: los croatas de Dragovac, un centenar de personas, habían desaparecido de la noche a la mañana. Allí sólo quedaban serbios. Corrían rumores de otra matanza; así que

Faulques y Olvido se proveyeron de salvoconductos del ejército yugoslavo y viajaron por la carretera que corría a lo largo del Vrbas. Llegaron a Dragovac por la mañana, cuando casi todos los vecinos estaban trabajando en el campo. Estacionaron el coche frente al ayuntamiento y pasearon sin que nadie los molestara. No hubo hostilidad, ni cooperación; a cada pregunta la gente respondía con evasivas o silencios. Nadie sabía nada de croatas, nadie había visto croatas. Nadie los recordaba. El único incidente ocurrió en la explanada donde estuvo la iglesia católica, cuando dos milicianos con el águila serbia en las gorras les pidieron la documentación. No foto, fue el comentario. *Verboten*. Prohibido. Al principio Faulques se inquietó, pues pronunciaron *verbluten*; y aquello significaba morir desangrado —más tarde consideró que no era mucha la diferencia, y que tal vez eso mismo habían querido decir—. Una oportuna sonrisa de Olvido, unos cigarrillos y algo de charla distendieron el ambiente. Los milicianos tampoco sabían nada de croatas. Punto final, concluyó Faulques. Vámonos. Volvieron al automóvil, y estaban a punto de salir del pueblo cuando pasaron ante el polideportivo. No se veía un alma. De pronto él tuvo una sensación extraña y detuvo el coche. Se quedaron sentados, Faulques con las manos en el volante, Olvido con la bolsa de las cámaras en el regazo, mirándose. Luego, sin pronunciar palabra, bajaron del coche y caminaron. No había nadie, excepto un niño que los observaba de lejos, junto a un árbol seco. Flotaba algo siniestro en el ambiente, en la ausencia de sonidos del edificio de cemento gris, tan sombrío y desierto que ni siquiera los pájaros volaban por encima. Y cuando pasaron

bajo el arco de entrada y salieron al campo de fútbol desprovisto de césped, con la tierra removida y aquel curioso olor, Olvido se detuvo, estremeciéndose. Están aquí,
dijo en voz baja. Todos. Fue entonces cuando se les unió
el niño. Los había seguido, y ahora fue a sentarse cerca,
en una grada del estadio. Debía de tener ocho o diez
años y era flaco, rubio, de ojos muy claros. Un niño serbio. Llevaba una tosca pistola de madera metida en la
cintura del pantalón corto. Y entonces, sin que ninguno
de los dos hubiese pronunciado una palabra, el niño sonrió. ¿Buscáis croatas?, preguntó en inglés escolar. Después, sin aguardar respuesta, acentuó la sonrisa. En este
pueblo no encontraréis ninguno, dijo burlón. *Nema
nichta*. Aquí no hay croatas ni los hubo nunca. Entonces
Olvido se estremeció otra vez, como si por aquel lugar
corriese un soplo de aire frío. Lo sabe igual que tú y que
yo, murmuró. Pero Faulques negó con la cabeza. Lo sabe mejor que nosotros, dijo. Y le gusta. Luego alzó la cámara para enfocar el rostro del niño: los ojos helados como escarcha, y aquella sonrisa despiadada y maligna.

17

—Espero que eso no lo incomode mucho —dijo Ivo Markovic.

Estaba sentado en los peldaños de la escalera, las manos cruzadas sobre el regazo, envuelto en la luz rojiza que entraba por la ventana de poniente. Su gesto era apacible y cortés, como de costumbre. Casi solícito.

—Pensé que, entre usted y yo, la escopeta estaba de más. Desequilibraba demasiado la situación... No sé si me entiende.

Faulques encogió los hombros, sin responder. En realidad, y para su íntimo asombro, lo que acababa de contarle Markovic no le importaba gran cosa. Terminó de limpiar los pinceles, chupó la punta y los puso a secar. Después comprobó que todos los frascos de pintura estuvieran cerrados y miró al croata.

—Creí que jugaría limpio —dijo.

—Sí, hasta donde sea posible —Markovic parpadeó tras los cristales de sus gafas, como si lo que acababa de oír lo embarazase—. Sólo quiero asegurarme de que será limpio por ambas partes.

—No me imagino estrangulándolo con las manos desnudas. Estoy viejo para eso.

—Usted dramatiza, señor Faulques.

El pintor de batallas no pudo evitar una mueca. O tal vez era un apunte de sonrisa. Movió la cabeza, dio unos pasos terminando de ordenar los utensilios de pintura y se detuvo de nuevo ante Markovic. El croata se había presentado hacía un cuarto de hora, recién afeitado y con una camisa blanca bien planchada. Llamó a la puerta, pidió permiso para entrar en la torre, y una vez dentro dirigió una prolongada mirada al mural y otra no menos larga a Faulques. Ha pintado más desde la última vez, dijo. Las figuras junto a la puerta, los ahorcados y lo demás. Realmente ha trabajado mucho. Y fíjese. Esta curiosa pareja —señalaba a Héctor y Andrómaca— me recuerda a mí despidiéndome de mi mujer. Tiene gracia, ¿no? Paradojas de la vida. Lloraba porque temía que me mataran, y fue ella la que murió. Con el niño. Y aquí estoy. Markovic repitió pensativo lo de aquí estoy, y se quedó mirando las tres colillas que Faulques acababa de poner sobre la mesa. Estuvo así un momento, absorto, y luego se tocó la nariz. Es cierto, dijo. Me tomé la libertad de venir esta mañana, mientras usted bajaba al pueblo. Tenía ganas de echar un vistazo. Pasé un rato admirando su trabajo. Hay cosas que necesitaba pensar, solo, ante esta pintura. Y deje que le diga: no sé si es buena, pero hace reflexionar. Dice mucho sobre usted. Y sobre mí. Luego fui indiscreto y miré sus cosas. Arriba encontré la escopeta y los cartuchos. Lo tiré todo por el acantilado, antes de irme.

Faulques había terminado de ordenar sus cosas. Estaba ante Markovic, que seguía sentado en la escalera. Con movimientos tranquilos, deliberados, sacó un

cuchillo del cajón de la mesa y lo puso entre los utensilios de pintura: un cuchillo de buceo recio, amenazador,
de hoja un poco oxidada. El croata lo seguía todo con la
vista.

—Lo malo de los recuerdos —dijo éste al fin— es
que pueden convertirlo a uno en profeta. ¿No cree?...
Incluso de sí mismo.

Apuntó eso en tono enigmático. Parecía a la espera
de un asentimiento, un gesto de complicidad. Al cabo sacó un paquete de cigarrillos y se puso uno en la boca.

—¿Alguna vez imaginó un topo loco, señor Faulques?

Inclinó la cabeza para encender el cigarrillo y se
quedó contemplando el encendedor, dándole vueltas entre los dedos. Al fin lo guardó en un bolsillo.

—Cuando salí del campo de concentración y supe
lo de mi mujer y mi hijo me sentí así. Como un topo en-
terrado y loco que excavara en cualquier dirección, sin
objetivo. Hasta que pensé en usted. Eso me devolvió la
cordura. La luz.

Contemplaba amistosamente a Faulques. Reconocido. Éste movió la cabeza.

—Su cordura es discutible.

—No diga eso. Estoy tan cuerdo que me asombro
de mí mismo. Gracias a lo que hizo con mi vida, pude
darme cuenta del papel que representamos todos en este
cuadro. En realidad le estoy agradecido, y mucho.

Dio varias chupadas al cigarrillo, pensativo, y luego
se incorporó, aproximándose al mural. También, dijo, he
aprendido otras cosas. Por ejemplo, que cuando algo está
hecho ya no se puede cambiar, ni remediar. Sólo queda

pagar el precio. La penitencia. Tengo la esperanza de que también usted haya aprendido eso.

—Y dígame… ¿Por qué pintó a esta mujer con la cabeza rapada? ¿No basta la violación? ¿Esa sangre en los muslos y el niño que mira?

Parecía preocupado por aquello. Inquieto de veras. Faulques se acercó despacio. Estaban el uno junto al otro, mirando la pintura. Deformación profesional, dijo el pintor de batallas. Supongo. Reflejos de fotógrafo. Mujeres rapadas al cero, mujeres violadas.

—¿Conoce aquellas viejas fotos de la liberación de Francia?… En una fotografía, la violación casi nunca se aprecia. Hay que explicarla, y entonces la imagen no funciona. Pintarlo es algo parecido. Una mujer rapada resulta más dramática. Permite imaginar mejor.

Markovic reflexionó y se mostró de acuerdo. Tiene razón, dijo. Dramática. El humo le hacía entornar los ojos, inclinado como estaba para estudiar de cerca la imagen pintada en la pared.

—Hay algo inquietante en esa mujer —comentó—. Tal vez su… No sé cómo decirlo. ¿Animalidad?… Parece poco humana, si me permite la palabra. Esos muslos desnudos, el vientre. Hay más de animal que de humano en ella —miró a su interlocutor con renovado respeto—. No es casual, ¿verdad?… No es incompetencia por su parte.

Faulques hizo un gesto vago.

—No soy un pintor competente. Pero quizá sea cierto lo que dice. La violencia, cualquier violencia, convierte en cosa, en un trozo de carne animal, a quien está sometido a ella… Creo que estará de acuerdo.

—Lo estoy. Por experiencia.

Markovic se movió a lo largo de la pared circular, que la luz poniente iba oscureciendo en unos sitios y enrojeciendo en otros. Se detuvo en el hombre que remataba a un moribundo a golpes. El cuerpo en el suelo, apenas esbozado, no era más que trazos grises y ocres. Un rostro informe.

—Hay quien dice —comentó Markovic— que también quien golpea, quien tortura, quien mata, se vuelve un animal sin raciocinio... ¿Qué opina de eso? ¿Cree que nadie puede pensar y golpear al mismo tiempo?

Faulques lo meditó un instante. O aparentó meditarlo.

—Es compatible —dijo—. Matar y pensar.

—¿Como aquel francotirador suyo?... El artista del rifle.

—Por ejemplo.

—Una vez leí que no hay nada inteligente en el acto de matar.

—Quien afirme eso no está bien informado.

Asintió Markovic. Eso creo yo también, decía el gesto.

—¿Y qué tal? ¿Ha reflexionado sobre las cosas que le he venido contando estos días?... Me refiero a si se siente cómplice o partícipe de su pintura... ¿Cree que alguien puede pensar y fotografiar al mismo tiempo?

—Lo que creo es que habla demasiado. Empiezo a lamentar no tener esa escopeta.

—Tiene el cuchillo.

—No es lo mismo.

Ahora Markovic se rió de veras, complacido. Una risa franca, sincera. Apuró su cigarrillo, lo apagó en el frasco de mostaza y volvió a reír de nuevo. Luego estuvo otro rato mirando el mural, y al cabo señaló *The Eye of War*, que seguía sobre la mesa. Hay dos fotos suyas muy conocidas, dijo. Están en ese libro. De África. Un hombre al que apaleaban entre varios y luego machetearon ante su cámara. ¿Sabe a cuáles me refiero?

—Claro. Freetown, en Sierra Leona. El hombre al que mataron allí. Una foto antes y otra después.

Markovic asintió de nuevo, satisfecho. Era interesante, dijo, comparar esas dos fotos con las imágenes de un reportaje que había visto en televisión sobre los fotógrafos de guerra. Ignoraba si Faulques estaba al tanto, pero también aparecía en ese reportaje, en una secuencia grabada durante aquel suceso. Respecto a las fotos, en la primera se veía cómo apaleaban a la víctima y la golpeaban con machetes, y en la segunda cómo yacía en el suelo, sangrando, llena de tajos. Sin embargo, en las imágenes de televisión que se grababan en ese momento desde más atrás, aparecía Faulques disparando la primera foto, y luego de rodillas, pidiendo que no mataran al hombre. Con ademán de rezar, o de implorar.

El pintor de batallas torció la boca.

—No fui convincente.

Tampoco eso figuraba entre sus mejores recuerdos. Si toda guerra significaba un camino al infierno, África era el atajo. Chac, chac. Aquel chasquido de machetes golpeando carne y huesos era algo que tampoco podía fotografiarse, ni pintarse. Ciertos sonidos eran perfectos en sí mismos, y tenían color: el verde templado en los tonos medios y largos de un violín, el azul oscuro del viento nocturno, el gris del repiqueteo de lluvia en la ventana. Pero aquel chasquido era imposible componerlo en la paleta. Sus contornos se perdían como los planos en el color de Cézanne.

—No los convenció, en efecto —Markovic lo miraba con atención—. Aunque confieso que me sorprendió verle hacer eso. Lo creía un testigo indiferente.

—Ahí tiene su respuesta. A veces es compatible fotografiar y pensar.

—De cualquier forma, siguió trabajando. Hizo la segunda foto con el hombre muerto a sus pies… ¿Pensó, en el intervalo, que tal vez lo mataron porque estaba usted allí?… ¿Que lo hicieron para que lo fotografiase?

El pintor de batallas no respondió. Por supuesto que lo había pensado. Incluso sospechaba que había ocurrido exactamente así. Ahora sabía que ninguna fotografía era inerte, o pasiva. Todas incidían en el entorno, en la gente a la que encuadraban. En cada uno de los infinitos Markovic de cuyas vidas se apropiaba la lente. Por eso Olvido sólo fotografiaba lugares y objetos, nunca a personas; había sido objeto de las cámaras demasiado tiempo como para ignorar los peligros. Las responsabilidades. Mientras viajaron juntos a la guerra, fue ella la que logró mantenerse al margen, y no él.

—¿Cree que arrodillarse durante diez segundos lo redime? —insistió Markovic.

Faulques volvió despacio al presente: la torre, el hombre que estaba a su lado mirando el mural. Aquellas fotografías de las que hablaba el croata. Tras meditarlo un momento, encogió los hombros.

—Otras veces mi cámara evitó cosas.

Markovic chasqueó la lengua, dubitativo. Luego también pareció reflexionar e hizo un gesto que rectificaba el

anterior. Quizá, concluyó al fin, Faulques no se enorgu-
llecía de eso. De evitar nada. Y posiblemente tampoco
lamentaba lo contrario. Pensaba, por ejemplo, en aquellos chicos a los que había fotografiado en el Líbano, atacando un tanque.

El pintor de batallas miró a su interlocutor con sorpresa. Aquel individuo había hecho bien los deberes.

—Le dije que usted es mi navaja rota —Markovic se
tocaba la frente con un dedo—. He tenido mucho tiempo... ¿Se acuerda de esa foto?

Faulques se acordaba. En las afueras de Beirut,
cuatro jovencísimos palestinos habían salido al descubierto para que él los fotografiase atacando con un lanzagranadas RPG un tanque Merkava israelí. El tanque
giró la torreta como un monstruo perezoso, disparó un
cañonazo y mató a tres. Primera plana en los diarios de
todo el mundo: David contra Goliat, etcétera. Un chico erguido en el polvo frente al tanque, lanzagranadas
al hombro, mirando desconcertado a sus tres compañeros muertos. Faulques sabía que, de no haber estado allí
con sus cámaras, aquello no habría ocurrido nunca. O no
de ese modo. Por lo visto, su interlocutor pensaba lo
mismo. El pintor de batallas se preguntó cuánto tiempo habría dedicado el croata a estudiar cada una de sus
fotos.

—¿Sabe lo que pienso ahora? —comentó Markovic—. Que fotografiar a personas también es violarlas.
Golpearlas. Se las arranca de su normalidad, o tal vez se
las devuelve a ella, de eso no estoy muy seguro... También se las obliga a afrontar cosas que no entraban en sus
planes. A verse a sí mismas, a que se conozcan como

nunca se habrían conocido de otro modo. Y a veces se las puede obligar a morir.

—Ahora es usted quien dramatiza. Todo es más simple.

Los ojos grises se empequeñecieron tras el cristal de las gafas.

—¿Lo cree así?

—Claro. La incidencia de la cámara es mínima. La vida y sus reglas están ahí. Si no hubieran sido esos chicos, si no hubiera sido usted, habría sido cualquier otro… Es una hormiga que se da excesiva importancia. Da igual qué hormigas pise el hombre. Desde abajo siempre parecerá el zapato de Dios, pero quien las mata es la geometría. Los pasos del Azar sobre un tablero estricto de ajedrez.

—Ahora sí comprendo lo que dice —Markovic le dirigió una ojeada aviesa—. Eso lo tranquiliza, ¿verdad?

—Por supuesto. No hay forma de pedirle a nadie cuentas. Imposible ir hasta ahí y romper una cara en particular… Además, recuerde cómo tomé la foto: sin teleobjetivo, con un treinta y cinco y desde la altura de la cabeza de un hombre. Eso significa que yo estaba cerca de esos chicos cuando disparó el tanque. Y que estaba de pie.

Los dos se quedaron en silencio. Markovic estudiaba ahora las naves varadas en la playa y las que se alejaban bajo la lluvia. Las innumerables figurillas minúsculas que iban hacia ellas, saliendo de la ciudad en llamas. Fuego y lluvia, tensión de contrarios dando vigor a la naturaleza y curso a la vida, colores cálidos amortiguados con formas poliédricas, aceradas, frías. Y aquel eje de

vencedores, naves y guerreros, diferente al de los venci-
dos, cuestión de ángulos y perspectiva, el vértice en la
ciudad, una diagonal conduciendo a la mujer violada y al
niño, otra vertebrando la fila de fugitivos. Tan sereno todo, sin embargo. La mirada del observador se dirigía
primero a Héctor y Andrómaca, se deslizaba con naturalidad hasta el campo de batalla a través de los caballeros
que se acometían bajo el volcán indiferente, y tras recorrer los estragos de la guerra terminaba en el niño muerto y en el niño vivo, este último víctima y también futuro verdugo de sí mismo —sólo los niños muertos no
eran verdugos del mañana—. A pesar de su crudeza, los
desastres de la guerra quedaban en segundo término, en-
cajados en el color y la forma que los rodeaba; y la mirada se detenía en los ojos de los guerreros a la espera del
combate, en el soldado de hierro, en la mujer que enca-
bezaba la fila de fugitivos, en los muslos de la otra mujer
yacente. Y al cabo, conformando un triángulo, en el volcán equidistante entre la ciudad en llamas, a la izquierda,
y la otra ciudad que se despertaba en la bruma, ignorante de vivir su último día.

Era una buena composición, decidió Faulques. O al
menos era razonablemente buena. Como la música al oído, obligaba al ojo a mirar sin prisas allí donde debía mirarse. Llevándolo a uno de la mano desde lo evidente a
lo oculto, aquel entramado de líneas y formas sobre el
que lo figurativo —personajes, enigmas destilados en
manifestaciones físicas— encajaba con sobria intensidad,
lo mantenía todo en límites naturales. Impedía el desafue-
ro, el grito. El exceso. Desmentía el caos aparente. En la
paleta mental de Faulques, aquella pintura tenía el peso

de un círculo azul, el dramatismo de un triángulo amarillo, la inexorabilidad de una línea negra. Porque —Olvido apuntó eso una vez, aunque seguramente era robado a alguien— una manzana podía ser más terrible que un Laocoonte. O unos zapatos, había añadido más tarde, mientras observaban a un hombre que, con las muletas apoyadas en la pared, lustraba su único zapato en una calle de Maputo, en Mozambique. Recuerda, dijo, aquellas fotos inquietantes de Atget en París: zapatos viejos alineados en sus estantes, aguardando a dueños que parecen imposibles. O las de esos otros cientos de zapatos amontonados en los campos de exterminio nazis.

—Qué extraño —comentó Markovic—. Siempre pensé que los pintores embellecían el mundo. Que suavizaban lo feo.

Faulques no respondió. Todo era cuestión, pensaba en ese momento, de lo que el observador tuviera en la cabeza al mirar, o de lo que el artista pusiera en la cabeza de quien observaba. Zapatos o manzanas. Hasta la más inocente de éstas podía sugerir un laberinto, con su hilo de Ariadna enroscado dentro como un gusano.

—¿Sabe lo que creo, señor Faulques? Que usted no se hace justicia. Quizá sea un pintor muy competente, después de todo.

Se movía ahora Markovic girando sobre sí mismo, atento a las ventanas, la puerta, la planta superior. Parecía levantar un plano mental de todo aquello. Una última revisión.

—Estoy seguro de que cualquiera que entre en esta torre, aunque no sepa lo que usted y yo sabemos, sentirá cierto desasosiego —miró de pronto a Faulques con interés cortés—... ¿Cómo se sintió la mujer que estuvo aquí?

Por un momento, los dos hombres se sostuvieron la mirada. Al cabo el pintor de batallas sonrió.

—Desasosegada, supongo. Hasta cierto punto. Dijo que esto era maligno, y terrible.

—¿Ve? A eso me refiero. Luego no es tan mal pintor como dice. A pesar de tantos ángulos y tantas líneas rectas y tantas sombras largas...

Levantaba los brazos, abarcando con el ademán la totalidad de la pintura mural. Al fin dejó caer las manos a los costados.

—Circular, como una trampa —fruncía el ceño—. Una trampa para topos locos.

Luego miró a Faulques con afecto. Un afecto que, detrás de los cristales de las gafas, las pupilas de color gris claro hacían irónico, o frío. El pintor de batallas barajó las palabras frialdad y afecto, intentando conciliarlas en su cabeza como en una paleta. Desistió, pero aquella mirada seguía frente a él, y era exactamente así. De alguna manera, murmuró entonces el croata, estoy orgulloso de usted.

—¿Perdón?

—Digo que estoy orgulloso de usted.

Hubo un silencio. Markovic seguía mirándolo del mismo modo.

—Y espero, señor Faulques, que también esté orgulloso de mí.

El pintor de batallas se pasó una mano por la nuca. Perplejo no era la palabra exacta. En realidad comprendía perfectamente lo que el otro quería decir. Lo que le causaba estupor eran sus propios sentimientos.

—Ha sido un largo camino —concedió.

—Tan largo como el suyo.

Markovic observaba ahora el mural. Creo, añadió, que no hay mucho más que decir. Salvo que usted quiera hablarme de aquella última foto.

—¿Qué foto?

—La que le hizo a la mujer muerta, en la carretera de Borovo Naselje.

Faulques lo miró, impasible.

—Acabemos con esto —dijo—. Es hora de que se vaya.

El otro inclinó un poco la cabeza hacia un lado, como para asegurarse de que había oído bien y todo estaba en regla. Que todo estaba cual debía estar. Después asintió despacio, se quitó las gafas para limpiarlas con el faldón de la camisa y volvió a ponérselas.

—Tiene razón. Ya es suficiente.

Sonaba como nostalgia anticipada, pensó el pintor de batallas. Dos hombres acostumbrados uno al otro, a punto de separarse. Para su íntima sorpresa, se sentía extrañamente tranquilo. Las cosas llegaban cuando debían. A su tiempo y a su ritmo. Por un momento se preguntó qué haría Markovic después, sin él. Sin la navaja rota clavada en el cerebro. De cualquier modo, ése ya no iba a ser asunto suyo.

El croata se movió sin prisa hacia la puerta. Lo hizo casi con desgana. Allí se detuvo y alzó las manos para encender otro cigarrillo con el mechero de Faulques. Luego indicó el mural.

—Tómese su tiempo, señor pintor. Quizá todavía pueda... No sé. Hay partes sin terminar —se volvió a mirar el bosquecillo de pinos junto al acantilado—… Yo estaré ahí afuera, esperando. Dispone de toda la noche. ¿Le parece bien?… Hasta el alba.

—Me parece bien.

La luz del atardecer llegaba muy baja desde los pinos, rodeando a Markovic de una atmósfera rojiza que parecía mezclarse con la luz pictórica de las escenas representadas en la pared. Faulques lo vio sonreír melancólico, el cigarrillo en la boca, despidiéndose del mural con una última y larga mirada.

—Lástima que no pueda usted acabarlo. Aunque, si he comprendido bien, quizá se trate de eso.

18

Todos los colores de una sombra podían ser trans-
mutados en el color de esa sombra, y aquélla era roja:
amarillo y carmín y un poco más de amarillo, añadiendo
algo de azul para acercarse al color de la sangre, del barro pegajoso bajo las botas, de ladrillos pulverizados, de
cristales que alfombraban el suelo reflejando incendios
cercanos, de horizontes con pozos de petróleo en llamas,
de ciudades que estallaban en contraluces negros al fondo de cuadros imposibles cuyo realismo, sin embargo,
resultaba extremo. Era, en resumen, la sombra del volcán, o más bien la de los objetos iluminados por éste; la
proyección de sus lados opuestos, recortados, ribeteados
por el resplandor en escorzo del cráter que se enseño-
reaba, desde su cúspide olímpica y letal, del vértice superior del triángulo, tiñendo los alrededores con una roja
simetría.

En el interior de la torre no se oían otros sonidos
que el runrún del generador funcionando afuera y el
roce de los pinceles en la pared. A la luz de los focos halógenos, el pintor de batallas trabajaba febril. Se detuvo
un instante, mezcló carmín de garanza, sombra tostada
y un poco de azul prusia para obtener un negro cálido,

y lo aplicó de inmediato para resaltar el borde de las heridas zigzagueantes, parecidas a relámpagos rojos y ocres, abiertas en las laderas del volcán. Luego dio unos pasos atrás —al tocarse la cara se manchó de pintura el mentón sin afeitar—, observó el resultado y miró en torno con ansiedad, hacia la parte del mural que estaba en sombras. Los cuerpos colgados de los árboles, uno de los dos ejércitos que se acometía en la llanura, algunas naves situadas en el lado derecho de la puerta y una parte de la ciudad moderna, seguían siendo esbozos a carboncillo sobre la imprimación de la pared. Procurando no pensar en ello —una sola noche no daba mucho de sí—, Faulques reanudó el trabajo. El volcán estaba acabado, o casi. Eso completaba las tres cuartas partes de la superficie prevista.

Eligió un pincel redondo, mediano, y en un ángulo limpio de la bandeja mezcló rápidamente blanco, amarillo, un poco de carmín y una pizca de azul. Después, acercándose de nuevo al muro, prolongó con el color obtenido una de las grietas de la ladera del volcán, dándole forma de camino, de sendero, que resaltó a los lados mezclando grises y azules directamente sobre la pared. El trazo grueso, pues no había tiempo para trabajarlo en detalle, daba al camino una apariencia singular. Era algo que en verdad no llevaba a ningún sitio; salía de la grieta del volcán y moría en la imprimación blanca. No entraba en los planes de Faulques, ni estaba esbozado allí. El efecto, sin embargo, era bueno. Introducía un eje nuevo, una variante inesperada, un vínculo singular que iba desde aquel volcán al otro colgado en la pared del Museo Nacional de Arte de México, a los ojos verdes que se habían cruzado con los de Faulques cuando miraba ese cuadro por primera vez. A él mismo allí, inmóvil, observando entrar en su vida a Olvido Ferrara. Un camino que se adentraba recto, amenazador como la línea tensa de un disparo, a través del paisaje pintado en la pared, hasta un lugar preciso de los Balcanes.

Qué diablos. Sorprendido, el pintor de batallas se detuvo y bebió un sorbo del café frío que quedaba en la taza que tenía sobre la mesa, encima de la cubierta de *The Eye of War*. Reflexionando sobre volcanes y caminos. No había tiempo para más, se dijo. Cada zona del mural había sido minuciosamente planificada antes de llevarse a la pared, y aquella variante insólita no estaba prevista; pero comprobó que encajaba como si el espacio le hubiese estado reservado desde el principio. El pintor de batallas apuró el café, comprobando que, en su cabeza, en los ojos que contemplaban el mural, en sus manos manchadas de pintura y en el pincel húmedo surgían posibilidades imprevistas. Matices ocultos que tal vez siempre habían estado allí. Paradójicamente, esos nuevos trazos que se adentraban en la parte no pintada —o ésta por sí sola— parecían materializar y confirmar lo pintado en el resto, del mismo modo que un puñado de arena que se escurriera entre los dedos hasta desaparecer representaría, quizá, un ajustado concepto plástico de la palabra arena.

El dolor se insinuó otra vez, abriéndose paso desde sus entrañas. El pintor de batallas se quedó inmóvil un par de segundos, acechándolo, y al confirmar el anuncio sonrió apenas, para sí, con la perversa malicia de saber cosas que el dolor ignoraba. En cualquier caso, aquella noche Faulques no estaba dispuesto a concederle ninguna oportunidad; no había tiempo para eso. Así que lo atajó al instante, casi con precipitación: dos pastillas, un sorbo de coñac en un vaso. Puso la botella sobre la mesa, entre los frascos y los pinceles, y al cabo, tras dudar un momento, volvió a cogerla y bebió un segundo trago, directamente del gollete. Luego salió a la puerta para recostarse en el muro, sintiendo el fresco del terral nocturno mientras esperaba a que el medicamento hiciera su efecto. Miró las estrellas y el reflejo distante del faro recortando el acantilado. En algún momento, entre los puntitos luminosos de las luciérnagas que revoloteaban bajo la masa oscura de los pinos, le pareció ver avivarse la brasa rojiza de un cigarrillo.

Cuando se extinguieron los últimos latidos de dolor, Faulques entró de nuevo en la torre, sintiendo la suave lucidez química del calmante disuelto en su estómago. Dispuesto a reanudar el trabajo, revisó otra vez la parte no pintada. Entonces vio algo que antes no había visto. Se insinuaba allí, descubrió con estupor, una obra diferente, más heterodoxa y atrevida. Un espacio en blanco donde lo incompleto, la ausencia, era confirmación de la presencia misma. Movido por esa intuición, dejó el pincel —sin enjuagar ni secar, tal como estaba— e intentó conseguir el efecto impregnando el dedo pulgar de la mano derecha con la mezcla que había en la paleta. Luego frotó deslizándolo a lo largo del camino recién pintado, dándole apariencia de río inexorable de prolongados surcos, de líneas y crestas minúsculas difíciles de apreciar a simple vista. Siguió trabajando con las manos, sin pinceles. Aplicaba ahora la pintura con los dedos, blanco, azul, amarillo y blanco, obteniendo verdes singulares parecidos a la luz de la mañana sobre un prado, grises semejantes al asfalto de una carretera removida por la metralla, azules sucios de cielo brumoso por el humo de casas en llamas. Y un verde líquido como los ojos de la mujer a la que recordaba en aquel paisaje, pantalones tejanos ajustados a las largas piernas, sahariana caqui, cabello rubio recogido en dos trenzas sujetas con cintas elásticas, la bolsa con las cámaras a la espalda y una de ellas sobre el pecho. Olvido Ferrara caminando por la carretera de Borovo Naselje.

Ella había dicho algo aquella misma mañana. Lo hizo mientras comprobaban el equipo tras pasar la noche acurrucados en un portal, en un patio junto a la calle principal de Vukovar que parecía a resguardo de los morteros serbios. Habían estado bombardeando las inmediaciones; varias veces los resplandores iluminaron los tejados rotos de los edificios cercanos, pero luego siguieron tres horas de silencio. Los dos fotógrafos se pusieron en pie al alba, con la primera luz tiñéndolo todo igual que una veladura de grisalla, y fue entonces cuando Olvido miró alrededor, las fachadas de las casas desiertas, los fragmentos de ladrillo y vidrio esparcidos por el suelo, y habló sin dirigirse a Faulques, como expresando en voz alta un pensamiento en el que estuviese sumida. Es cuestión de imaginación más que de óptica, dijo. Luego se quedó callada mirando aquel lugar sombrío, el cuerpo de la cámara abierto en las manos y la película a medio introducir. Cerró la tapa con un chasquido, hizo sonar el motor de arrastre y le sonrió a Faulques, distraída, cual si todo cuanto ocupase en ese momento su cabeza

271

estuviese lejos. Aquellos tipos, añadió de pronto, Géricault y Rodin, tenían razón: sólo el artista es veraz. Es la fotografía la que miente.

Más tarde, esa mañana, las deportivas blancas de Olvido hacían crujir la gravilla del suelo —la carretera estaba salpicada de impactos de artillería— y Faulques escuchaba ese sonido mientras caminaba por el otro lado, las manos sobre las dos cámaras listas, atento al terreno y al cruce que tenían delante, una zona descubierta por la que tenían que pasar hacia Borovo Naselje. Un grupo de soldados croatas los precedía y otro iba detrás. Sonaban disparos de armas automáticas en la distancia: un crepitar apagado que se concertaba con el de las maderas del techo incendiado de una casa cercana. Había también un militar serbio muerto en el centro de la carretera, alcanzado el día anterior por uno de los morteros cuyos impactos en forma de estrella jalonaban ésta. El serbio estaba boca arriba, la ropa destrozada por las esquirlas, cubierto de polvo gris que también le tapizaba los ojos entornados y la boca abierta, con los bolsillos vueltos del revés y sin botas. A su lado había objetos desdeñados por los saqueadores: un casco de acero verde con una estrella roja, una cartera abierta, algunos documentos esparcidos por el suelo, un manojo de llaves, un bolígrafo, un pañuelo arrugado. Mientras se aproximaba al cadáver, Faulques consideró la posibilidad de una foto con la casa incendiada al fondo. Así que calculó la luz a 125 de velocidad y 5.6 de diafragma, dispuso de antemano la Nikon F3, y al llegar a su altura, deteniéndose un instante rodilla en tierra, encuadró el cuerpo, las piernas abiertas en V, los pies descalzos con un dedo asomando por un agujero del calcetín, los brazos en cruz y los objetos esparcidos junto a ellos, la casa incendiada a la izquierda haciendo otro ángulo con la carretera. Lo que no había modo de fotografiar era el zumbido de las moscas —ellas sí que ganaban todas las batallas—, ni el olor, evocadores de tantos otros olores y zumbidos, moscas y hedor entre cuerpos hinchados en Sabra y Chatila, manos atadas con alambre en los vertederos de San Salvador, camiones descargando cadáveres empujados por palas mecánicas en Kolwezi: zumzumzum. Un fotógrafo hábil, había dicho alguien, podía fotografiar bien cualquier cosa. Pero Faulques sabía que quien dijo eso nunca estuvo en una guerra. No era posible fotografiar el peligro, o la culpa. El sonido de una bala al reventar un cráneo. La risa de un hombre que acaba de ganar siete cigarrillos apostando sobre si el feto de la mujer a la que ha desventrado con su bayoneta es varón o hembra. En cuanto al cadáver del serbio descalzo, tal vez un escritor pudiera encontrar algunas palabras. Para las moscas, por ejemplo. Zumzumzumzumzumzum. El olor era otra cosa. O la escueta soledad del cuerpo muerto cubierto de polvo: nadie le sacudía el polvo a un cadáver. Sólo el artista es veraz, recordó Faulques. Y se dijo que tal vez era cierto, que la fotografía pudo ser veraz cuando era ingenua e imperfecta, en sus comienzos, cuando la cámara únicamente podía captar objetos estáticos, y en las antiguas placas las ciudades aparecían como escenarios desiertos donde los seres humanos y los animales eran trazos fugaces, imprecisos rastros fantasmales tan parecidos a los de otra foto posterior, hecha en Hiroshima el 6 de agosto de 1945: la huella impresa en un muro de una silueta humana y una escalera desintegradas por la deflagración de la bomba.

Al bajar la cámara, Faulques vio que Olvido se había detenido al otro lado de la carretera para no meterse en cuadro, y que lo miraba. Entonces se puso en pie y cruzó hacia ella, y mientras lo hacía comprobó que no apartaba sus ojos de él, como si estudiase cada uno de sus movimientos, sus gestos, su aspecto. En los últimos días la había sorprendido varias veces mirándolo de aquel modo, a hurtadillas primero, francamente después, cual si pretendiera grabarse en la memoria cuanto a él se refería, todas las imágenes de aquella etapa de un largo y extraño viaje que se hallara a punto de terminar. Un viaje del que ella tuviese el pasaje de vuelta en el bolsillo. Faulques caminaba con una sensación de tristeza y de frío infinitos. Para disimularlos miró alrededor: los soldados que se alejaban hacia el cruce, la casa incendiada. Sobre todo eso había un cielo limpio, sin una nube, y un sol que todavía no alcanzaba la altura incómoda para las fotos y proyectaba la sombra de Olvido sobre la gravilla suelta de la carretera, cuyo relieve deformaba sus contornos. Por un instante Faulques pensó en tomar una foto de esa sombra de bordes imprecisos; pero no lo hizo. Fue entonces cuando ella vio un cuaderno roto y descolorido en el suelo. Un cuaderno escolar, de tapas azules, con algunas hojas arrancadas, abierto sobre la hierba. Empuñó la cámara, dio dos pasos adelante buscando el encuadre, dio otro paso hacia la izquierda, y pisó la mina.

Faulques se miró las manos manchadas de pintura roja, y luego observó el mural que lo circundaba. Las formas cambiaban en contacto con el color. Los espacios en blanco, el esbozo a carboncillo sobre la imprimación de la pared, habían dejado de parecerle zonas vacías. Bajo la intensa luz de los focos halógenos, todo parecía fundirse en su cerebro a la manera de las pinturas impresionistas: colores, espacios, volúmenes que sólo alcanzaban su integración correcta en la retina del espectador. Tan reales, tan veraces —sólo el artista es veraz, recordó de nuevo— eran allí las figuras y paisajes acabados como los que apenas se insinuaban, las formas anunciadas en la pared, las pinceladas minuciosas y los trazos gruesos, fresca la pintura todavía, aplicados con los dedos sobre figuras ya pintadas o sobre espacios en blanco. Un largo camino. Había una trama subyacente, una perspectiva fabulosa e interminable como un bucle, que recorría el círculo del mural sin detenerse nunca, integrando cada uno de los elementos, relacionando entre sí las naves que zarpaban bajo la lluvia, la ciudad en llamas sobre la colina, los fugitivos, los soldados, la mujer violada y el niño verdugo, el hombre a punto de morir, los bosques con ahorcados colgantes como frutos, la batalla en el llano, los hombres acuchillándose en primer término, los jinetes a punto de entrar en combate, la ciudad durmiente y confiada entre sus torres de acero, hormigón y cristal. El universo visible y la inmensidad concebible de la naturaleza. Todo lo que había querido pintar estaba allí: Brueghel, Goya, Uccello, el doctor Atl y los demás, cuantos dispusieron la mirada y las manos de Faulques para expresar lo que a lo largo de su vida había penetrado por el visor de la cámara hasta la caverna de Platón de su retina —la película fotográfica y el papel de positivar sólo jugaban roles secundarios en todo aquello— se explicaban al fin, combinados en la formulación geométrica cuyo principio y resultado final convergían en el triángulo que lo presidía todo: el volcán negro, pardo, gris, rojo. El símbolo del criptograma, desprovisto de sentimientos e implacable en simetrías, que extendía sus grietas de lava como una tela de araña cuya red abarcase la cifra del universo, las fisuras en la pared de la vieja torre que servía de soporte a todo ello, el alba del día que pronto iba a penetrar por las ventanas, el hombre que aguardaba afuera mientras el pintor de batallas culminaba su trabajo.

Sólo algo quedaba por hacer. De pronto parecía tan evidente que le torció la boca una sonrisa. Olvido Ferrara, de estar allí, habría reído a carcajadas con eso: la imaginó echando atrás la cabeza trigueña, mirándolo burlona con sus ojos líquidos y verdes. Cuestión de imaginación más que de óptica, Faulques. La fotografía miente, y sólo el artista, etcétera.

Fue hasta la mesa y cogió la portada de la revista con la foto de Ivo Markovic: un joven rubio con gotas de sudor en el rostro, ojos vacíos y gesto fatigado, tan diferente al hombre que aguardaba junto al acantilado. Mariposas de Lorenz y navajas rotas se concitaban en aquella imagen, que en el momento de fijarse sobre el negativo todavía se ignoraba a sí misma con sus consecuencias, prolongadas hasta el presente: Faulques contemplando esa foto en la vieja torre sobre el mar. La verdad está en las cosas, no en nosotros, recordó. Pero nos necesita para manifestarse. Olvido habría seguido riendo, pensó, si lo viera en ese momento con la portada de la revista en la mano, buscando entre los instrumentos de pintura, los tubos y frascos llenos y vacíos, los pinceles, los libros que cubrían la mesa. La recordaba tumbada en el suelo, sobre una alfombra, recortando durante horas aquellas fotos donde lo único vivo era el rastro impreciso de seres humanos extinguidos como fantasmas fugaces. Collages y objetos *trouvés*. Naturalmente. Al fin encontró un bote grande de medium acrílico brillante, casi lleno. Con un pincel grueso y limpio impregnó bien el dorso de la página y luego se volvió hacia el muro, en busca del lugar adecuado. Eligió un espacio todavía en blanco situado entre el volcán y la ciudad moderna y confiada, y la pegó allí, extendiéndola bien alisada sobre la superficie ligeramente irregular de la pared. Después retrocedió para observar el efecto, y sin apartar los ojos buscó a tientas la botella de coñac. La sostuvo entre los dedos entumecidos por la pintura que empezaba a secarse en sus manos, se llevó el gollete a la boca y bebió un trago tan largo que lo hizo lagrimear. Ahora sí, se dijo. Ahora todo está donde debe estar. Después, con varios tubos de color puro en la mano izquierda, se acercó de nuevo y empezó a aplicar pintura en gruesos trazos primero curvos y luego rectos y libres, húmedo sobre húmedo, usando los dedos como espátulas hasta que la foto de Ivo Markovic quedó integrada en el conjunto, unida a la pared y al resto del mural con un entramado poliédrico de ocres, amarillos y rojos, que remató con un trazo oscuro, alargado y fantasmal como una sombra, destinado a permanecer allí cuando el deterioro del mural hiciera desaparecer la página pegada.

El pintor de batallas dejó en el suelo los tubos de pintura y se lavó las manos en la jofaina. Se sentía extrañamente relajado. Vacío como una cáscara de nuez, pensó de pronto. Acabó de secarse despacio, reflexionando sobre eso. Era extraño verse a uno mismo como pintado en el mural, casi al final del viaje. Al cabo dejó el trapo sobre la mesa, buscó la caja de pastillas, se metió dos en la boca y las tragó con otro sorbo de coñac. Aquello prevendría que el dolor volviera a presentarse en un momento inoportuno. Después cogió el cuchillo y se lo metió en el cinturón por detrás. Equiparse para el combate, pensó de pronto, y sonrió apenas, inmóvil un instante. A Olvido le gustaba eso: recrearse en el momento inmediato a la partida, en la tensión de la espera, mientras revisaban en silencio el equipo en la habitación de cualquier hotel antes de dirigirse a un lugar difícil. Comprobar cámaras y película, llenar los bolsillos con lo necesario, meter en la mochila botiquín, mapas, agua, bloc de notas, rotuladores, aspirinas. Cargando sólo aquello que podía llevarse encima y no impedía caminar, correr, sobrevivir, antes de cerrar la puerta sobre lo superfluo. Parezco una niña disfrazándose, dijo ella en cierta ocasión. Dispuesta a ser otra. ¿No te parece, Faulques? O a no ser ninguna. En cualquier caso, cada vez dejo atrás una vieja piel, como las serpientes cansadas.

Antes de apagar los focos y salir afuera, a la noche, el pintor de batallas contempló su obra por última vez. Se vería mejor, pensó, cuando la luz real penetrase por la ventana de levante y diese, como cada día, su característico tono dorado a los efectos de la luz pictórica representada en el mural. Entonces, a medida que los rayos de sol recorriesen la pared, el fuego de la ciudad sería más rojo, el volcán más sombrío y la lluvia más gris. Aunque no era una obra maestra, se dijo ecuánime. Movía despacio la cabeza, reflexionando sobre eso. No lo era en absoluto. De extraña la habían calificado Ivo Markovic y Carmen Elsken. Todos esos ángulos, etcétera. Con sonrisa absorta, Faulques se preguntó qué habría dicho Olvido Ferrara. Qué pensarían quienes en el futuro contemplasen aquel mural, mientras la torre estuviera en pie.

No era una buena pintura, concluyó. Pero era perfecta.

19

Cerró la puerta con llave y anduvo despacio hacia las siluetas negras de los pinos, que los destellos lejanos del faro recortaban a intervalos bajo un cielo todavía lleno de estrellas. La calma era absoluta; hasta el suave terral había cesado. Faulques sólo oía sus pasos, el chirriar de grillos entre los arbustos y el rumor de resaca que ascendía desde la playa de guijarros con estertor prolongado y sordo, casi humano. Cuando estuvo cerca del bosquecillo se detuvo y aguardó inmóvil entre los minúsculos rastros luminosos de las luciérnagas. Se encontraba tranquilo, limpio de mente. Sereno de memoria e intenciones. No había aprensión ni dolor. Bajo los efectos del calmante, su corazón latía acompasado. Preciso. Siguió latiendo así cuando una sombra se destacó bajo los árboles, cerca, y la luz del faro hizo clarear un instante la camisa de Ivo Markovic.

—Se ha dado prisa —dijo el croata—. Falta una hora para que amanezca.

—No necesitaba más tiempo. Usted tenía razón.

—No comprendo.

—Mi trabajo estaba casi acabado, y yo no lo sabía.

Permanecieron en silencio. Al cabo de un momento, la silueta oscura de Markovic se desplazó un poco. El siguiente destello del faro lo destacó sentado sobre una piedra. El pintor de batallas se puso en cuclillas, cerca.

—¿Viene armado, señor Faulques?

—Hasta cierto punto.

—No se acerque demasiado, entonces.

Hubo otra pausa larga. Parecía que el croata se riese entre dientes, quedo, pero tal vez fuera el rumor del mar bajo el acantilado.

—¿Debo entender que está satisfecho con su pintura?

Faulques encogía los hombros en la oscuridad.

—Creo que sí —movió la cabeza—. No. Estoy seguro. Es como debía ser.

Markovic no dijo nada. Los puntitos minúsculos de las luciérnagas revoloteaban entre las dos sombras inmóviles.

—Sin usted no habría sido capaz de verlo —prosiguió el pintor de batallas—. Habría seguido trabajando durante días y semanas hasta llenar la pared entera. Alejándome del momento... Del punto exacto.

—Celebro haberle sido útil.

—Ha sido más que eso. Me hizo ver cosas que no veía.

Una pausa. Quizá Markovic reflexionaba sobre lo que acababa de escuchar. Faulques se desplazó un poco hasta sentarse apoyado en el tronco de un pino. Miró el destello del faro, el tapiz luminoso de las urbanizaciones que ascendían por la ladera de las montañas, más allá de Puerto Umbría, y la bóveda negra acribillada de estrellas hasta el horizonte.

—¿Estoy de verdad en el cuadro? —preguntó de pronto el croata.

Su interés parecía real. Sincero. Faulques sonrió en sus adentros.

—Ya se lo dije. Usted, yo mismo… Todos estamos en él.

El otro tardó un poco en hablar de nuevo.

—Simetrías, ¿no?

—Eso es.

—Todas aquellas líneas y ángulos pintados.

—Sí.

Markovic encendió un cigarrillo. Con el resplandor del mechero que se reflejaba en los cristales de las gafas, Faulques vio su perfil inclinado, los ojos entornados por el deslumbramiento de la llama. Era un buen momento, pensó. Cinco segundos de ceguera bastarían para usar el cuchillo y terminar con todo. Su instinto adiestrado calculó ángulos, volúmenes y distancia. Consideraba, desapasionado, la aproximación más conveniente, el gesto que pondría las cosas en su sitio. A tales alturas de su historia, Faulques sabía de sobra que entre el acto de tomar una fotografía —aquel ballet mecánico sobre el tablero que acercaba al cazador a la presa, o la presa al cazador— y el acto de matar a un ser humano, mediaban mínimas diferencias técnicas. Pero dejó extinguirse el pensamiento. Permanecía recostado con indolencia contra el árbol, la espalda pegajosa de resina. Estaba estropeando, pensó absurdamente, su última camisa limpia.

—¿Hay una conclusión, señor Faulques?… En las películas siempre hay alguien que resume las cosas antes del desenlace.

El pintor de batallas miró la brasa inmóvil del cigarrillo. Las luciérnagas iban y venían alrededor, fugitivas y doradas. Sus larvas, pensó, se alimentaban en las vísceras de caracoles vivos. Crueldad objetiva: luciérnagas, orcas. Seres humanos. En millones de siglos, pocas cosas habían cambiado.

—La conclusión está ahí —señalaba hacia la masa oscura de la torre, consciente de que el otro no podía ver su ademán—. Pintada en la pared.

—¿También su sentimiento por lo que me hizo?

Aquello irritó a Faulques.

—Yo no le hice nada —repuso, áspero—. No tengo nada que sentir. Creí que había entendido eso.

—Lo entiendo. Las alas de la mariposa no son culpables, ¿verdad?... Nadie lo es.

—Al contrario. Lo somos. Usted y yo mismo. Su mujer y su hijo. Todos formamos parte del monstruo que nos dispone sobre el tablero.

De nuevo un silencio. Al cabo sonó la risa queda de Markovic. Esta vez no era el rumor del mar en las piedras de abajo.

—Topos locos —apuntó el croata.

—Eso es —Faulques también sonreía, retorcido—. Usted lo expresó bien el otro día... Cuanto más evidente es todo, menos sentido parece tener.

—¿No hay salida, entonces?

—Hay consuelos. La carrera del prisionero que, mientras le disparan, cree ser libre... ¿Comprende lo que quiero decir?

—Me parece que sí.

—A veces basta eso. El simple esfuerzo por comprender las cosas. Vislumbrar el extraño criptograma... En cierto modo, una tragedia tranquiliza más que una farsa, ¿no le parece?... También hay analgésicos temporales. Con suerte, dan para ir tirando. Y bien administrados, sirven hasta el final.

—¿Por ejemplo?

—La lucidez, el orgullo, la cultura... La risa... No sé. Cosas así.

—¿Las navajas rotas?

—También.

Se avivó la brasa del cigarrillo.

—¿Y el amor?

—Incluso el amor.

—¿Aunque se acabe o se pierda, como el resto?

—Sí.

La brasa del cigarrillo se avivó tres veces antes de que Markovic hablase de nuevo.

—Creo que ahora lo entiendo bien, señor Faulques.

Hacia el este, donde la isla de los Ahorcados destacaba su cresta oscura adentrándose en el mar, la línea del alba empezaba a insinuarse en tonos más claros, intensificando el contraste entre el agua y el cielo todavía negros. El pintor de batallas sintió frío. Maquinalmente tocó el mango del cuchillo que llevaba en el cinturón, a la espalda.

—Deberíamos acabar con esto —dijo en voz baja.

Markovic no dio muestras de haberlo oído. Había apagado el cigarrillo y prendía otro. La llama del encendedor daba al croata un aspecto demacrado. Hundía sus mejillas y acentuaba la sombra en las cuencas de los ojos, tras las gafas.

—¿Por qué fotografió a la mujer muerta?

Más irritación, fue el primer sentimiento de Faulques al oír aquello. Una cólera templada que le recorrió las venas como un latido suplementario. Era la segunda vez que Markovic formulaba esa pregunta.

—No es asunto suyo.

El otro parecía reflexionar sobre si lo era o no lo era.

—En cierto modo lo es —concluyó—. Piénselo y tal vez esté de acuerdo conmigo.

Faulques lo hizo. Tal vez, se dijo al fin, esté de acuerdo con él.

—Porque debo decirle —proseguía el otro— que fue sorprendente... Iba con mis compañeros por la carretera, oímos el estampido y algunos se acercaron a mirar. Pero estábamos en zona batida, y nuestro oficial nos ordenó seguir adelante. Una mujer muerta, dijo alguien. Entonces los reconocí. Usted me había fotografiado tres días antes, cuando huíamos de Petrovci... A la mujer no la pude ver bien, pero supe que era la misma. Y cuando pasaba cerca, lo vi levantar la cámara y hacer una foto.

Hubo un silencio y se avivó la brasa del cigarrillo. Faulques miraba aquel punto rojo, semejante a los innumerables puntos rojos, más oscuros y líquidos, que salpicaban el cuerpo de Olvido, inmóvil, insólitamente pálida —la piel emblanquecida de pronto, como en una sobreexposición—, tumbada boca abajo en la cuneta, la mano derecha asomando junto a la cámara fotográfica a la altura del estómago, el brazo izquierdo doblado, esa otra mano con el reloj en la muñeca, la palma vuelta hacia arriba y cerca del rostro, el pendiente en forma de pequeña bolita de oro en el lóbulo de la oreja por donde salía el hilillo rojo que manchaba una trenza, corría por la mejilla hasta el cuello y la boca y bordeaba los ojos entreabiertos, fijos en la hierba y en los fragmentos de tierra removida sobre la que se extendía un charco de sangre. Arrodillado junto a ella con las cámaras colgando, ensordecido y confuso por el estallido próximo de la mina, mientras la sahariana y los pantalones de la mujer se iban empapando de rojo oscuro en la parte del cuerpo que estaba en contacto con el suelo, Faulques había extendido las manos, primero en busca de un sitio donde taponar la hemorragia, y después palpando el cuello inerte, al acecho de latidos ya imposibles.

—¿La amaba? —preguntó Markovic.

Faulques miró hacia levante. No había un soplo de brisa y la línea de claridad era más concreta: viraba a tonos azules y grises mientras por aquella parte se amortiguaba la luz de las estrellas.

—Quizá por eso hizo la foto... ¿No? Para devolver las cosas a su estado natural.

El pintor de batallas permaneció callado. Ante sus ojos, en la cubeta del laboratorio, iban apareciendo, a la manera de aquella sutil línea de horizonte que se insinuaba en la distancia, los contornos y sombras de la imagen fotográfica. Es oscura la casa donde ahora vives, recordó. Había mirado a Olvido muerta a través de la cámara, borrosa primero y nítida luego, a medida que giraba de infinito a 1,6 metros el anillo de la distancia focal. La imagen en el visor aparecía en color; pero el recuerdo principal superpuesto a todo lo demás, lo que el tiempo o la memoria de Faulques conservaban —había destruido aquella única copia en papel, y el negativo yacía sepultado entre kilómetros de película archivada—, era la gama de grises afianzándose despacio en el papel fotográfico, la lenta impresión revelada por el proceso químico bajo la luz roja del laboratorio. La bolita del pendiente de oro en el lóbulo de la oreja fue lo último en aparecer bajo el líquido de la cubeta. Caronte debía de estar satisfecho.

—Vi la mina —dijo.

Seguía observando la línea azulgris del horizonte. Cuando al fin se volvió hacia Markovic, el destello del faro recortó un instante la silueta de éste.

—¿Quiere decir —inquirió el croata— que vio la mina antes de que ella la pisara?

—Sí. O mejor dicho, la adiviné.

—¿Y no dijo nada?

—Dudé tres segundos. Sólo eso. Tres. Ella se iba, ¿comprende?… Me estaba dejando ya. De pronto quise saber hasta qué punto… No sé. Irse de una forma u otra no dependía de mí. Quizá la geometría tuviese algo que decir al respecto.

Markovic escuchaba muy quieto. De no ser por la brasa de su cigarrillo o por los destellos periódicos del faro, que lo silueteaban a intervalos, Faulques habría pensado que no estaba allí.

—Ella dio dos pasos adelante —continuó—. Exactamente dos. Quería fotografiar algo que estaba en el suelo, un cuaderno escolar… Observé que en la cuneta la hierba se mantenía derecha. Alta e intacta. Nadie la había pisado.

Ahora Markovic chasqueó la lengua. Familiarizado con hierba pisada y sin pisar.

—Ya entiendo —murmuró—. Siempre hay que desconfiar de eso.

—Pensé… Bueno. Ella podía detenerse donde estaba. ¿Comprende?

El otro parecía comprender muy bien.

—Pero ella se movió —dijo.

Se movió, confirmó Faulques. Igual que una pieza sobre un tablero de ajedrez. Había dado un paso más, esta vez hacia la izquierda. Uno sólo.

—Y usted estaba mirando todas aquellas líneas y recuadros… Quieto y fascinado.

Era la palabra exacta, concedió el pintor de batallas. Fascinado. Antes de terminar el último movimiento, ella levantaba la cámara para hacer la foto. Sólo tres segundos: un instante casi imperceptible. El caos y sus reglas, por decirlo de ese modo, habían tenido su oportunidad. Entonces él pensó que era suficiente, y abrió la boca para decirle que se detuviera. En ese momento hubo un fogonazo, y Olvido cayó de bruces.

—¿Recuerda sus últimas palabras?… ¿No lo miró antes ni le dijo nada?

—No. Ella iba caminando, fue a hacer la foto y pisó la mina. Es todo. Murió ajena a mí, sin advertir que la observaba. Sin darse cuenta de que moría.

Se extinguió la brasa del cigarrillo de Markovic. Las luciérnagas también habían desaparecido, y la forma compacta de la torre iba afirmándose lentamente donde el cielo viraba de negro a azul oscuro.

—Ella se iba —insistió Faulques.

Oyó al croata. Un roce en el suelo, una agitación entre los arbustos. El pintor de batallas tocó el mango del cuchillo, pero se quedó así, rozándolo con los dedos, sin empuñarlo. De pronto estaba tan cansado que se habría dormido allí mismo. A fin de cuentas, pensaba, lo que iba a ocurrir venía sucediendo desde hacía cuatrocientos cincuenta millones de años. Algo tan común como la vida y el universo mismo. También era muy tarde para todos, pensó. Sobre todo para él.

La voz de Markovic sonó queda, reflexiva. En vez de conversar parecía expresar un pensamiento en voz alta. El faro escorzó otra vez su contorno. Se había incorporado un poco.

—Cuando vine en su busca, señor Faulques, creía que iba a matar a un hombre vivo.

El pintor de batallas recostó la cabeza en el árbol y aguardó tranquilo, abiertos los ojos en la oscuridad. Se recordaba durante otros amaneceres, preparando de madrugada el equipaje con precisa rutina, parado en el umbral antes de cerrar la puerta, echando un último vistazo para comprobar que todo cuanto dejaba atrás se veía ordenado y limpio. Sentado en un taxi camino del aeropuerto, recorriendo las calles desiertas de una ciudad dormida, ignorando si volvería o no.

—Pues tendrá —dijo en voz baja— que arreglárselas con lo que hay.

Mantuvo la cabeza apoyada en el tronco y siguió así, inmóvil, mientras la claridad gris y luego dorada y naranja se afirmaba en el horizonte, la silueta negra de la torre se recortaba en la primera luz de la mañana, y todo alrededor, los árboles, los arbustos y las rocas, iba tomando forma despacio. El destello lejano del faro se apagó justo cuando una suave brisa de tierra volvía a soplar hacia el acantilado, donde el mar estaba tranquilo y había cesado el rumor de las piedras arrastradas por la resaca. Entonces, al fin, Faulques miró hacia el lugar donde estaba Ivo Markovic y sólo vio media docena de colillas aplastadas en el suelo.

El pintor de batallas aún permaneció un largo rato sentado, sin cambiar de postura hasta que el disco rojo del sol rebasó la línea del mar junto a la isla de los Ahorcados y sus primeros rayos horizontales le calentaron la piel, haciéndole entornar los ojos. Entonces se levantó sacudiéndose las agujas de pino del pantalón, y dirigió una lenta mirada circular al paisaje. Las gaviotas chillaban volando en torno a la torre, cuyas piedras doraba aquella luz rojiza de levante. En el lado opuesto del horizonte, los accidentes de la costa se perfilaban en la suave bruma del amanecer, escalonadas sus puntas en perspectiva con diferentes tonos de gris, desde el más oscuro y próximo al más difuso y lejano. Como en los cuadros antiguos.

Era, decidió sereno, un hermoso día.

Bajó por el estrecho y empinado sendero de guijarros, y al llegar a la playa, que todavía se hallaba en sombra, observó el mar, quieto y dilatado como una enorme lámina de mercurio, que la luz ascendente empezaba a volver azul en la distancia. Se quitó las zapatillas y la camisa y se adentró un poco en el agua, metiendo los pies desnudos entre las piedras redondeadas de la orilla. Estaba fría, como cada mañana antes de las acostumbradas ciento cincuenta brazadas de ida y ciento cincuenta de vuelta. El frescor vigorizó sus músculos y despejó su cabeza. Retrocedió para dejar sobre el tronco descolorido del árbol seco, junto a la camisa y las zapatillas, las llaves de la torre, algunas monedas que llevaba en los bolsillos, y el cuchillo que aún tenía metido en la parte de atrás del cinturón. Entonces miró hacia arriba y sonrió, deslumbrado: el sol asomaba por la cortadura del acantilado, entre las ramas de los pinos, y sus rayos iluminaban oblicuamente la pequeña playa. En ese momento sintió una molestia en el costado; un aviso del dolor que se insinuaba de nuevo, reclamando sus derechos. La certeza le hizo mover la cabeza, ensimismado. Esta vez, se dijo, llega demasiado tarde.

Antes de volver al agua, cogió una de las monedas que había puesto sobre el tronco seco y se la introdujo en la boca, bajo la lengua. Luego, sumergido hasta la cintura, observó cómo en las piedras de la orilla se desvanecían sus huellas, semejantes a pinceladas del mural por fin acabado, secándose bajo el sol de la mañana.

Cuando llegó la nueva punzada de dolor, el pintor de batallas apenas se dio cuenta. Nadaba concentrado, vigoroso, adentrándose en el mar con buen ritmo y precisión geométrica, en una línea recta que cortaba en dos mitades exactas el semicírculo de la caleta. Sentía en la boca, junto al sabor de la sal, el cobre de la moneda para Caronte. Se preguntó qué habría más allá de las trescientas brazadas.

La Navata, diciembre de 2005

La crítica ha dicho
de *El pintor de batallas*:

«Una gran novela donde se confirman
magistrales dotes de narrador.»
LE FIGARO LITTÉRAIRE

«La novela más dura e intensa de Pérez-Reverte.
Es magistral.»
ELLE

«El arte enfrentado a la violencia.
Una novela profunda e inteligente.»
LIRE

«Una novela impresionante, de una temible gravedad.»
LE FIGARO MAGAZINE

«Una gran novela, oscura y terrible.»
VALEURS ACTUELLES

«Su libro de mayor calado.»
ABC

«No se puede decir más en menos papel. Una grandísima
novela. Regálenla.»
LA GACETA DE LOS NEGOCIOS

«Esta novela es literatura en sentido puro
sin edulcorantes ni conservadurismos…
Es la mejor del autor.»
CABALLO VERDE

«La obra más destilada y despojada
del exitoso escritor es todo un homenaje
a los grandes maestros de la pintura.»
LA VANGUARDIA

«Su autor ha dado probablemente lo mejor,
y lo más íntimo, de sí mismo.»
EL PAÍS

«Léanla y sentirán cómo quien nos entretuvo con fascinantes
historias de aventuras ahora nos conmueve
y desasosiega haciendo pensar con lucidez.»
EL MUNDO

«Magnífica novela. Lo mejor que ha escrito
Arturo Pérez-Reverte.»
EL SEMANAL DIGITAL

«Arturo Pérez-Reverte es hoy el novelista
más perfecto de la literatura española.»
EL PAÍS

«Un mundo que resulta novelesco por él mismo, basta con
saber narrarlo. ¡Y vaya si sabe narrarlo!»
ABC

«Junten el desencanto neorromántico de Barry Gifford con la
maestría narrativa de Juan Marsé y añadan una banda sonora
con el desgarro de Chavela Vargas. El resultado de semejante
mezcolanza ya tiene título: *La Reina del Sur.*»
EL PERIÓDICO DE CATALUÑA

«Un auténtico thriller, una trama maravillosamente compleja.»
THE NEW YORK TIMES BOOK REVIEW

«Entre *El nombre de la rosa*, el juego de rol y Agatha Christie.»
L'EXPRESS

«Hay un escritor español que se parece al mejor Spielberg
más Umberto Eco. Se llama Arturo Pérez-Reverte.»
LA REPUBBLICA

«Erudita y divertida, una acción sazonada
con estupendos diálogos. Te atrapa.»
PHILADELPHIA INQUIRER

EL MAESTRO
DE ESGRIMA

«Pérez-Reverte sabe cómo conseguir que los lectores
devoren sus libros.»
NEW YORK TIMES

«Otra emocionante novela de intriga del consumado autor
español Pérez-Reverte... Un retrato intenso de una cultura
desconocida así como un elaborado entretenimiento.»
KIRKUS REVIEWS

«Pérez-Reverte es un maestro del suspense.»
PUBLISHERS WEEKLY